Flavio

Flavio

Rosalía de Castro

ESMERALDA
PUBLISHING

FLAVIO. ROSALÍA DE CASTRO. Esmeralda Publishing LLC.

Antecedentes:

Este título fue publicado originalmente en 1861.

©2023, Esmeralda Publishing LLC.

Para más información, visite nuestro sitio web: www. esmeraldapublishing.com

Esmeralda Publishing y su logo son marcas registradas de Esmeralda Publishing LLC.

ISBN: 978-1-64800-046-1

Información de portada:

Diseño de Ariel Wajnerman

I

La verdadera patria del hombre es el mundo entero.

Allí donde respire aire y libertad, allí donde pose con seguridad su planta, allí es el reino de un alma libre, allí su amada patria, el lugar bendecido, la tierra santa, que puede regar con el sudor de su frente.

¿Por qué detenerme un instante más?

Un mismo sol, ¿no da vida y calor a todo el universo?

Adiós, pues, lugares a quien no amo.

Casa que me ha visto nacer.

Jardín en donde por primera vez aspiré el aroma de las flores.

Fuentes cristalinas, bosque umbroso, en donde gemía el viento en las tardes del invierno, prado sonriente bañado por el primer rayo del sol, ¡adiós!

Adiós, tranquilo hogar, techo amigo, sobre el cual han rodado tantos huracanes sin arrancar una sola hierba de esas que nacen solitarias y solitarias mueren, en las grietas que forman una y otra pizarra desunidas.

Yo me ahogo en las blancas paredes de tus habitaciones mudas y sin ruido.

Tu silencio y tu tranquilidad pesan sobre mi alma como la fría losa de un sepulcro.

Y es que no hay nada tan triste y melancólico como el silencio que se sucede al armonioso murmullo de voces queridas, que fueron a apagarse para siempre en los abismos de la eternidad; pues no existe nada más lúgubre que el eco que responde a nuestra voz, bajo las bóvedas desiertas, cuando pronunciamos un nombre querido, que ya está borrado del número de los vivos.

¡Un padre!...

¡Una madre!...

¡Desde el instante en que estas palabras dulcísimas no son ya más que un recuerdo, el espíritu se agita inquieto y temeroso, en los lugares en donde esas palabras han resonado un día, como un reclamo, al cual respondía otro dulce reclamo!

Al atravesar el oscuro salón en donde tantas veces la trémula voz de mis padres interrumpió el silencio en las noches tranquilas del estío, me parecía sentir aún el murmurar suave de sus labios, y la tranquila respiración de su seno cariñoso.

Me estremecí.

Las campanas de la vieja capilla que tan tristemente habían doblado el día de sus funerales tocaban a la oración, produciendo ese sonido prolongado que semeja un ¡ay! lanzado al mundo de los vivos desde otro mundo desconocido. La luna brillaba en el cielo como un globo que arde encerrado en un fanal opaco, y los árboles del parque movían blandamente sus ramas a impulso de las ligeras brisas de la noche.

Algunas nubes pasaban de cuando en cuando, velando los rayos pálidos de la casta diosa y dibujando sobre la llanura sombras fantásticas y ligeras.

Nada tenía de lúgubre, en verdad, aquel hermoso cuadro, cuadro apacible que tantas veces había contemplado con la sonrisa de la inocencia en los labios y la alegría en el corazón.

Sin embargo, tan dulce tranquilidad me causaba entonces profunda tristeza, y me sentía conmovido como si presintiese una cercana tormenta.

Aquel estado de temor que se había apoderado de mi espíritu llegó a causarme una inquietud extraña y me arrodillé para alzar a Dios la oración de la tarde, la oración de las melancolías, esperando hallar en ella el reposo que necesitaba mi alma; mas en aquel instante mis oídos zumbaron, mi corazón dejó de latir y, flaqueando mis rodillas, caí sobre el pavimento.

La puerta del salón acababa de abrirse con violencia, impulsada por una fría ráfaga de viento, que pasó azotando mi rostro; las colgaduras, que pendían inmóviles de las altas ventanas, se agitaron; ocultose la luna tras de una negra nube, y el salón quedó sumido en la más completa oscuridad, apoderándose de mí un temor invencible.

Entonces, el miedo y mi conciencia, sin duda, hicieron resonar en mi oído aquellas voces tan amadas que ya no podían hablarme sino desde el sepulcro y me pareció que lanzaban sobre el hijo que quería abandonar la que fue su morada terribles anatemas y predicciones que me llenaron de espanto.

Despavorido, reuní mis fuerzas y me puse en pie para huir. Las colgaduras se agitaron de nuevo, viniendo a herir mi rostro aquella ráfaga de aire glacial, que me hizo estremecer; el maderaje estalló dolorosamente, y con paso apresurado salí del salón para no volver nunca, resuelto a no escuchar jamás la voz de mis preocupaciones.

Mis padres han muerto, y las cenizas de los muertos no son más que tierra que vuelve a la tierra.

El mundo es mío.

Nada me liga ya a estos lugares sombríos, que han sido por espacio de veinte años la cárcel de mi libertad.

Desde hoy podré recorrer el mundo entero sin escuchar una voz que me detenga, y sin tener que volver los ojos llenos de lágrimas al lugar que dejo tras de mí.

Cenizas de mis padres... adiós...

Yo os lloro, pero sonrío a la libertad, que me abraza y me saluda.

¡Yo la bendigo!

II

¡Ea, pues, postillón! ¡Agita el látigo!

Hieran los fogosos caballos con su duro casco la tierra humedecida por las primeras lluvias del otoño.

Sienta yo sobre mis mejillas el aire de otras montañas, en tanto las ruedas del carruaje se deslizan con sordo rumor por caminos desconocidos y errantes.

Vea yo nuevos campos, nuevas ciudades, que pueda dejar al otro día sin lanzar un solo suspiro, ni derramar una sola lágrima.

Que no pesen sobre mi corazón más que afecciones ligeras, de esas que nacen y mueren a impulsos de la voluntad.

Que las impresiones que reciba mi alma se disipen fácilmente, como se disipa en el fino acero el templado hálito con que se pretende empañarle.

¡Aprisa... aprisa, postillón!, el crujido del látigo agita mi sangre. Él me recuerda que huyo de la casa que tanto tiempo he tenido que habitar bajo el poder de un padre amado, pero que esclavizaba mi espíritu.

¡Aprisa, postillón! Todo el espacio que ocupa la tierra no basta a llenar mi ambición de libertad.

La vida del hombre sin libertad no es vida.

El día en que me abandones, ¡oh libertad!, permita el cielo que el soplo de la última caricia resbale sobre mi sepulcro.

III

Y quedó abandonado el viejo palacio, triste y abatido como el anciano que solo puede contemplar en su último hijo el fruto maldecido de una juventud coronada de sacrificios.

Cada hombre que pasa dirige una mirada melancólica a la abandonada vivienda, recordando su historia, o procurando adivinarla a través del musgo sombrío que cubre sus ennegrecidas paredes, y el labrador que un tiempo hizo resonar alegremente su voz en el interior de aquellos bosques va a sentar a la puerta solitaria, y las aves nocturnas hacen sus nidos en las cornisas de las ventanas sin temor a que venga a inquietarlas ningún humano ruido, y lanzan tristes graznidos posadas sobre las veletas enmohecidas, que a su vez parecen gritar con voz lastimera cuando el viento fuerte de las tormentas las hace voltear sobre sus goznes.

Y aparecerá la aurora, y llegará la hora del anochecer, sin que se escuchen en el palacio ni el canto del gallo, ni el ladrido del perro, ni el relinchar de los caballos.

El silencio, ese dios que habita las grutas y las selvas, ha dejado su retiro para ir a extender sus dominios en el palacio solitario, y los desiertos salones, los parques umbrosos, los floridos jardines yacerán, de hoy más, bajo su influjo poderoso y sombrío.

¡Oh! ¡Con qué tintas tan melancólicas cubre el olvido todo aquello sobre lo cual extiende sus alas hermanas de la muerte!

Esas mismas murallas que se conservan erguidas, despreciando las injurias del tiempo, y que parecen desafiar a las tormentas que retumban bajo las ruinosas bóvedas, desahogan también su dolor en las verdosas gotas que destilan de cada losa y que dejan resbalar lentamente hasta la tierra que las enjuga. Todo tiene sus lágrimas, y ese humor verdoso y amargo que brota como un manantial de cada piedra que contiene un recuerdo, del que ya nadie hace memoria, es el llanto de las ruinas, el único compañero de su amarga soledad.

¡Ay! Bien pronto el palacio que vio nacer a Flavio, y todo lo que existe en él, se revestirá de ese tono severo, que nos sorprende tristemente, cuando tocamos el polvo con que los años han cubierto objetos por largo tiempo abandonados.

Muy triste es, en verdad, a la hora del crepúsculo contemplar aquel vasto edificio, en el que no se siente el ruido más leve, destacándose sobre un cielo sereno, al cual parece demandar justicia por la amarga soledad a que le ha condenado el último de sus habitantes. Los árboles parecen gemir con el viento, en el silencio de la noche; los cristales de las ventanas despiden un brillo melancólico reflejando la luz de la luna, que ilumina débilmente algunas de las solitarias habitaciones, y a la mañana, cuando la aurora baña la tierra con su luz virginal, los pajarillos revolotean, cantando en vano, a sus puertas, esperando el grano que Flavio les repartía y que ellos llevaban al nido de sus pequeñuelos.

¡Ya todo es tristeza y soledad, menos para el que ha nacido en él, y que se aleja de su abrigo cariñoso sin derramar una sola lágrima ni volver atrás la cabeza para decirle adiós!

Pero corramos un velo.

El tiempo pasa así sobre las cosas, como sobre los hombres, y los marca tristemente con su mano de hielo; mano terrible aquella, que nos señala la senda que conduce al sepulcro.

¡Feliz ese lugar que habitan los bienaventurados, en donde ni existe el tiempo, ni se cuentan las horas, ladronas descaradas que nos dicen sin compasión, y a su antojo, que se nos llevan la vida!

IV

Flavio había emprendido su marcha a medianoche, hora peligrosa cuando se tienen que atravesar caminos desiertos; pero más romancesca que ninguna para emprender un viaje bajo el amparo de la divinidad que había invocado, y a quien desde niño rendía un verdadero culto.

Partió, pues, con la alegría en el corazón, sin que la más ligera sombra de temor inquietase su espíritu, y satisfecho de haber elegido con acierto, para emprender su largo e indefinido viaje, la hora más bella y la que estaba más en armonía con sus locos proyectos.

En efecto, salir de su palacio en medio del profundo silencio de una noche clara y apacible, cuando los insectos dormitaban en las plegadas hojas y los pájaros se cobijaban en sus nidos; lanzarse entonces en rápida carrera, cuando la tierra entera se abandonaba al reposo y a la tranquilidad más profunda, era toda la felicidad a que podía aspirar el loco viajero.

Al sentir cómo las gruesas puertas se cerraban dejando fuera de su alcance al león que tantas veces habían aprisionado, al recordar en medio de su emoción que ninguna voz podía ya detenerle, ninguna voluntad oponerse a su voluntad, Flavio creyó enloquecer de alegría sintiendo que se animaba su corazón con un placer ardiente y desconocido.

Y cuando el aire fresco de la noche se deslizó con suavidad sobre sus ardorosas mejillas, cuando aquel aire lleno de agrestes aromas gimió en torno suyo y meció blandamente sus cabellos como haciéndole una caricia, aquel aire que la continua vigilancia de sus padres no había dejado llegar hasta él sino a través de las estrechas rejas de su dormitorio, Flavio no pudo menos de lanzar un grito de salvaje alegría y dar la señal de partida con un tan fuerte latigazo, que los cimientos del palacio parecieron conmoverse y crujir a impulsos de aquel estallido diabólico.

Las palabras de "¡Aprisa, aprisa, postillón!" resonaron seguidamente en las gargantas de las montañas, en las concavidades de las rocas, en las cañadas, en los altos riscos. Todo se estremecía de alegría al repetir sus ecos, y nada respondía a su voz con gemidos. ¡Ah!, una voz juvenil y llena de entusiasmo halla acogida en todas partes; vibra con armonía aun en medio de los desiertos, y va a mezclarse alegremente al murmullo de las olas que combaten en el océano. Pero ¡esto es solo un instante, porque las alegrías de la juventud son como nubes blancas que aparecen con la aurora y que disipa el viento de la tarde!

¿Por qué no había de ser eterno el ardiente espíritu que llena la primavera de la vida con sus sonrisas, la alegre diosa de la juventud que aprisiona un instante con flores nuestro corazón y cubre con sus vapores rosados todo lo que puede aparecer lúgubre y melancólico ante nuestras miradas, que solo respiran animación y amor?

Pero ¡ay!, las flores se deshojan, los horizontes se cubren de nubes... ¡La venda cae de nuestros ojos!

V

Serían las dos de la madrugada cuando los caballos, fatigados de una carrera violenta y rápida, tomaron un trote cansado que desesperaba a Flavio e impacientaba al postillón. Pero tuvieron que resignarse al fin a dejar a los caballos su marcha lenta, que el mal camino hacía más trabajosa, y Flavio, en cuyo espíritu ejercían poderosa influencia las bellezas de la naturaleza, cediendo insensiblemente al encanto de aquella noche apacible, sintió despertarse en su alma una tranquilidad melancólica y llena de dulzura.

Su vista vagaba errante por las misteriosas hondonadas que se extendían al pie del camino, pareciendo dilatarse hasta lo infinito, y por los bosques sombríos, en donde se creería percibir cómo los robles corpulentos procuraban mezclarse y confundirse en un abrazo eterno. Un vapor sutil bañaba la tierra, sobre la cual la luna dejaba caer sus pálidos rayos, como queriendo ocultar a su claridad importuna los amores misteriosos de las plantas; y las lucernas, brillando entre el musgo, parecían mirar con ojo tenaz, velando en medio de la noche a Flavio, a las estrellas, a la naturaleza entera.

En tanto, el coche rodaba lentamente dejando en pos de sí bosques tras bosques, praderas tras praderas, cañadas florecientes y riachuelos que se veían deslizar tranquilos por entre la hierba murmurando mansamente. Sus aguas brillaban a veces como diamantes; otras, semejaban una negra y movible sombra que se agitaba bajo las inclinadas ramas de los álamos; y otras, en fin, cinta plateada que alguna hada hubiese extendido graciosamente al pie de las colinas, como queriendo hacerlas sus prisioneras.

Ya era un torrente que se despeñaba arrastrando en pos de sí las hojas secas que el viento arrebataba a los árboles que crecían a su orilla; ya un lago tranquilo que, como bruñido espejo, reflejaba en su fondo la luna y las estrellas, que parecían estremecerse inquietas; ya una cigarra que, cantando, iba oyéndose cada vez más lejano el eco monótono de su voz. Y todo lo dejaba en pos de sí el carruaje que, andando lentamente, a los ojos de Flavio parecía que volaba. Graciosas colinas aparecían y volvían a desaparecer en lontananza, como si no fuesen más que una ilusión óptica, sucediéndose otras nuevas a las pasadas, ya más bellas, ya más fantásticas, y pasando algunas veces por su imaginación conturbada la idea de si todo aquello no era más que un sueño.

"¿Por qué caminar siempre? —decía—. Todo esto que contemplo con una avidez insaciable, con un placer desconocido, va infundiendo en mi alma una apatía melancólica, un deseo de quietud eterna... Tal vez morir en medio de una de estas selvas agrestes, en donde no se escucha el más leve ruido que anuncie la existencia del hombre, morir en medio de esta dudosa claridad parecida a la del crepúsculo, y antes que la aurora descorra el velo que la oculta, sería la mayor felicidad a que yo pudiese aspirar en estos momentos de dulce melancolía".

He aquí cómo los pensamientos de Flavio, bañándose, si así puede decirse, en la fría tristeza de aquella noche de otoño, acababan de sufrir una transformación repentina, porque empezaba a sentirse dominado por la misteriosa melancolía que esparce en el alma el silencio y la meditación; melancolía que muchas veces degenera en inercia profunda y doliente.

La agitación y el movimiento incesante con que había soñado tantas veces en su estrecho gabinete y solitario parque nada eran entonces para el voluble niño. El silencio que domina los retirados lugares, la inalterable y perpetua armonía de la naturaleza le encantaban, y quizás el recuerdo de aquel mismo palacio que acaba de abandonar pasaba entonces por su pensamiento como una dulce visión de reposo y de calina.

En tanto el viajero empezaba a experimentar esa contrariedad de deseos que en la monótona quietud de su retiro no habían podido llegar a conmoverle, sintió el más vivo placer citando el carruaje, doblando un ángulo del camino, se internó de improviso en una explanada, desde la cual se descubría la más bella perspectiva que hubiera deseado contemplar la más poética imaginación.

Era una inmensa vega cubierta de arbolado, con pequeñas aldeíllas agrupadas aquí y allá en medio de los bosques y regada por un ancho río, que seguía su lento curso entre las orillas del césped, yendo a perderse al pie de lejanas montañas que parecían, a la amarillenta luz de la luna, sombras vaporosas y gigantescas. Percibíase el sonoro murmullo del agua que caía de varios molinos ocultos entre frondosos castaños, y mezclábase al canto de las cigarras y al soplo del viento, que agitaba suavemente las hojas de los árboles, su ruido monótono y expresivo.

Flavio abarcó con una sola mirada todos los encantos de aquel cuadro grandioso y respiró con fuerza, como si quisiera recoger en sí mismo los ecos, los perfumes y el espíritu que fecundizaba tantas bellezas; pero aquel suspiro fue contenido cuando iba a expirar en sus labios.

Sobre el ruido que formaba el agua de los molinos, sobre el canto de las cigarras y las brisas de la noche se alzó otra armonía más sonora y vibrante. Era una música lejana que acompañaba un coro de voces frescas y suaves, voces de mujer que esparcían al viento sus ecos dulcísimos.

Nada más nuevo y sorprendente para el viajero que aquellas voces, que jamás hasta aquel instante habían herido sus oídos; nada más conmovedor que aquella música resonando en medio del silencio de los campos en las altas horas de una noche serena.

Bajo la primera influencia de aquellos sonidos sus labios murmuraban palabras inconexas, y llevando la temblorosa mano al corazón, trató en vano de contener sus latidos. Un frío sudor inundaba su cuerpo, y, estático y casi sin fuerzas, seguía escuchando aquellos acordes que parecían resonar en el cielo.

Su corazón, virgen aún, y que hasta entonces no había conocido los ardientes incentivos que dan el primer grito de alarma a las pasiones, acaba de despertarse a una nueva vida, trémulo y lleno de alegría como el que abre sus ojos a la luz después de una noche de vagas tinieblas.

Nunca en el apartado retiro en donde se había deslizado su vida, como un río que sigue silencioso su carrera por la llanura, se escuchara el rumor de una fiesta, ni acento alguno de regocijo y de algazara. Tan solo el canto de los campesinos o el ladrido de los perros se hacía sentir en lugares tan apartados del resto del mundo. Silenciosos aquellos vastos salones, así a la mañana como a la tarde, así el año que concluía como el que empezaba de nuevo, era aquella existencia fría y metódica, en la que podían contarse los latidos de cada corazón.

Flavio había dormido en medio de una calma imperturbable un prolongado sueño de inocencia, coronado de ilusiones de libertad y de puras creencias. El despertar de este sueño, cuando aún niño por su corazón era ya hombre, debía arrastrar en pos de sí un turbión de inmoderados deseos, una fiebre de temibles sensaciones que harían trabajosa y difícil la carrera de su vida.

Concentrados hasta entonces todos sus pensamientos en la idea de poder abandonar el sombrío palacio para correr como un loco por aquel mundo que su viejo maestro le describiera, con la benevolencia propia de un anciano para los recuerdos de su juventud, no le habían dejado adivinar ni la pasión, ni el amor, y aún mucho menos ese abismo profundo y resbaladizo que se llama sociedad, y en la que dicen necesita vivir el hombre para purificarse de su sencilla ignorancia.

Flavio, pues, entraba en el mundo con el corazón dispuesto a recibir todas las sensaciones, todos los sentimientos imaginables, sin pensar siquiera que pudiera haber alguno contra el cual tuviese que combatir con armas que no conocía.

Su maestro le había dicho: "El hombre que quiere ser siempre dueño de su voluntad y de sí mismo no debe dejarse sorprender por sentimientos que le liguen a objeto alguno, porque entonces será esclavo en vez de ser libre; pero el que con resolución firme y valor en el corazón rechaza todo aquello que pueda aminorar sus fuerzas, para ese es tan fácil la senda de la vida como lo son a la gaviota las encrespadas olas sobre las que boga eternamente".

Y Flavio creyó firmemente en las palabras de su maestro, no dudando un instante de que poseía en sí mismo aquel valor que haría tan fácil y amena esa senda, por la que deseaba lanzarse con todo el ardor de sus ilusiones primeras.

"Yo soy fuerte en mi voluntad —dijo—. Ninguna cosa habrá que me seduzca hasta el punto de arrebatarme mi querida independencia, suspirada y apetecida en tan larga cautividad".

Y partió con ánimo tranquilo, sin temor a los obstáculos que pudiese hallar en su camino. No obstante, Flavio, a pesar de su ignorancia, leyera algunos libros, entre los cuales había algunos que hablaban de este mundo con más desprecio y amargura de la que se necesita para llegar a aborrecer el objeto más digno; pero la lectura de los mejores libros en ciertas épocas de la vida no queda más indeleble en el espíritu que las iniciales grabadas en la corteza de un árbol que se cubre de musgo cada año. Todo lo que había leído no había sido suficiente para formar en él un carácter fijo, un modo de pensar conforme; cada libro dejara en su espíritu una idea como un adorno postizo, y podemos decir que Flavio, respecto a esto, nada tenía suyo sino una imaginación de fuego, un carácter dado generalmente a la melancolía y un talento poco vulgar.

Sus meditaciones solían ser sombrías, y sus sensaciones eran violentas y expansivas. Pero creemos que esto último, más bien que hija de su carácter, era un efecto de su educación y de su ignorancia. Flavio era una planta virgen, un ser extraño a los placeres del mundo que con los ojos vendados corría en pos de ellos buscando su amada libertad. ¡Infeliz!... ¡Qué infierno de sensaciones, qué invisibles cadenas le esperaban para sujetar su espíritu indomable! Pero ¿cómo evitar esas amarguras, que antes de hacernos derramar las frías lágrimas del desencanto nos sonríen cariñosamente y bañan con miel nuestros labios?

VI

La música proseguía llenando el viento con sus armonías, y llegando hasta Flavio parecían querer enloquecerle por medio de su oculta magia.

La luna se presentaba tan clara y brillante que su luz hubiera podido confundirse con los primeros resplandores del alba, y sus rayos pálidos iluminando de lleno el río prestaban tal transparencia y encanto al paisaje, que Flavio pensó no era tan difícil creer que las sílfides y ondinas moraban en el fondo de las aguas o vagaban en la apacible sombra que reinaba en la espesura. Entonces pensó recorrer aquellos lugares tan bellos y misteriosos, perseguir aquellos armoniosos ecos que le enloquecían, y el inclemente carruaje ya no seguiría indiferente su marcha, abandonando de nuevo tantas bellezas como se presentaban ante sus áridas miradas, cual si le convidasen a gozar placeres desconocidos. Mandó detener el carruaje, y, abriendo la portezuela y saltando con rapidez, se ocultó entre los castaños que ocultaban los molinos y desapareció a los ojos del postillón.

Era este un hombre de treinta años, poco más o menos, cachazudo, resuelto y que, habiendo sido militar, conservaba todavía parte del valor que le distinguiera en el ejército. Tenía buen corazón, a pesar de su natural fiereza, se amoldaba a todas las circunstancias de la vida y profesaba a Flavio particular afecto, porque solía decir que amo poco ceremonioso y suelto de mano era digno de que un criado honrado le guardase inalterable adhesión pese a todas las vicisitudes imaginables. De profunda penetración, y hallándose al servicio de Flavio hacía más de dos años, le tenía por un grande hombre; pero en su interior le pronosticaba mal fin, a pesar de lo cual se había jurado a sí mismo no abandonarle jamás. "Él es valiente —se decía—, y mis puños son de hierro... Marchemos, pues, a recorrer el mundo, que con dinero, paciencia y buen humor el peor mal que pueda sucedernos es morir hoy en vez de morir mañana".

Convencido de tan excelentes ideas, miró si los revólveres que a prevención llevaba estaban bien cargados, y apoyando la cabeza en su ancha mano, en actitud de dormir, vio, al parecer con la mayor indiferencia, la marcha de Flavio, murmurando entre dientes: "¡Él lleva también pistolas!".

Y después de decir esto se dejó sorprender por uno de esos sueños de centinela que desaparecen a la primera voz de alerta.

VII

Cuando Flavio, después de atravesar las encrucijadas que conducían al primer molino, pudo ver la multitud de luces de apariencia fantástica que se percibían en un bosque no muy lejano, se creyó verdaderamente transportado a aquel lugar por alguna mano invisible para ser testigo de cosas misteriosas y extraordinarias.

Una vaga sombra de temor resbaló por su pensamiento... Las historias de encantamientos con que le habían entretenido en su niñez se presentaban de improviso a su memoria, y vaciló pensando si aquellas ficciones, que eran casi una creencia para los sencillos campesinos, no tendrían algún fondo de realidad. Diremos, en honor de la verdad, que nuestro valiente joven estuvo casi a punto de retroceder, temiendo alguna traición de las hadas... ¿Quién sabe si alguna misteriosa Amida trataría de atraerle con tan dulces sonidos para sorprenderle en medio de su sueño?

Mas como Flavio tuviese talento y fuese en realidad valiente, desechó bien presto tan necios y absurdos temores, persuadido de que debía observarlo todo sin extrañarse de nada, y posar con seguridad su planta doquiera hubiese un palmo de tierra habitado o no por el hombre.

Aquellos habían sido sus sueños, su eterna ambición, y era necesario por lo mismo marchar con valor y sin retroceder ante ningún obstáculo.

—¿Será posible —dijo enojado consigo mismo— que vacile y me conmueva al primer paso que doy en mi camino? ¡Oh!, no; tanto valdría ver caer la primera piedra que indicase la ruina de mis más caras ilusiones. ¡Adelante, pues!

Y se puso en camino hacia el lugar adonde su paso errante le llevaba, siguiendo un estrecho sendero marcado a orillas de un bosque de espesos robles.

A medida que caminaba, oía más distintamente aquellos sonoros ecos, que llenaban el aire y parecían repetirlo, en confuso, los árboles del bosque.

Pero, apenas había dado los primeros pasos, un grupo de jóvenes pasó a su lado con alegre algazara, saludándole.

—¡Buenas noches! —le dijeron en un acento que revelaba quizá demasiada franqueza.

—Buenas noches —les contestó Flavio secamente y mirando hacia otra parte.

Sin embargo, ni su aire adusto ni su acento algún tanto despreciativo pudieron librarle de que el más hablador o más curioso se acercase a Flavio y le dijese:

—Perdonad, amigo mío; sin duda alguna, hoy es la primera vez que recorréis estos hermosos lugares, y no sabéis, por lo mismo, que la estrecha senda por que camináis con tan seguro paso está llena de peligros que no podéis adivinar. ¿Queréis permitirme que os sirva de guía?

Flavio no contestó, miró a su interlocutor de la manera más impertinente, y haciendo un gesto de fría indiferencia, siguió por el mismo camino.

—A lo que veo —prosiguió el joven desconocido con un acento de fina reconvención—, sois como aquel muchacho de la fábula, que dormía tranquilo a la orilla de un pozo, y a quien la fortuna le despertó, llamándole al mismo tiempo insensato; pero advierto que no os agrada la compañía de los desconocidos; os dejo, pues; pero tened entendido...

—¿Qué? —preguntó Flavio.

—Que si es la primera vez que venís a estos sitios, no debéis marchar con tanta tranquilidad; hay peligros en estos caminos, y, creedme, la fortuna os dice por mi boca como al niño: ¡tened cuidado!

—¿Tantos son, pues, y tan grandes esos peligros de que habláis?

—No, ciertamente; no son muchos ni muy grandes; pero son peligros, al fin.

—¡Es posible! —replicó Flavio con ironía.

Y siguió silenciosamente su camino.

Su nuevo compañero hizo otro tanto.

—¿Queréis decirme —preguntó Flavio, volviéndose bruscamente— qué peligros corro?

—¿Vais al baile? —le preguntó aquel a su vez.

—Ciertamente; pero no sé qué queréis darme a entender con semejante pregunta.

—¡Bueno! Vais al baile; es la primera vez que recorréis estos sitios en que la mano pródiga de la naturaleza vertió todos sus preciosos dones, y no creéis que hay peligro en esto. ¡Ah!, ya veo que sois confiado como un niño.

—Puede ser, amigo mío —se atrevió a decir Flavio—; pero, o me engaño —añadió con cierta infantil alegría—, o hemos llegado al lugar encantado.

Una alegre multitud, dispersa por las frondosas alamedas, se movía a la claridad semifantástica de las luces de colores, como un río que mezcla su murmurio al armonioso ruido de los cañaverales.

Los rayos de la luna, filtrándose a través del espeso follaje, y las estrellas, que, como si quisiesen prestar también sus encantos a la fiesta nocturna, aparecían brillando como pálidos diamantes en medio de la oscuridad, daban a este cuadro toda la hermosura y poesía de que están llenas las tranquilas noches del otoño.

Mujeres hermosas pasaban y repasaban como un ejército de fantásticas hadas, pálido el semblante y armoniosa y fresca la voz. Crujían débilmente sus leves vestidos, temblaban a su paso las ramas de los pequeños árboles, el viento venía cargado de sus perfumes y lo llenaban todo con su presencia. Frescas rosas que abrían sus hojas al primer beso del sol, así eran ellas; verlas y no amarlas era imposible.

Flavio las vio, Flavio las sintió pasar a su lado: alguna vez el tibio aliento de la más hermosa llegó hasta su rostro, sus leves vestidos le rozaron al pasar, su voz resonó en su corazón como una música dulce y conmovedora, sus miradas se cruzaron.

—He aquí las mujeres —exclamó en tanto las seguía con sus ávidas miradas—, las mujeres en quien no había pensado aún, y de quien mi maestro me habló vagamente y como de una cosa mezquina y débil... ¡Mezquina! —repetía—. ¡Mi maestro estaba loco! ¿Por ventura esas frentes tersas y blancas como el marfil, esos talles ligeros y esbeltos como el tronco de un álamo joven, esa belleza perfecta son una cosa mezquina? ¡Oh!, no; jamás. Yo creo que no hay nada más sublime que la mujer, nada más bello, más digno de nuestros pensamientos.

Y pensó entonces, como había pensado en medio del religioso silencio que le acompañara hasta allí en su camino, que morir al final de una de aquellas noches de animación y de placer, y viendo pasar ante sus ojos aquellas hermosas mujeres, sería la mayor felicidad a que podría aspirar un hombre sobre la tierra.

¡Tal era aquel corazón, que se había creído con fuerzas para recorrer el mundo sin recibir más que impresiones de esas que nacen y mueren a impulsos de la voluntad!...

Su compañero, que le había observado hasta entonces con inteligente y escudriñadora mirada, le arrancó de su éxtasis.

—¿Qué os parece esto? —le dijo con un acento particular, que pasó desapercibido para Flavio.

34

—Enloquece —le respondió aquel, cediendo a la fuerza de sus impresiones.

En los labios del joven se dibujó una vaga sonrisa indefinible que tampoco vio Flavio.

—¡Oh!, sí —le contestó—; ya os lo había dicho; todo esto es encantador; es una de esas escenas que solo pueden contemplarse en nuestras deliciosas campiñas, porque no en todas partes se hallan robles tan corpulentos y frondosos, noches tan claras, mujeres tan hermosas, música y danzas tan enloquecedoras.

—Robles como estos —replicó Flavio—, mayores quizá, los hay en mi parque; lo que nunca he visto tan bello son esas criaturas —y señaló a las mujeres—, que parecen ángeles. ¿No creéis, como yo, que los ángeles no deben de ser más hermosos que ellas?

—¡Los ángeles!... —murmuró el joven con voz pausada—. Yo no voy tan lejos como vos, y es, sin duda —añadió con cierta galantería que tenía algo de irónica—, porque mi modo de sentir es menos delicado, menos sublime que el vuestro.

Flavio le miró de un modo particular, y respondió después, haciendo un gesto de indiferencia:

—¡Puede ser!

—Os lo digo —repuso el joven en el mismo tono galante, aunque más suave— porque me he figurado que debéis de ser hombre de sensaciones profundas. Vuestra espaciosa y alta frente, vuestro modo de mirar, audaz y tímido al mismo tiempo; todo vuestro aspecto, en fin, revela una extraña fuerza que os hace diferenciar de los tipos vulgares.

—¡También puede ser! —volvió a contestar Flavio, algo pensativo y siguiendo con sus miradas a las mujeres que pasaban ante él.

—Por lo demás, os pido perdón por haberme atrevido a hacer esta ligera disertación sobre algunas cualidades notables que he creído adivinar en vos. Soy algo fisonomista, y la inclinación me arrastra, aun contra mi voluntad.

—Podéis hablar lo que gustéis respecto a mis cualidades —dijo Flavio con ingenua indiferencia—. Estad seguro de que os escucharé como si os oyese hacer el retrato de un hombre a quien hubiese visto muy rara vez.

—¿Tan poco os conocéis? —preguntó el joven en tono de chanza.

—Caballero —repuso Flavio volviéndose hacia él—, me parece recordar haber leído que el conocerse uno a sí propio es empresa difícil...

—Lo será —dijo el joven, dibujándose en sus labios una risa burlona—. ¡Los libros dicen tantas cosas!... Mas yo, por mi parte, os aseguro que el día que me propusiera hacer una definición de mí mismo, sin mentir, no me ganaría a ello el sabio más grande del universo.

Flavio no oyó estas últimas palabras, absorto en contemplar lo que pasaba en torno suyo. El joven, notándolo, llamó de nuevo su atención.

—Amigo mío —le dijo—, tengo que retirarme, y no quiero hacerlo sin ofreceros antes mis respetos, pues lo conceptúo un deber, siendo como sois forastero; podéis, pues, contar con un amigo.

Flavio, dándole las gracias, le tendió la mano y se separaron; él, satisfecho de que le dejasen solo, y su nuevo amigo, contento de haber conocido a un hombre como Flavio.

VIII

Cuando Flavio quedó solo, las miradas que echó en torno suyo, llenas de vida y ardiente curiosidad, bastaron para mostrarle de lleno todo el encanto que encerraban aquellas fiestas nocturnas, en medio del campo, y cuya idea jamás, ni en sueños, se había presentado a su imaginación de poeta.

Observó la facilidad con que se mezclaban en aquella confusa Babel suspiros y sonrisas, palabras rápidas y significativas; cómo al sentir el roce ligero de los vestidos de aquellas mujeres, cuando en deliciosa confusión cruzaban con la volubilidad del pájaro las alamedas, llenas de animada multitud, se sentían gratos estremecimientos, que causaban vértigos y sensaciones que jamás, hasta entonces, había experimentado.

—¡Y yo que he permanecido tanto tiempo lejos de esta vida, lejos de esta animación embriagadora!... —murmuraba con una especie de fiero remordimiento—. ¡Ah! ¡Mi palacio, mi viejo palacio...; maldita tu soledad, que por tan largos años me privó de los goces que otros han obtenido a manos llenas!

Y se sentía celoso de todos aquellos hombres, que parecían tan familiarizados con aquellos placeres, en los cuales él no podía pensar sin sentir una emoción profunda.

Cuando los que pasaban a su lado fijaban indiferentes aquellas miradas frías y burlonas en él, creía adivinaban su impaciencia y le decían: "Pobre ignorante, acércate con la timidez del niño a nuestras fiestas, y cuida de que tu pie trémulo y tu lengua balbuciente no se deslicen en medio de tantas sendas que desconoces".

Todos estos pensamientos, que pasaban por su imaginación con la velocidad de un relámpago, iban formando, sin embargo, en su corazón una tormenta amenazadora.

Violento e irascible por naturaleza, no en vano había vivido Flavio, hasta los veinte años, apartado del mundo y en medio de la soledad, en la cual era su voluntad reina imperiosa a quien nadie podía detener en su vuelo.

Sentía, pues, agolparse a su frente, como las aguas de un torrente impetuoso, mil imágenes seductoras, y otros tantos rencores insensatos contra los hombres y contra los días serenos y apacibles de su pasada juventud. Complacíase, pues, en pensar que las cadenas que le habían ligado a aquellos días aborrecibles se hallaban ya rotas, y que, como el humo, se habían disipado ya tantos lazos de inútil sujeción con que pretendieran retenerle para siempre en el aislamiento más cruel.

Gozar en un solo día, en una sola hora, si fuese posible, todos los placeres que hasta entonces le fueron negados; he aquí el único pensamiento que le sonreía desde el fondo de su corazón, la idea que, apoderándose de su espíritu, se agitaba en torno suyo, desplegaba sus alas de fuego ante sus ojos y no le dejaban ver más que sus resplandores brillantes inflamados. A orillas del abismo, el menor empuje bastaría para hacerle rodar hasta su fondo invisible.

De nuevo, los sonidos de la música, llenando el bosque, se extendieron hasta las vecinas praderas, y la multitud, agitándose como un mar que se agolpa y que ruge, pareció responder al llamamiento de los armoniosos acordes. Todo fue confusión y algazara en aquellos momentos en que la alegría parecía ser la reina y señora de aquella multitud. Los grupos se dispersaban, las madres abandonaban con cierta satisfacción respetable el torneado brazo de sus hijas, y ellas, las hermosas, desaparecían bien presto a sus ojos, cuidadosos pero ya cansados, después de haber sujetado con coquetería la rosa medio desprendida del cabello y compuesto los graciosos pliegues de sus vestidos. Todos corrían, todos parecían ir en busca de un objeto que temiesen les hubiera sido arrebatado ya. Tan solo Flavio, ajeno a lo que causaba tanta animación, tan loco júbilo, se dejaba arrastrar sin voluntad por aquellas oleadas, que, insensiblemente, le fueron conduciendo al lugar del baile.

Flavio no pudo resistir entonces cierto movimiento de disgusto que, como una nube ligera, se extendió por su pensamiento. Vio las pálidas y enfermizas figuras de las pobres niñas que cantaban un coro, y las robustas y un tanto groseras de los músicos, que, hinchando gravemente los carrillos, hacían resonar los heridos instrumentos. Hubiera, sin embargo, preferido que los instrumentos produjesen por sí solos los armoniosos sonidos y que las voces argentinas que tan honda impresión habían hecho en su espíritu saliesen de las gargantas de aquellas mujeres que, radiantes de hermosura y juventud, pasaban a su lado como enloquecedoras visiones, y le hablaban de otro mundo y de otros placeres para él desconocidos.

Volviose, pues, con disgusto, e internándose por las alamedas, fijó su atención en las bulliciosas escenas que tenían lugar a su alrededor.

Aquello presentaba otro aspecto.

Apresurábanse a penetrar en el sagrado recinto, se empujaban, gritaban, reían como locos y se llamaban unos a otros a grandes voces.

El vals empezaba.

Los hombres arrastraban en pos de sí hermosas y jóvenes mujeres, en cuyos rostros asomaba el pudor con sus animadas tintas. Ceñíanlas con sus brazos atrevidos, y ellas se doblegaban y se dejaban arrastrar al loco torbellino, en donde se mezclaban, se confundían, giraban apresuradamente y paseaban como visiones aéreas.

Sus ligeros pies tocaban apenas el suelo, resbalaban a compás igual sobre una tersa superficie, uno en pos de otros, como si se atrajesen unos a otros por medio de un oculto y misterioso poder. Las cabezas, graciosamente modeladas, de aquellas hermosas mujeres se inclinaban, mientras las de los hombres se levantaban como cedros del Líbano, según la poética expresión de la Esposa de los *Cantares*. Comprendíase fácilmente que aquellos seres, presa del abandono y de la embriaguez de la danza, debían sentir que sus corazones palpitaban unidos, y que, como dos lágrimas que resbalasen juntas, debían confundirse, aliento con aliento, la dulce mirada de la mujer con la mirada atrevida y embriagadora del hombre.

Flavio contempló silencioso esta escena, aquellos abrazos sin pudor, el giro rápido e incesante de las parejas en que parecía ir envuelto todo el frenesí de la pasión. Flavio sintió que se apoderaba de su alma la impaciencia, y que el disgusto y la honda cólera llamaban a su corazón. Pero pasados los primeros momentos de sorpresa y de envidiosa tristeza, contempló de nuevo y con aparente calma aquellas locas alegrías, aquellos envidiados goces, de los cuales le parecía estar separado por una invisible valla.

—Yo me siento con valor —decía con voz balbuciente— para lanzarme también en ese incesante y confuso torbellino que marea y trastorna. ¡Ah, yo llevaría a mi hermosa compañera sin tocarla casi, sin que sus pies delicados imprimiesen sobre el césped la más ligera huella! Así iríamos, así nos confundiríamos en el alegre vórtice, hasta que se debilitasen mis fuerzas y cayese rendido de cansancio y de felicidad. Pero ¿cómo acercarme a ella y decirle: "Ven"? ¿Consentirá alguna en seguirme?

Dominado, pues, por ese pensamiento, buscó anhelante lo que deseaba; es decir, una mujer, y una mujer hermosa.

Alejadas algún tanto del lugar del baile, y paseando bajo las sombrías alamedas, veíase un grupo de alegres jóvenes que charlaban en voz alta y se reían como antiguas bacantes. Todo estaba en silencio hacia aquellos sitios, y las voces juveniles de aquellas niñas resonaban misteriosamente a lo largo de la alameda, y el viento de la noche parecía prestarles algo de su frescura y dulce vaguedad.

Flavio se adelantó hacia ellas.

Cuando se halló en su presencia y las vio a la luz rosada y suave de los farolillos, que les hacía aparecer más hermosas; cuando pudo contemplar de cerca sus gracias y su belleza, aquella alma sencilla y llena de las más puras creencias, aquel corazón lleno de vida y de entusiasmo se sintieron embriagados, y Flavio se apresuró a rendir a aquellas mujeres el homenaje de que las creía dignas.

Él, el inocente, el eterno amante de la libertad, el espíritu indomable, pero sencillo, casi se prosternó ante ellas, y en aquellos mismos lugares en que resplandecían las libres costumbres de este siglo, se abandonó sin recelo ni desconfianza a los transportes de su alma. Así, pues, cuando pudo contemplar tranquilamente los rostros sonrosados de aquellas mujeres, sus cuerpos esbeltos y flexibles, que las juzgaba antes como visiones que se desvanecen, exclamó:

—¡Sois tan hermosas... tanto, que yo creería ofenderos si llegase a tocaros, como lo hacen esos hombres!

Y con los brazos extendidos, la cabeza inclinada y en los labios una sonrisa llena de pasión, parecía sumido en éxtasis y contemplaciones celestiales.

Pero aquel precioso grupo se conmovió ligeramente; el murmullo de sus palabras dichas a media voz se confundió con el viento que agitaba las ramas de los árboles, y una ruidosa carcajada estalló como un trueno en las bocas hechiceras de aquellas niñas de quince años, que miraban a Flavio con toda la petulancia y descaro que constituye el vicio dominante de las jóvenes vanidosas, pero ignorantes todavía de cuanto encierra la vida de amargo y desagradable para el porvenir. Después, sobre el eco aún no extinguido de aquella risa, se dejó oír una voz metálica y casi desagradable, aunque juvenil, que dijo con el acento más irónico del mundo:

—Ese manso cordero no espera sino a que le conduzcan al sacrificio.

El semblante de Flavio se cubrió de una palidez mortal al escuchar aquellas palabras, que le hicieron despertar de su éxtasis con un estremecimiento convulsivo. Lanzó en torno suyo una mirada dolorosa y llena de ira, y, al fin, con voz entrecortada por la emoción y la cólera, pronunció un juramento y una provocación a quien tan sin piedad le había herido en lo más alto y puro de su alma.

Pero ninguna voz contestó a aquella terrible amenaza y las hermosas siguieron burlándose de su inocencia y de su enojo como si este no fuese más que un nuevo incentivo que aumentase su franca hilaridad.

Mas al ver a Flavio adelantarse hacia ellas, pintada en su rostro una fiereza salvaje, y próximo tal vez a desencadenar sobre las imprudentes todo el peso de su justa indignación, huyeron unas tras otras, como desbandadas palomas, dejando a Flavio inmóvil y contemplándolas con la mayor extrañeza. Acababa de comprender que aquella clase de enemigos eran tan débiles y maliciosos como cobardes. Pero ¿qué hacer...? ¿Sería él capaz de seguirlas para descansar sobre ellas todo el peso de su ira? ¡Imposible! En el fondo de su alma existía aún la adoración que habían querido expresar sus labios...

Lleno de amargura, Flavio volviose tristemente hacia el lugar en donde las alamedas aparecían más desiertas, pues en aquel momento tenía necesidad de soledad y de sombra. Al pasar, una joven alta, delgada y en extremo elegante, aunque no hermosa, se presentó a sus ojos, dando el brazo a una anciana, que caminaba lentamente; pero apartando pronto sus miradas de aquellos dos seres que en tan terribles momentos de prueba nada podían interesarle, no pudo notar que aquella joven, casi niña, le dirigió una extraña y burlona mirada acompañada de una sonrisa que hizo descubrir sus dientes blancos como el marfil. Se alejaron, y Flavio, internándose a su vez entre los árboles, huyó de la luz que hería sus ojos, de los que estaban próximas a desprenderse algunas lágrimas.

Lágrimas... ¿Qué significaban aquellas lágrimas?

Si el hombre de corazón enérgico y valiente no desahogaba jamás con llanto sus dolores, ¿cómo él, que se creía con fuerzas para aniquilar el mundo, sentía resbalar por sus mejillas esas compañeras inseparables de los seres débiles que doblegan la cabeza al primer sufrimiento?

Por primera vez Flavio dudó de sí mismo, se espantó de su propio corazón, y creyendo percibir un abismo doquiera tendiese sus miradas llenas de desconfianza, deseó ser como el águila, que alzando su vuelo deja el mundo a sus pies yendo a perderse en la inmensidad del espacio.

Pero, pobre mortal sin alas y sin fuerzas para remontarse a la región de las nubes, tenía que vagar por la tierra con sus esperanzas, su desencanto y sus lágrimas; tenía que arrastrar la pesada cadena que sujeta al hombre a este mundo y bajo cuyo peso se inclina al fin y cae inerte para no levantarse jamás.

De nuevo los alegres rumores de la multitud, que fatigada del baile buscaba con avidez espacio y aire que respirar, llegaron hasta Flavio. Estremecido al sentir que se acercaban, levantose instintivamente, como el ciervo que se despierta al sonido del cuerno de caza, y quiso huir, pero ya era tarde. La multitud, ansiosa de respirar con libertad las brisas de la noche, lo inundaba todo, y fue necesario mezclarse y confundirse otra vez entre aquellas hadas, que iban y venían, atrayéndole unas veces, rechazándole otras, pero siempre reteniéndole en su seno como a un juguete apetecido a quien no quisieran arrojar nunca lejos de sí.

Pero las mujeres, las hermosas mujeres, estaban otra vez allí; es decir, los demonios tentadores, que vagaban sin cesar en torno suyo, y cuando sus ligeros vestidos le tocaban al pasar, cuando sus armoniosas palabras resonaban como una música en su oído, cuando se aparecían ante él hermosas visiones, no pudo resistir más, y henchido de una viva emoción lo olvidó todo, pensando que ante aquellos seres tan delicados y perfectos era necesario sacrificarlo todo: honor, vida y libertad, y que el negarse a hacerlo así era tal vez ofender a Dios en su obra más grande y más perfecta.

Y volvió a acercarse a aquellos para él seres inmaculados y dignos de adoración y volvió a luchar con su timidez y a arrostrar el temor y la vergüenza de decirles por vez primera, en su puro e inocente lenguaje:

"Yo os amo, y os amo más que todos esos hombres que os rodean; dirigidme por compasión alguna de esas miradas cariñosas que a ellos les prodigáis sin que las deseen como yo las deseo".

Pero ¡cuántas mujeres hermosas pasaron sin que él se atreviese a posar en ellas su casta y embriagadora mirada!

"¡Pasad —parecía decirles—; pasad! ¡Oh vosotras, las que amo y me hacéis padecer! ¡Ninfas graciosas y crueles que castigáis con la muerte al atrevido que osa seguiros hasta vuestros misteriosos y sombríos recintos!".

¡Ay! Estaba escrito que debía sufrir aquella noche, que, al traspasar, por primera vez el umbral de su palacio, su corazón puro y virgen había de ser lacerado y atormentado largamente.

Y eran ellas, las mujeres, las que le hacían sufrir; ellas las que, con sus bocas hechiceras, murmuraban palabras de mofa, que al fin despertaron al león dormido. ¡Y ay de las palomas imprudentes que con locos arrullos despertaron al gavilán!

He aquí por qué Flavio, al sentirse otra vez herido en su amor propio indomable y activo, se volvió contra las que amaba su alma y se dijo con voz ronca y ahogada por la ira:

"Ello es preciso al fin; y pues lo han querido así, yo haré brotar sangre de esas mejillas coronadas para que les quede un eterno recuerdo del último de los Bredivan".

Y pronunció estas palabras con un acento de amenaza tal y con actitud tan atrevida y salvaje, que muchas miradas se fijaron en él con temor y desconfianza.

Pero una mano detuvo su brazo en el mismo instante en que iba a alzarlo.

—Amigo mío —le dijeron—, ¿qué locura es esta? ¿Qué habéis hecho? Todos os miran con ceño, y pienso que van a haceros pedazos si permanecéis por más tiempo en medio de esta barahúnda.

—¡Ah!, marchemos, marchemos de aquí —exclamó Flavio con desesperación, echándose casi en brazos del que le hablaba—. ¡Yo estoy loco —añadió—, tengo un infierno en mi corazón!

—Venid, pues —le contestó, sonriendo irónicamente, el importuno hablador con que había tropezado al entrar en el baile, pues no era otro el que acababa de detener su brazo levantado en ademán de venganza.

IX

Y se alejaron de aquellos sitios de maldición.

Mas cuán débil no es el corazón del hombre, aun el de aquel que entra en el mundo diciendo: "Mi alma no recibirá más impresiones que esas que nacen y mueren a impulsos de la voluntad: ¡yo no seré esclavo!".

Flavio, cediendo al dolor que le oprimía y a la seducción que ofrece a su espíritu atribulado el placer de una confidencia, descubrió a aquel desconocido todos los secretos de su alma. Era la primera vez que el entusiasta viajero sufría dolores de esos que necesitan un consuelo. ¿Cómo, pues, tendría fuerzas para rechazar en aquellos momentos un confidente, un amigo, cuando sentía herido su corazón, cuando se hallaba rodeado de tinieblas?

¡Ah, no! Flavio cedió a la necesidad que sentía; Flavio fue débil, desahogó su corazón, confesando sus incertidumbres, su sencillez, su ignorancia, y no sintió en toda su intensidad el dolor de la primera caída porque el cansancio y el desaliento de su alma le hizo amar su primer amargo desengaño.

Si el mal penetra con tanta facilidad en el corazón del hombre, es porque, como aquella flor que envenena con su embriagador aroma, encierra atractivos dulcísimos que se tornan amargos después que se han degustado.

Se dice que el camino que conduce al bien, el camino que lleva a la salvación, es una senda estrecha y monótona por su rectitud, que no concluye hasta el término del viaje, áspera y llena de piedrecillas que lastiman los pies, sin atractivo alguno que distraiga la inspiración del hombre, ocupada en los altos destinos a que está consagrada, y en los pensamientos justos y sin mancilla que le llevan hasta Dios.

En cambio, el que conduce al mal es, por el contrario, llano, espacioso y sembrado de flores cuyo perfume turba nuestros sentidos y cuyos colores se bañan en la claridad deslumbradora que Lucifer lanza desde infierno.

La parábola es tan poética como verdadera, y jamás se cansa de admirar su profundo sentido mi débil espíritu de mujer.

Flavio se creyó casi feliz y sintió su pecho libre de la opresión del dolor después que con la más inocente sinceridad mostró a su nuevo amigo sus pensamientos más ocultos, el sentimiento de su orgullo herido y el desprecio, el profundo rencor que abrigaba su alma contra todos aquellos que le aventajaban en saber gozar de los placeres de la vida y que parecían burlarse de su ignorancia con las miradas indiferentes, pero audaces, que lanzaban a cada momento sobre él.

El buen amigo le escuchó, por su parte, con una malignidad y una ligereza propias de un corazón que estaba muy lejos de parecerse en nada al de Flavio.

Algunas veces, una risa burlona asomando a sus labios pálidos y deprimidos causaba en Flavio una sorpresa y una emoción desagradable, que casi hacía detener las palabras en su garganta; pero su compañero, demasiado suspicaz, pronto hacía desaparecer aquel motivo de desconfianza, y la calma volvía al corazón del viajero del mismo modo que en una noche nublada aparece la luna, dejando caer sobre la tierra su claridad suave y apacible.

Instantes hubo, sin embargo, en que los entusiastas pensamientos de Flavio, de cuya imaginación fecunda y brillante brotaban las imágenes como el agua brota del manantial, pura, cristalina y sin mancha, conmovieron al joven a su pesar, y le arrastraron en pos de sí a regiones desconocidas y hermosas.

Al hablar Flavio de sus futuros proyectos, de sus sueños eternos, se diría era inspirado por un genio oculto que le hacía orador sublime, en cuya palabra se encerraba el encanto de todas las armonías.

Cuando hablaba, su frente noble y morena se teñía de un rojo tenue; su mirada era brillante; las palabras se agolpaban a sus labios, y su hermosa voz, vibrando como las cuerdas de un arpa, causaba estremecimientos que apresuraban los latidos del corazón.

Su compañero no podía dejar de conmoverse ante aquella fuerza superior que, a su pesar, vencía la rebelde impasibilidad de su alma; pero, hombre a quien las sublimes emociones fatigaban, trató de poner un dique al torrente armonioso que no le dejaba avanzar en su torcido camino.

—Me complace escuchar vuestras palabras, en las que se deja traslucir la brillantez de vuestra imaginación; vuestros grandiosos pensamientos en los que se revela el genio... ¡Oh, sí, mucho genio! —le dijo al fin, en un acento que parecía inspirado por el mismo espíritu delicado y juvenil que animaba a Flavio—. Pero creo deber recordaros —añadió con voz más baja y pausada—, puesto que soy vuestro amigo, que por ahora debéis olvidarlo todo y pensar únicamente en vengaros de los que, siendo los seres más débiles de tierra, han osado provocaros... insultaros.

—¡Son tan débiles y tan cobardes!... —repuso Flavio con un acento que revelaba al mismo tiempo compasión, amor y desprecio.

—¿Y eso os hace retroceder? Perdonad al cobarde y os dará una puñalada cuando no podáis defenderos. ¡Ah, no! Vergüenza fuera en verdad que ellas hubiesen una vez sola humillado a los que nacieron para ser sus señores... Burlaos de ellas como ellas se han burlado de vos; demostradles de lo que es capaz una voluntad virgen en medio de la sociedad más culta, y os aseguro que seréis después el ídolo ante quien sacrificarán todo lo que existe de más sagrado para ellas. Su amor, su belleza, sus esperanzas futuras y hasta su vanidad, el único vicio que las hace a veces levantarse sobre los que pretenden herirlas, como la serpiente que alza su cabeza de la tierra para herir al que ha puesto sobre ella su planta imprudente.

—No sé por qué —repuso Flavio con terquedad— siento una repugnancia invencible a hacer daño a esos seres que tan sublimes había creído y en cuyos rostros ha puesto Dios la gracia y el candor de sus ángeles más queridos.

—¡Cuán niño sois!... —le contestó su amigo con sarcasmo—. ¿Sabéis si existen?

—Lo creo —murmuró Flavio, mirando al joven como espantado de las palabras que acababa de oír de sus labios.

—Pues si lo creéis —replicole su compañero—, creed también que no deben parecerse a las mujeres. Yo os hice ver cómo esos que llamáis hermosos ángeles no son más que el juguete que Dios ha puesto en medio de nuestro camino para amenizar nuestros momentos de ocio y de hastío. Cómo con una sola palabra, con una mirada, las arrojamos de su pedestal de barro, haciéndolas caer a nuestros pies implorando compasión. Ellas derraman entonces lágrimas que ruedan como perlas por sus mejillas; pero sus lágrimas y sus gemidos son solo una hermosa mentira. Afectando una dignidad que no poseen, os dirán con orgullo que las ofendéis, y momentos después, vanas y volubles como el viento, os darán gracias con una sonrisa o con una mirada que encierran un mundo de promesas por aquello mismo que antes juzgaba un ultraje.

—Tenéis razón, lo conozco; ellas son débiles y nos vencen y nos insultan; pues, bien; me vengaré de ellas —murmuró Flavio con disgusto—. Cuanto me decís es odioso.

—Pero verdadero.

—¡Oh, sí, sí, me vengaré! —volvió a repetir Flavio—. Es más culpable aquel que, como ellas, afectando bondad, encierra el mal en el fondo de su corazón, y merecen castigo.

—Valor, pues, amigo mío —le dijo su traidor amigo, apretando la mano de Flavio en tanto vagaba por sus labios una sonrisa de satisfacción cruel—. Seguid mis consejos, y espero que tendré que vanagloriarme de vos. Pero os dejo: me esperan y no quiero tardar. Espero que nos veremos antes del baile.

—Sí, en verdad —contestó Flavio.

Y se separaron.

Flavio, abandonado de nuevo a sus propios impulsos, no cesaba de exclamar, alzando sus ojos al cielo:

—Un amigo... ¡Oh, Dios!... Un amigo es la alegría de la existencia, la luz, la vida. ¡Bendito seas, oh Dios mío, que me habéis dado un amigo!

X

Durante algunos momentos las palabras de su nuevo amigo zumbaron en sus oídos como una loca tentación.

Mil pensamientos a cuál más sombríos, mil ideas terribles pasaban por su mente gritando venganza, y Flavio parecía desecharlas, diciéndose a sí mismo: "¡Eso no es bastante!".

Como se ve, el golpe había sido certero y nuestro héroe, después de algunos momentos de vacilación se dijo: "¡Ah, sí, tiene razón: es necesario vengarnos! La afrenta fue grande; séalo también el castigo".

Y se adelantó hacia una hermosa niña que se acercaba lentamente hacia el baile.

Nunca Flavio había visto mujer más hermosa; era pálida, tenía ojos negros, cabellos que caían en abundantes rizos sobre sus espaldas, mirada triste y dulce, y en toda ella se notaba cierto aire de pudorosa timidez, hija mimada de la inocencia.

Flavio la vio; su corazón latió con violencia: quiso dirigirse hacia ella, pero sus pies se negaban a obedecerle.

—¡Maldición! —murmuró—. Vergüenza fuera que me detuviera al primer paso.

Y se acercó resueltamente a la hermosa joven.

—¿Queréis bailar conmigo? —la dijo con voz temblorosa, pero que tenía el acento de la cólera y que parecía una amenaza.

Ella murmuró una excusa, y volviéndose a una de sus amigas, dijo:

—Debe de estar loco.

—Quizás no os falte razón, querida mía —le contestó—; pero, sin embargo, es un loco a quien pudiera perdonársele alguna locura.

Flavio, en tanto, recorría las alamedas, se acercaba a todos los grupos; cuanta mujer joven y hermosa se presentaba ante él tenía que sufrir sus amenazadoras miradas y su eterna pregunta. ¡Ay, cuán pocos sabían lo que pasaba en aquel corazón, cuando sus labios formados por las dulces sonrisas murmuraban la misma respuesta que la pálida joven!

El loco mancebo devoraba en silencio la ira que brotaba de su corazón; fruncía, como Júpiter, sus cejas, y momentos hubo en que sus salvajes instintos le incitaron a levantar sobre la insolente turba su brazo fuerte y poderoso. ¿No lo merecían acaso aquellos débiles seres, a la vista bellos y sencillos como los ángeles, en su interior podredumbre y miseria?

Así se lo había dicho su nuevo amigo y así había él llegado a creerlo. Tanto que en su rostro empezaban a aparecer terribles señales de la tormenta que agitaba su corazón.

De repente, igual que un rayo de sol que atraviesa las plomizas nubes y baña con su débil claridad la tierra ansiosa de luz, así una nueva mujer apareció ante sus ojos.

Flavio la conoce, la vio pasar dos veces a su lado como una sombría visión que se le presentó de nuevo en los momentos en que él se dirigía a lo más oculto de las retiradas alamedas para derramar allí, en silencio, las primeras lágrimas amargas que habían corrido por sus mejillas.

Ella seguía indiferente su camino; pero en el corazón de Flavio se despertaron dolorosos recuerdos y se acercó a ella, diciendo con ademán y con acento más amenazador que nunca:

—¿Tampoco querréis vos bailar conmigo?

Por única respuesta la joven hizo una graciosa inflexión con la cabeza, se sonrió levemente con sutil ironía, y sin añadir una sola palabra a aquel signo afirmativo, se cogió del brazo que Flavio le ofrecía con tan salvaje y fiera galantería que sería bastante a intimidar a otra mujer menos serena que la atrevida joven.

Semejaba esta a un ángel rebelde que conservase todavía la gracia inefable de los cielos, aun después que el Eterno hubiese marcado sus divinas facciones con la sombría fealdad de los réprobos. Fea y hermosa a un mismo tiempo, ligera y grave, no podía decirse si atraía o rechazaba; si sus ojos, castaños y claros, como una fría y despejada mañana de otoño, expresaban odio o ternura; si era fría y severa como una orgullosa castellana de la Edad Media, o ardiente y apasionada como las jóvenes del Mediodía.

En el conjunto de sus facciones había una gracia especial que no podía decirse si provenía de sus rosados párpados, que se entornaban lánguidamente; de la espaciosidad que sus cejas, algo calvas en la extremidad, prestaban a sus sienes y a su frente pálida y noble, o de la inflexión particular que sus labios gruesos y teñidos de un vivo carmín formaban al cerrarse, pareciendo que sonreían siempre con una gracia maliciosa y coqueta. El óvalo redondo de sus mejillas y el blondo cabello que en ondas graciosas caía sobre sus espaldas y garganta la prestaban también cierto aire de virgen melancólica, que haría contraste con lo restante de su extraña fisonomía, contribuyendo cada vez más a formar aquel tipo, incoherente pudiera decirse, confuso y vago, pero bello en medio de sus deformidades y de su poca unidad.

No podía decirse si era grave o soberbia, si era cándidamente risueña o burlona y suspicaz; pudiera creérsela lo uno y lo otro, y temeríais al mismo tiempo atribuirla alguna de esas cualidades temiendo ser demasiado bueno e indulgente para con aquella mujer-niña que parecía cuidarse muy poco de los que quisieran tomarse la molestia de interrogar a su frente muda, a sus miradas indiferentes.

Al verla apoyarse en el brazo del viajero y lanzándole miradas furtivas y escudriñadoras, se diría que, no siéndole aquel hombre indiferente, quería tenerle a su lado, quería oír el sonido de su voz, leer hasta en lo más íntimo de aquel corazón virgen como ninguno, y en el cual el primer perfume de amor no había sido aspirado todavía por ser alguno sobre la tierra, ni deshecho por ninguna de esas brisas volubles que disipan las más constantes y graves pasiones del hombre.

Por su parte, Flavio sintió una impresión casi desagradable cuando al ofrecerla su brazo fijó sus rápidas miradas en el rostro semiburlón de la joven, que mirándole sin cesar con sus claros ojos parecía leer algo en la pálida frente de Flavio.

No había hallado en aquella mujer la blancura mate ni la belleza angelical de las otras mujeres. No comprendiendo todavía más que la belleza mórbida y fresca de las campesinas, la belleza que habla directamente a los sentidos, su joven compañera no valía para él ni el más leve pensamiento ni la más pequeña atención.

"Sin duda el cielo —decía en su interior— ha puesto en medio de mi camino esta mujer que nada dice a mi alma, para que sin remordimientos ni pesar haga caer sobre ella todo el peso de mi venganza. Sus ojos parece que no deben derramar jamás lágrimas que inspiren compasión, y su frente se creería formada para resistir sin temblar todas las emociones y todas las tormentas. Probemos, pues, a hacer brotar de esos ojos llanto que implore piedad, y a que en esa frente severa y pálida aparezca una sombra de temor, una arruga de hondo sufrimiento. Entonces podré decir que he vencido y abandonaré, para no volver más, este lugar en donde he gustado los primeros pesares".

XI

La frente erguida y ceñuda, el ademán resuelto y firme y la mirada llena de osadía, Flavio seguía andando con paso acelerado y aire imponente, como si se dirigiese a un combate, en tanto cruzaban estas ideas por un loco pensamiento. Apoyada en su brazo, su pobre compañera tenía que seguirle casi jadeante, sin que pareciese atender a las miradas severas que empezaba a dirigirle como una justa reconvención. Flavio, impasible ya, decidido a no retroceder en sus propósitos de venganza, se había transformado en otro hombre.

Habían desaparecido ya de su rostro la ingenua dulzura y aquel sello de inocente timidez que bastaba a distinguirlo de los demás hombres, como se distinguirá el justo de los réprobos el día de la ira.

En vano su compañera, alzando hasta él sus airados ojos, trataba de adivinar el misterioso pensamiento que se ocultaba tras las sombras que nublaban su semblante; en vano quiso que la muda estatua hablase, que de sus labios inmóviles saliese una sola palabra de maldición o de felicidad, pues todo quedaba oculto para ella, y solo pudo comprender que en aquel instante Flavio estaba satisfecho de poder cumplir su extraño destino.

Entonces la altiva joven tomó una repentina resolución: al disgusto que se notaba en su semblante airado sustituyole una fría y glacial indiferencia, y tranquila y con la mayor calma esperó que Flavio diese la señal de combate, que ella presagiaba ya. Y en verdad que el taciturno y sombrío silencio de Flavio no era otra cosa que los primeros rumores de la tormenta que iba a estallar sobre su cabeza, fuerte como la del santo atleta de la Escritura antes que una mujer cortara sus cabellos.

Por fin llegaron al lugar del baile, y como si esto fuera lo único que desease y hubiese ido hasta allí para buscar un lugar de reposo, Flavio tomó asiento al pie de un árbol desnudo de follaje, pero que aun así parecía con sus ramas descarnadas formar un regio dosel sobre los que se cobijasen bajo su cariñoso abrigo.

Después con un gesto que más tenía de injurioso que de galante, Flavio invitó a la joven a que se sentase a su lado.

Obedeciole esta con inalterable calma, con serena frente y sin que la más leve sombra de disgusto anublase aquel semblante, en el que se percibía tal indiferencia, tal impasibilidad y sosiego, que se creería imposible pudiesen llegar a turbarse jamás aquellas facciones frías como los mármoles.

Pero toda aquella frialdad, todo aquel reposo no eran más que ficción, apariencia engañosa que ocultaba sentimientos profundos y turbulentos.

"¿Por qué habré aceptado su brazo? —se decía allá en lo más íntimo de su alma, en donde nadie podía sorprender el despecho que la devoraba—. ¿Por qué habré pretendido adivinar su pasada existencia, percibir algo del misterio de que me pareció llena su vida y amar su mirada, en la que creí percibir un resplandor suave y apacible como el que iluminaba el hermoso rostro que he visto en mis sueños?... ¡Loca de mí, había olvidado que los sueños no pueden ser más que sueños!... Y he aquí ahora que ese hombre, de quien me burlé primero para ocultar a los ojos de los que me rodeaban que había hecho profunda impresión en mi alma; ese hombre a quien creía inocente, virgen en sensaciones, apasionado y suave al mismo tiempo como el aroma de la violeta... ese hombre, al acercarse a mí, se convierte en salvaje, anubla la hermosa frente, me mira ceñudo y parece decirme con sus ojos, en los que como por encanto ha desaparecido la dulzura: 'Buscaba una víctima, mujer, y esa víctima eres tú'. Este hombre no sabe que le he ofendido y quiere, no obstante, vengar en mí, de un modo grosero, el mal humor que le devora. ¿Por qué? Tal vez sea porque me odia instintivamente, tal vez no soy hermosa para él; he aquí todo. ¡Desvanécete, pues, deliciosa locura que has venido a enseñorearte en mi pensamiento! Tú, alma mía, has encontrado un hombre en tu camino, y te volviste para contemplarle, porque era hermoso... porque en sus grandes ojos brillaba el claro rayo de la inocencia. ¿Quién era ese hombre? ¿Tú no has llegado a saberlo? ¿Y qué te importa? Él te aborrece; aparta, pues, de él tus ojos y mira hacia el opuesto horizonte en donde veas destacarse todavía su figura esbelta y airosa".

Así pensaba aquella loca niña, en tanto contemplaba con la más aparente impasibilidad las descarnadas ramas que se inclinaban fríamente sobre su cabeza, y marcaba con sus pequeños pies el compás de la música que se dejaba oír en aquellos momentos.

¿Quién es capaz de explicar lo que pasaba dentro de su corazón altivo y soberbio? ¿Qué tempestades rugían en el fondo de su alma, poética y ensoñadora como ninguna?

A su vez, Flavio contemplaba absorto cuanto pasaba en torno suyo; detenía sus escudriñadoras miradas en cada objeto, y volvía la cabeza a todas partes, como si no quisiese perder un solo detalle de tan variado como alegre cuadro, y parecía que estaba gravemente ocupado de cuanto le rodeaba, menos de la mujer que tenía a su lado silenciosa, serena, fría, como una estatua de bronce; y, sin embargo, esto no era verdad.

Ella, sin embargo, era su único pensamiento y nada veía de cuanto se agitaba en torno suyo sino a ella, a quien quería humillar por medio del desprecio; ella, a quien, a pesar de todo, hallaba más indiferente y más olvidada de sí misma que lo que Flavio deseaba.

¡Así se estrellaba en el vacío el primer golpe de su meditada venganza! ¡Así se volvió a sentir humillado por su débil enemigo! ¡Así sintió acrecentarse su ira y su aborrecimiento hacia aquella mujer de hielo que no le miraba siquiera, que no demostraba ni impaciencia, ni disgusto, ni siquiera vergüenza!

En un momento de enojo, y cansado ya de hacer un papel inútil, Flavio, lanzando sobre la joven una mirada, la volvió después la espalda con ademán del más profundo desprecio.

"Me había engañado, y sin duda está loco —dijo para sí la joven, palideciendo—; pero yo le haré ver que el débil compromiso que haya tenido la debilidad de contraer con un loco no es para mí más que una palabra vana que desaparece cuando le place a mi voluntad".

Levantándose entonces rápidamente, y tomando su rostro una expresión profundamente irónica y mordaz, dijo inclinándose ante Flavio como si fuese a darle gracias:

—Caballero, o me engañé creyendo que erais un hombre cuerdo, o vos habéis juzgado neciamente que yo era capaz de hacer un papel tan ridículo como el que vos hacéis. Acompañadme, pues, al lado de alguna de mis amigas, porque me siento fatigada de toleraros.

Como si le hubiesen lastimado en el corazón, volviose Flavio, pálido y conmovido, hacia la joven, cuya voz acababa de resonar en sus oídos como el eco vaporoso que recordamos haber escuchado en algún sueño de dolorosa tristeza. No le era aquella voz desconocida; alguna vez debió haber resonado dolorosamente en su corazón cuando tanto se conmovió al oírla de nuevo. ¿Cómo no, si de aquellos mismos labios habían salido las terribles palabras que le hicieron gustar por primera vez cuanto hay de amargo en la vida?

La joven no pudo menos de retroceder asustada al ver aquel semblante demudado que acababa de volverse hacia ella.

Pero Flavio, cogiéndola por un brazo tan fuertemente que casi le hizo arrancar un grito, la atrajo a sí, en tanto le decía sonriendo amargamente:

—¡Y fuisteis vos!

La joven lanzó un grito ahogado.

—¡Dios mío! —prosiguió Flavio, contemplándola y moviendo lentamente la cabeza—. Vos, ¿y por qué? ¡Ni me conocíais siquiera, ni yo os había ofendido jamás!

La joven vaciló al oír aquella dolorosa reconvención y casi inclinó su frente ante Flavio como reconociéndose culpada.

—En verdad, sois una mujer infame —volvió a decirla Flavio con torva mirada—, ¡y merecéis que os castigue!

—¡Castigarme! —contestó la joven, reponiéndose con altivez—. ¡Castigarme! —volvió a repetir mirándole frente a frente con orgullosa severidad—. ¿Y quién sois vos, caballero, para dirigirme semejantes amenazas? ¿Queréis decirme a qué raza extraña pertenecéis?

Esta pregunta, hecha con la ironía más cruel, devolvió a Flavio toda la energía de su orgullo, toda la ira, adormecida un instante por la sorpresa del dolor, renovado en la reciente herida de su amor propio ofendido.

Alzose de su abatimiento más fiero y salvaje que nunca, y clavando en el rostro de la joven una mirada más terrible y sañuda que cuantas hasta entonces le había dirigido, le respondió con una voz que se asemejaba al sordo rumor del trueno que se oye en lejanía:

—Mujer, yo pertenezco a la raza de los hombres, pero de unos hombres de tal condición que tienen por ley vengar los ultrajes que reciben. Pero no temáis, yo soy benigno —añadió con extraña sonrisa—, y por hoy limitaré mi venganza... ¡a bailar con vos! —La joven fijó en él con sorpresa sus grandes ojos—. Sí —prosiguió Flavio—, nada más que bailar con vos. Es necesario —añadió, acercándose a ella y tocando casi su oído con sus ardientes labios—, es necesario que os estrechen hoy los brazos del hombre a quien con vuestros insultos habéis hecho casi morir de vergüenza.

—¡Estrecharme en vuestros brazos!... —exclamó la joven aterrada y haciendo un vano esfuerzo para desasirse de Flavio, que sujetaba su brazo fuertemente.

—¡Os espanta tanto... mi venganza! —repuso aquel con infernal acento—. Es decir, que solo a mí está negado lo que concedéis al primero que llega; tan solo a mí, quizá por haber tenido la debilidad de creeros ángeles siendo demonios; por haberos respetado, adorado, citando para ellos no sois más que un juguete que arrojan lejos de sí, después que lo han mancillado con su contacto.

—Todo lo que estáis diciendo —se atrevió a murmurar la joven— ¡no es más que una locura, una necia locura!

Y lanzó en torno suyo una mirada de temor. Pero nadie reparaba todavía en aquella escena que la causaba vergüenza, dolor y miedo. "Al menos —dijo para sí— aún nadie sabe que este hombre me está insultando, que me ha escogido para blanco de sus iras".

—¡Una locura!... —repitió Flavio, cada vez con más amargo y conmovedor acento—. Tal vez me creéis loco porque os echo en cara la perversidad de vuestro corazón, porque os digo que solo a mí me han sido negados los abrazos sin pudor que en el vértigo de esas danzas locas concedéis al primero que se acerca a deciros: "¡Venid y bailemos!". No sé, mujer, quien es en verdad el verdadero demente, si yo por haberos creído reinas del universo y no humildes criaturas que descienden bajamente hasta los brazos de los que las miran como inferiores suyos, o vosotras por haber despreciado al que os profesaba una adoración tan santa, tan sincera, que solo fuera posible tuviese por rival al Dios que con sus supremas alegrías llena el espíritu de los que le bendicen en sus obras... Cual si en mi frente llevase el sello de la más infame reprobación, me habéis despreciado indignamente, me habéis convertido en enemigo vuestro, aun a despecho de mi voluntad. Vos la primera lanzasteis el rayo sobre mi cabeza inocente, hiriéndome sin piedad; clavasteis en mi pecho el primer dardo del dolor, y he aquí que deseáis ser también la primera sobre quien descargue el peso de mi venganza. Bailaré con vos, tocaréis mi mano, que estrechará la vuestra, hasta lastimaros; quizá mi aliento se juntará con vuestro aliento y os arrastraré conmigo en loco remolino hasta haceros caer rendida de cansancio y de angustia... ¡Oh!, sí...; todo esto... más aún si me fuera posible, ¡y, sin embargo, no podréis decirme que soy tan cruel como vos... que os ofendo... sin motivo, señora!...

—¡Oh no! ¡Yo no bailaré con vos —exclamó la joven en voz baja y convulsa—, yo no puedo bailar con un loco!...

—¡Loco!... —repitió Flavio con mayor amargura—. Me llamáis loco otra vez... cuando sufro tanto... cuando siento que me ahoga el dolor... ¡Ah! —añadió lanzando un profundo suspiro mal comprimido—. Me habéis hecho llorar una vez, sabedlo... Pues bien... Las lágrimas se agolpan de nuevo a mis ojos, esto es una debilidad vergonzosa que no se olvida... ¡Y esto todo por vos!

Y Flavio, en medio de esta exaltación dolorosa, apretaba con fuerza contra su pecho el brazo de la joven. Su voz, en un principio dura y vibrante, había concluido por ser sofocada y doliente, y de sus ojos inflamados estaban próximas a saltarse las lágrimas ardientes que hinchaban sus párpados.

La joven, por su parte, temblaba como la hoja del árbol sacudida por el viento, no sabemos si de miedo o de emoción; pero sus ojos claros parecían próximos a bañarse también en el abundante llanto, a duras penas comprimido en su pecho.

Siguiose un instante de angustioso silencio, que ninguno de los dos se atrevía a interrumpir. Sus ardientes miradas se tropezaban, volviendo a separarse y buscándose de nuevo. Flavio apretaba el brazo de la joven contra su corazón, haciéndole sentir sus apresurados latidos, y ella se estremecía; las palabras asomaban a sus labios, y, sin embargo, ni la más pequeña sílaba venía a interrumpir su silencio.

En aquellos instantes, arrastrados el uno hacia el otro por una fuerza oculta y desconocida, ya nada veían de cuanto pasaba en torno suyo; la cuerda del dolor, vibrando a un mismo tiempo en lo íntimo de sus almas, acabada de unirlos, y no podían hacer más que escuchar los sonidos acordes que tan dulcemente resonaban en su corazón.

En vano la joven esperaba, sin respirar casi, volver a oír la dulce voz de Flavio. Flavio había enmudecido. ¿Sabía ya, por ventura, con qué extrañas palabras debía expresar los sentimientos que se agitaban en su alma? Ya no era cólera lo que sentía, no era dolor, ni odio; era otra cosa inexplicable, dulce y angustiosa a un tiempo...; era un deseo, una incertidumbre... Pero ¿cuál era la causa? Eso lo ignoraba aún.

—¿Por qué no proseguís? ¿Qué tenéis?... —le dijo por fin la joven en una voz tan callada y tan suave que Flavio la sintió resbalar por su corazón.

—¿Qué tengo?... —le respondió con entrecortado acento—. ¡No lo comprendo! Me siento ahogar... ¡Pero ya no os aborrezco, no; vuestra voz acaba de resonar en lo más profundo de mi alma, y me ha trastornado!... ¡Habladme, habladme otra vez, os lo ruego!... ¡Que no dejen de mirarme vuestros ojos y que yo perezca!... ¡Mi venganza, al fin lo conozco, ya no puede convertirse más que en lágrimas!...

—¡Perdón, perdón... por lo que os hice sufrir! —exclamó la joven viendo brillar el llanto en los ojos de Flavio—. Yo no os había comprendido... Sabed que mis labios os han ofendido, pero no mi corazón... que siente... y no os puede decir lo que siente—añadió con voz pausada y débil.

Dos lágrimas rodaron por sus encendidas mejillas al decir estas palabras, escapadas a un sentimiento más poderoso que su voluntad, más grande que todas las consideraciones del mundo.

No comprendió Flavio, ciertamente, el verdadero sentido de aquellas palabras; pero el acento con que habían sido pronunciadas, y sobre todo sus abundantes lágrimas, de que fueron precedidas, hablaron más vivamente aún a su alma, si esto era posible. Loco, delirante, el pobre viajero se lanzó, dando un grito de sentimiento y de júbilo, a enjugar aquellas lágrimas que resbalaron hasta las manos de la joven, que él cubrió de inocentes besos. Después, cual si se hallase en lo más retirado de sus parques solitarios y sombríos, gimió, sollozó libremente, dando rienda suelta al llanto largo tiempo comprimido.

Las estrepitosas risas que entonces estallaron en torno suyo les hicieron conocer que cien miradas burlonas habían estado contemplando la sencilla y hermosa escena en que el hombre de la naturaleza había expresado sus más íntimos pensamientos. Olvidados de todos, su fatal olvido tuvieron que pagarlo bien caro.

La joven, lanzando un ¡ay! desgarrador, cayó inerte al suelo, y Flavio, aterrado, cogiéndola en sus brazos con una ligereza que nadie pudo estorbar, estampó, lleno de angustia, ardientes besos en aquella frente helada, como si con ellos quisiera volverla a la vida.

Flavio oyó entonces resonar a su alrededor voces amenazadoras que pronunciaban palabras cuyo sentido no podía comprender su turbada imaginación. Como si se hallase presa de un loco delirio, veía a la multitud acercarse cada vez más y rodearle, formando en torno suyo una muralla compacta. Pero él, inmóvil, estrechaba cada vez más entre sus brazos aquel hermoso cuerpo; besaba sus manos heladas y la llamaba con los nombres más cariñosos de su alma, esperando el momento de verla volver a la vida.

—¡Al loco, al loco! —gritaron entonces los que le rodeaban, en tanto que levantaban los brazos sobre él.

—¡Prendedle! —contestaban los que se hallaban más lejos.

Y, aprovechándose de su estupor, lograron apoderarse de él, llevándose lejos de allí a la pobre joven que, desmayada todavía, no había podido ver, por su fortuna, nada de cuanto pasaba a su alrededor.

En medio de su estupor, Flavio apenas tuvo tiempo para reflexionar. Sin embargo, pronto y como un león herido que destroza cuanto halla a su paso, hizo conocer a los que le rodeaban la fuerza hercúlea de su brazo. El hijo de la montaña volvió a su libertad y quiso huir; pero la multitud que le rodeaba le persiguió furiosa con gritos y con aullidos, y fuele preciso volverse hacia los que le seguían y desafiarlos.

Chispeaban sus ojos bajo los párpados y lanzaban en torno suyo miradas de fuego llenas de rencor y de ira, que ora se fijaban en los más tímidos, ora en los más atrevidos, como si quisiese elegir entre tantas cabezas aquella sobre la cual debía descargar todo el peso de su ira.

De pronto, toda su atención se concentró en un solo objeto; pintose en su semblante la sorpresa, la cólera y el orgullo más noble. Semejaba un dios irritado que iba a aniquilar con su palabra a los mortales que habían osado provocar su enojo.

Entre aquella turba que gritaba: "¡Al loco, al loco!"; entre aquellos rostros groseramente animados, acababa de ver a su buen consejero, a su primer amigo, que dejando oír su voz sobre las demás voces gritaba más que todos:

—¡Al loco, prended al loco!...

Una terrible idea pasó entonces por el pensamiento de Flavio, sombrío como la noche y rápido como la cárdena luz del relámpago.

Flavio echó entonces mano a sus pistolas y disparó; la bala fue a clavarse a dos pasos de su traidor amigo, en el tronco de un álamo, que pareció gemir y estremecerse de dolor, y la multitud huyó espantada.

Nuestro héroe huyó también, aprovechándose de la confusión que reinaba en torno suyo, y salvando ligero como un gamo la distancia que mediaba entre el bosque y el camino, llegó al sitio en donde se hallaba su carruaje, y hasta donde llegaban los feroces aullidos de la multitud burlada.

Colocose Flavio en la delantera, cogió las riendas, y agitando el látigo rompieron los caballos al galope, impulsados por un estallido diabólico que hizo erizar sus crines de espanto.

XII

Envuelto por las frías nieblas de la mañana, que apenas daban paso a su respiración jadeante, Flavio agitaba el látigo con su brazo infatigable. Su mirada, extraviada, no alcanzaba a distinguir entre los densos vapores si caminaba por la ancha y fácil carretera, o si su carruaje rodaba a orillas de un precipicio, y su convulsa mano no podía detener ya los desbocados caballos.

Las ramas de los árboles que hallaban al paso azotaban su rostro; las voces desgarradoras de su cochero se unían al ruido estridente de las ruedas, que saltaban sobre las piedras ásperas y desiguales de aquellas sendas salvajes y desconocidas. La alta maleza desgarraba la ropa de los viajeros; los caballos corrían a la ventura, con la velocidad del relámpago. ¡Cuán horrible aquella huida, marchando al azar envueltos por las nieblas negras e insondables como el caos!

Flavio, loco, delirante, caminando hacia el abismo, recordó que con su vida iba a extinguirse la de otro hombre a quien había arrastrado en su desgracia. Bredivan y su austero palacio pasó también en confuso por su extraviado pensamiento;

recordó su tranquila niñez, las últimas palabras de sus padres; pasó por su imaginación conturbada la idea de Dios, que le habían enseñado a adorar y a temer: se acordó del infierno, de la eternidad.

Entonces gritó también, pidió socorro, y su voz se perdía en el silencio y las tinieblas que le rodeaban. Temía la muerte, no quería abandonar tan pronto la vida; pero el fantasma de negras alas y enjutas mejillas parecía sonreír entre la niebla y atraerle hacia sí con sus miradas tristes y sin brillo.

Veía con el alma desgarrada cómo la rapidez de aquella carrera infernal le robaba de minuto en minuto su existencia.

Pero tan terrible angustia no podía durar mucho tiempo.

—¡Saltemos al camino! —gritó el cochero.

—¡Saltemos! —murmuró Flavio.

Dos gritos desgarradores atravesaron el espacio; las colinas los repitieron en confuso, como si el abismo les contestara con un gemido. Los desbocados caballos rodaban por la vertiente de una profunda cañada, y momentos después caballos y carruajes se estrellaban en lo profundo de la abierta sima.

XIII

Hermosa era la tarde y cristalinas las gotas de agua que se desprendían de los árboles. El cielo azul estaba sembrado de nubes ligeras y blancas como palomas; la atmósfera, limpia y pura; las praderas exhalaban gratos aromas que halagaban deliciosamente los sentidos, y a lo lejos, el mar, mostrándose inmenso y tranquilo, dejaba que se deslizasen sobre sus ondas los grandes buques y las pequeñas embarcaciones de los marineros de aquellas costas. El río seguía apaciblemente su curso entre sus húmedas orillas sembradas de flores azules; los silvestres pensamientos, cuyo color es tan apagado y triste como los recuerdos vagos de un amor que ha vivido y muerto ignorado, lanzaban sus débiles perfumes; y el canto sencillo de los pájaros, el chirrido del torno, al que hilaba una anciana de respetable fisonomía al umbral de la puerta, y el cacareo de los gallos jóvenes, que decían adiós al sol para recogerse, se dejaban sentir consecutivamente, formando un murmullo y una armonía verdaderamente campestres. Dulce tarde de otoño, tranquila y cariñosa; cuadro apacible que Flavio contemplaba absorto y silencioso desde una de las cuatro ventanas pintadas de verde que decoraban la sencilla fachada de la casa que habitaba.

Apoyada lánguidamente su cabeza sobre una de sus manos, dirigía melancólicas miradas hacia la parte más extensa del horizonte, magnífica llanura cubierta de arbolado y rodeada de montañas que parecían tocar el cielo con sus agudos picos desnudos de vegetación, y cuyo color sombrío y extraña construcción les daba cierta semejanza con esos aéreos castillos que, según antiguas y fantásticas tradiciones, eran edificados por el diablo en la cima de las inaccesibles montañas. Levantándose más allá de la región de las nubes que coronaban sus cabezas cenicientas, y formando una muralla semicircular en rededor de la campiña que reverdecía tranquila y resguardada con su sombra, parecían oponer a los viajeros una valla insuperable. Flavio las seguía hasta su formidable altura, desafiándolas con sus miradas penetrantes y melancólicas, como si quisiera traspasar aquellos horizontes y llegar hasta los más lejanos, otros bosques y otras campiñas queridas para su alma, que aquellas ásperas montañas ocultaban traidoramente.

Recuerdos y pensamientos errantes divagaban por su mente inquieta, como nubes que se disipan y vuelven a mezclar sus vapores con otras nubes de formas diversas y caprichosas, y su imaginación vagabunda y descontentadiza, pordiosera, que iba pidiendo a las plantas, a las aves y a las estrellas una ilusión más para unir a las que ya poseía, recorría lo presente, lo pasado y lo por venir, como un loco a quien es imposible contener en sus accesos de delirio. Ella era su más mortal enemiga, la niña mimada de su alma, a quien nunca lograba tener contenta y la cual formaba, sin embargo, la felicidad de su vida con su volubilidad sonriente y halagadora, y sus ensueños fantásticos y tentadores como la serpiente. Hay seres en la tierra cuya existencia no es más que una continuación de sueños, y cuya muerte es un sueño también, pero en el cual encuentran la única felicidad que les ha sido dado tocar en la tierra.

El recuerdo de los solitarios campos de Bredivan venía a mezclarse tercamente a sus más sonrientes ilusiones, presentándose a su pensamiento con toda su pompa fúnebre a través de aquella campiña alegre y floreciente que se extendía a sus pies bañada por los últimos rayos de un sol de invierno.

Entre los árboles añosos y sombríos veía alzarse su viejo palacio como un fantasma mudo y cubierto de negras vestiduras; le veía con los cristales de las ventanas cubiertos de polvo, en el que se enturbiaba el rayo de sol que les hería; la maleza, adelantándose por las anchas alamedas de blanca y fina arena; la yedra, abrazando el tronco de los frutales y chupando su savia; la ortiga, mezclando sus ásperas hojas con la aromática flor de los naranjos y limoneros. Ninguna mano que cariñosa cuidase de apartar los abrojos de las rocas; ninguna que podase la viña ni recogiese el racimo dorado en el delicioso mes en que el campesino, ebrio de gozo, recoge el fruto sembrado con el sudor de su frente. En el palacio de Bredivan ya no había más que un reposo parecido al de las tumbas; el mismo viento pasaba callado entre las ramas de las corpulentas encinas; todo era soledad... ¡Soledad y siempre soledad!

"¿Por qué —se decía Flavio— habré nacido con un instinto errante como las aves de paso? ¿Por qué, pájaro que no anida, quiero hacer resonar mis cantos de alegría y libertad en aquellos sitios que no han recogido mis primeras lágrimas ni oído mis balbucientes palabras? ¿Por qué abandono todo lo que me ha sido querido, todo lo que poseo, para ir a mendigar a los extraños un pan que ha sido regado con el sudor de hombres que no pertenecen a mi patria? ¡Yo no lo comprendo!".

Nada más cariñoso que las brisas del país natal, que nos traen los perfumes de las flores que renacen cada primavera en nuestras campiñas; nada más suave que sus cantos bañados en el eco de sus montañas... Su cielo purísimo, sus ríos caudalosos, el mar que baña sus costas como un amigo que jamás las abandona, tienen un lenguaje que solo entienden sus hijos, a quienes han mimado y arrullado desde la cuna con su murmullo suave y cadencioso. Pero mi corazón no quiere escuchar ninguno de esos cariñosos acentos; mi corazón las dice: "Pasad, auras; pasad, aromas; pasad, brisas del mar, espuma salobre más blanca que la nieve, sordo y manso ruido de las olas juguetonas que corren unas tras otras en la arena como ninfas envueltas en túnicas transparentes...; ¡pasad vosotras todas, jóvenes graciosas nacidas en los bosques, en los mares, en las campiñas de mi hermoso país natal! Para mí cada rosa que nazca sobre la tierra, así en los jardines de Bredivan como en los confines del mundo, tendrá su grato perfume; cada mar, suaves murmullos, y cada bosque, sus brisas, que yo saludaré sonriendo como a viajeras compañeras mías. ¡Y me alejo!"...

Dulce es el nombre de los seres que hemos amado, de los objetos que han formado nuestros placeres; dulce, suavísimo, el nombre de patria; ¡pero mi patria es el mundo!

Yo debiera vivir y morir donde reposan las cenizas de mis padres, queridas cenizas al lado de las cuales ya nadie queda en la tierra que pueda orar y gemir sino un hijo ingrato; pero mi alma vigorosa marcha ligera delante de mí, y me arrastra, sí, me arrastra incansable, en tanto yo la sigo con la alegría más grande de mi corazón. Dentro de mí mismo, ¡oh cenizas a quien amo y respeto!, va el germen de un remordimiento que me condena porque os abandonó; pero mi espíritu rebelde grita que los muertos no necesitan de los vivos para dormir tranquilos su sueño eterno, y yo os digo ¡adiós!, obedeciendo a mi alma.

Hay algo en mí que me dice: "¡Detente!", a cada paso que avanzo, haciendo volverse atrás a mi pensamiento, algo que quiere sofocar esa otra voz que me aleja de todo lo que me es querido; pero los torrentes devastadores no pueden tener diques que los contengan, porque los arrastran tras su corriente hervidora que se abre paso entre peñascos calcinados.

Y el tiempo carcomerá tus muros, ¡oh Bredivan!; ¡el tiempo que carcome la vida! Tus piedras caerán una a una sin que nadie restaure una sola de tus torres; tus altas ventanas darán libre paso a la lluvia y al viento, que gemirá entre los agujeros de tus paredes, y, sin embargo... tú vivirás mucho tiempo después que yo haya dejado de existir. Extraño destino de la vida del hombre sobre la tierra, soberano del universo que reina un solo día y que muere al despuntar la aurora del nuevo sol que amanece, teniendo que abandonar su cetro y su grandeza a las generaciones futuras. Terrible idea que me espanta y me amedrenta.

"Menos que un soplo, parecido a la flor del viento, el hombre aparece en la tierra, el aire helado de la muerte pasa, le deshoja, el tiempo esparce sus restos y ya no queda ni el más leve rastro de su existencia. ¿Por qué entonces esta agitación incesante, esta ansia de libertad y de espacio que me devora, estos proyectos y esta fe en el porvenir?

"¡Quizás no sea todo eso más que una vana quimera!

"Misterios se han revelado a mi entendimiento desde que salí de mi prisión de veinte años que me causan admiración y me confunden haciéndome ver miserias en que yo no creía. Contradicciones continuas de que el alma debe ruborizarse, ideas que luchan entre sí, y voces que nos atraen y nos alejan a un mismo tiempo; he ahí los acontecimientos de cada hora, las escenas que se suceden y se reproducen a cada instante en nuestro espíritu..., y después, sobre todo esto, el tiempo, que todo lo lleva; el olvido que lo cubre todo; el deseo que ambiciona más para volver a perderlo, a abandonarlo de nuevo.

"Después de aquellos horribles tormentos que distaban de la muerte un solo paso, yo vivo aún... me presento a la faz del día, busco la luz sin rubor, sin retroceder al pensar que han manchado mi rostro los colores de la vergüenza, sin haber vengado mi honor ofendido. ¡Pretendo seguir imperturbable mi camino y recorrer el mundo, a pesar de haber recibido su primer latigazo, que aún resuena en mis oídos como el último eco de la tempestad que se aleja! ¿Es esto lo que yo tenía pensado de mi corazón, de mis sentimientos, de mi recta conciencia? ¡Estar tranquilo y gozar de la vida, cuando existen recuerdos de escenas que casi nos han hecho morir!... Todo esto es incomprensible a mi entendimiento, yo me desconozco en esto...

"Huyamos, pues, y no pensemos; el pensamiento es un tirano. Pronto tendré yo fuerzas, y partiré quizás para no volver más.

"La pobre vieja que tan piadosamente nos ha cuidado me ruega sin cesar, con las lágrimas en los ojos, que permanezca en la quinta, que espere... y bien sabe el cielo que esta es una orden inexorable de partida.

"'¡Oh!, sí, sí; os quedaréis —me dice—; mis señoras llegarán muy pronto, y les disgustaría no hallaros... ¿No es verdad que os quedaréis, mi dócil convaleciente?'.

"No es verdad, mi buena anciana, no es verdad, aunque siento por vos no complaceros...; marcharía mañana mismo si me fuese posible. Tus señoras vendrán... ¿quiénes son? Yo no quiero conocerlas ni que me conozcan. En una carta les mostraré mi reconocimiento por los favores que en su casa me prodigaron. Seré su amigo, su buen servidor; pero de lejos. No quiero verlas; el solo nombre de mujer me estremece y lastima mi alma.

"Una sombra errante vaga aún en el fondo de mi corazón, aérea, melancólica, ligera como un suspiro furtivo y cariñoso... escapado a unos labios trémulos, y esa sombra me hace temblar cuando la recuerdo; sufro como aquel que, falto de aire que respirar, busca en vano una atmósfera pura, transparente, que calme la ansiedad de su pecho. Cuando ella llama a las puertas de mi alma, el ruido de sus pasos hace latir apresuradamente mi corazón; escucho, la reconozco, le abro mis brazos; pero ella entonces se retira a medida que yo me acerco; va perdiéndose, poco a poco; su pálido rostro aparece por última vez en el fondo de una nube blanquizca, me mira con tristeza, la nube se cierra lentamente y se deshace, al fin, en el espacio...

"¿Quién sabe en qué asilo retirado moras? ¡Oh sombra mía! ¿Quién sabe qué campos, qué praderas, qué ríos apacibles reflejan tu dulce semblante, qué rayo de sol cae sobre tus cabellos rizados como las mansas olas? ¡Oh astro de la noche, que apareces por encima de las desiguales montañas, como una aureola de fuego; bendita tú que puedes contemplarla con tu fría mirada desde tu trono de blancas nubes! Un solo ósculo sobre sus pálidas mejillas, que han dejado en mis labios para siempre su aroma, el único consuelo, que he robado en aquel día de desesperación, a los que para siempre le han arrebatado de mis brazos... ¡Menos feliz que tú, oh luna, yo no volveré a verla...; yo solo podré recordar... hasta que este recuerdo se desvanezca!...".

Al acabar de decir estas palabras, Flavio levantó la cabeza para mirar por última vez la campiña iluminada por la luz de la luna; pero en el mismo instante volvió a inclinarse hacia el patio, donde acababan de resonar pisadas de caballos que herían la tierra con sus duros cascos.

Su rostro palideció entonces, lanzando una ahogada exclamación de sorpresa; tambaleose algunos segundos como el beodo que se despierta, y fijando otra vez en el patio sus turbados ojos, se retiró rápidamente, poniendo la mano sobre su corazón, como el que acaba de ser sorprendido por una profunda emoción.

XIV

Dos mujeres, anciana la una y joven la otra, acababan de apearse delante de la puerta que conducía a los reducidos establos de aquella casa medio rústica, medio señorial.

La vieja sirvienta, que salió a recibirlas con júbilo, lanzaba una tras otra exclamaciones de sorpresa, que hacían asomar la risa a los labios de las recién venidas.

—Mi pobre María —le decía la más anciana—, hemos querido sorprenderte, y henos aquí en tu presencia como llovidas del cielo.

—Como llovidas del cielo, ciertamente, mis queridas señoras —respondió la anciana, al mismo tiempo que penetraban en una reducida sala, alhajada con sencillez, pero en la que brillaba la más exquisita limpieza. ¿Quién se atrevería a pensar en tanta felicidad? Pero ¡Mara, hija mía! —añadió, siguiendo a la joven con maternal solicitud hasta un antiguo sofá, en donde acababa de tomar asiento, y besando sus manos heladas, que ella le abandonaba con negligencia—. Estás fría, como lo están las piedras del huerto a la mañana, antes que el sol derrita la escarcha que las cubre.

—¿Cómo no? —repuso la joven—. El viento de la tarde que hería nuestros rostros era fresco y húmedo, aunque ligero. Pero no temas; a mí no me asustan ni me dañan las brisas del invierno; por el contrario, las amo, y creo que me rejuvenecen.

—¿Que no te dañan has dicho? ¡Ah, pobre hija mía! —repuso la vieja, moviendo lentamente la cabeza—. Tú sueñas con ser robusta y fuerte, lo deseas; pero la debilidad de tu complexión te vende. En este mismo instante tu sangre circula con dificultad, porque el viento que se infiltra por las quebradas de las montañas te ha helado y aterido con su gentil soplo que penetra en el pecho como una espada. ¡Oh!, hija mía, necesitas recobrar el calor perdido, es preciso que tomes el remedio que voy a prepararte.

—¡Oh María! —exclamó la joven, deteniéndola, con un acento entre cariñoso y burlón—. Nada necesito. Hace largo tiempo que no has tenido a quien recetar tus aguas tónicas y tu jarabe infalible de orégano y miel, y quieres ensañarte ahora en mí... ¡Comprende que eso es injusto!...

—¡Siempre tan caprichosa! —repuso la anciana con cariñosa resignación—. ¿No es verdad, señora —añadió como buscando apoyo en la ágil anciana, que por su propia mano desocupaba las maletas de viaje—; no es verdad que Mara necesita recobrar el calor perdido, sin el cual se expone locamente a enfermar de nuevo?

—Ciertamente, Mara. Debes de hallarte helada, y no es bueno que permanezcas así —contestó la anciana, lanzando sobre su hija una mirada cariñosa.

—Bien —repuso la joven—. Me acercaré a la chimenea, y todo marchará a medida de vuestros deseos. ¿Te parece esto bien, mi bondadosa María? Añade otro leño al que está ardiendo y habrá aquí fuego para dar calor a un muerto. Así..., perfectamente; ahora, acercaos, mi querida mamá; ya arreglaremos eso más tarde; y tú, María, siéntate en medio de nosotras dos y háblanos..., háblanos largo tiempo; tres meses han pasado sin vernos, y debes de tener muchas cosas que contarnos. ¿No es cierto?

—¡Oh!, sí —dijo la vieja sirvienta—, tengo mucho que decir; pero ¿quién prepara en tanto la cena a vuestro gusto? Además —añadió sonriendo—, mi enfermo suele recogerse tan temprano como un monje.

—¿Sí? —repuso la señora, tomando asiento al lado de su hija—. Según tu relato, María, ese pobre enfermo, a quien aún no conocemos, debe de ser más bien un santo, un elegido del Señor, que un hombre parecido a los demás hombres.

—También es verdad —añadió la joven— que no debe darse entero crédito a sus relatos...; para María todos los seres son palomas sin hiel, todas las almas sin mancha, todas las risas inocentes.

—Y para ti, Mara, al contrario; todo te parece perverso; me has dicho un día que el aroma de las hojas de rosa que yo guardaba en mi pecho causaba vértigos, que era perjudicial aquel olor fragante y suave, y hasta llegaste a decirme también que te gustaban más los días nublados que los días con sol. ¿Quién piensa entonces mejor de las dos?

—¡Tú, pobre María! —contestó la joven—. No puedes menos de confesarlo; habla, que prometo no interrumpirte.

Y hablaron largamente al amor de la lumbre, que chisporroteaba alegremente, como si se regocijase de iluminar los placenteros rostros de las recién venidas.

La vieja criada, arrimada al fuego, por cuya roja llama pasaba sus manos arrugadas y callosas, que no podían percibir desde lejos la dulce impresión de un calor suave, parecía incansable en relatar a sus señoras hasta la más leve circunstancia de cuanto había ocurrido en su ausencia.

Habló de las pérdidas y de las ganancias de la casa; habló así de la tierna viña que había dado aquel año dos sabrosos racimos como de la higuera, cuyo seco tronco y cuyas ramas sin hojas habían dejado ya de florecer; así de las gallinas, que se habían reproducido en sus polluelos, como de las desertoras palomas que volaron hacia el palomar ajeno. Nada echaba en olvido la cuidadosa sirvienta, pudiendo decirse que en su pensamiento conservaba la memoria del último grano perdido entre la hierba o robado por los ligeros gorriones, vagabundos pajarillos a quienes aborrecía mortalmente, puesto que se alimentaban con el trigo, que carga, dorado, las espigas inclinadas con su peso hacia la tierra...

Pero habló, sobre todo, del viajero que, según ella, había sufrido como un mártir las consecuencias de una horrible caída.

—Cuando le recogimos del duro suelo —decía la pobre mujer, llenos de lágrimas los ojos—, cuando pudimos ver sus cabellos empapados en sangre, desgarradas sus manos y el rostro macilento y renegrido como el de un muerto, confieso que sentí partírseme el corazón, cual si yo hubiese sido su hermana, su propia madre. Pronto acudió un médico en su auxilio, y el pobre joven sufrió, sin lanzar un "¡ay!", la terrible y larga tarea de curar las heridas que laceraban su cabeza, su cuerpo todo. Después, silencioso siempre, sin exhalar un quejido, sin pronunciar una queja, sin atreverse a decir siquiera, temiendo ser molesto: "Dadme agua, porque la fiebre me devora", soportó los crueles dolores que sin intermisión ha padecido en el transcurso de su larga enfermedad. Algunas veces, no obstante, sorprendí en sus ojos lágrimas, que fingí no haber notado, porque no gustan los hombres de que los vean llorar; pero bien comprendí que aquellas lágrimas no provenían de las dolencias del cuerpo, sino de algún dolor profundo del alma. No creas, Mara, que estas son aprensiones de la vieja que chochea; el triste joven tenía en su corazón alguna idea, algún recuerdo que le haría sufrir como no he visto sufrir a ningún hombre sobre la tierra, y por eso me causó más compasión y le quise cada vez con más ternura.

—¡Y bien! —contestó Mara, que parecía conmovida al escuchar el relato de la anciana—. ¿Tú no has tratado de conocer la causa de su sufrimiento, no has sabido de dónde venía, quién era o hacia adónde encaminaba sus pasos?

—¡Oh mi querida niña! —exclamó la anciana—. Yo bien hubiera deseado; pero ¿cómo fuera posible, si jamás dejó escapar de sus labios la palabra más leve respecto a esto? En vano busqué cuantos medios puede sugerir la curiosidad; pero todo fue inútil. Él me ha colmado siempre de atenciones, me ha dado repetidas gracias por mis mezquinos servicios, sus palabras son siempre cariñosas para esta pobre vieja; pero él habla todo lo menos que le es posible, y solo pude comprender que desea con ansia recobrar las perdidas fuerzas para seguir de nuevo su interrumpido camino. Ayer mismo me decía con la alegría pintada en el semblante: "Voy a partir, mi buena anciana. Yo me acordaré siempre de vuestros servicios y de la hospitalidad que en esta casa he recibido, lo que haréis presente a los señores de esta quinta, para quienes os dejaré una carta, que debéis entregarles. Siento, en verdad, dejaros tan pronto; pero mi destino es andar y andar siempre, en tanto haya aliento y vida en mi pecho". Contestele que ibais a llegar pronto; que deseabais conocerle; le rogué, en fin, con toda mi alma, esperase algunos días más. "Imposible", me respondió, volviéndome la espalda y arrugando su frente espaciosa y morena.

—En este caso, dejad que ignore nuestra llegada, mamá —dijo la joven en tono alterado—. Si nuestra presencia puede ser tan molesta a ese joven, le veremos solo cuando la casualidad nos presente ante él, y yo prometo, en verdad, hacer lo posible por que la casualidad no sea importuna.

—Eres soberbia como una princesa, Mara —dijo su madre—, y un soplo ligero basta para sublevar tu orgullo.

—¿Por qué me dices eso, mamá? —preguntó la joven atizando el fuego que ardía perfectamente.

—Tu madre tiene razón —repuso a su vez la anciana—; eres muy orgullosa, hija mía, y no deben serlo las jóvenes casaderas que tienen mezquina dote.

—¿Cómo no? —respondió la joven, sonriendo—. Ya que nos falte dinero, que nos sobre dignidad al menos. Será, tal vez, este un patrimonio por demás inútil; pero a mí me impide que dé lugar a la envidia, que tanto mortifica a las almas débiles.

—Bien —repuso la madre—; pero todo debe llegar hasta su término dado, y tú traspasas con eso los límites de lo justo. Una mujer podrá ser todo lo que debe ser, siendo virtuosa; pero no podrá ser nunca más de lo que es porque abrigue en su corazón el demonio de la soberbia. Por mi parte, un orgullo moderado y noble será lo único que podré ver resaltar en ti sin disgusto, estando, como estoy, convencida de que todo lo demás atraerá sobre tu cabeza hondos y tristes pesares, que te herirán de continuo y que mortificarán a los que te rodean.

—Madre mía —dijo Mara—, perdonadme el que os diga que no he podido ver nunca sin disgusto que propendáis a la humildad.

—Quisiéralo el cielo —le respondió su madre, alzando la mirada con cierto sentido de piedad—; entonces podría decir, al menos, que tenía una cualidad cristiana. Pero no es así; lo que yo tengo es más benevolencia que tú, hija mía, porque soy menos soberbia, y en esto hubiera deseado que te parecieras a tu madre.

—No me negaréis, sin embargo, que mi soberbia no es más que convencional. ¿Soy soberbia con los pobres? ¿Lo soy con mis amigos, con mis criados, con los que me demuestran cariño? No; lo soy solo con los que me ofenden, y esto creo que es justo —dijo la joven con la misma altivez.

—No es justo —volvió a responder su madre—, y voy a probártelo. Ahora mismo, si atendieras a tu orgullo, segura estoy de que despreciarías a ese pobre enfermo cuyos pesares ocultos ignoras, y esto tan solo porque se negó a permanecer en la quinta hasta el día de nuestra llegada. ¿Y ese hombre te ha ofendido, en verdad, con esa negativa cuando no te conoce?

—Eso necesita pensarse —contestó Mara.

—No es cierto, hija mía, y aun cuando lo fuera, tú lo hubieras condenado sin pensar. No niegues... soy tu madre y te conozco. Quizás llegarías a arrepentirte más tarde; pero siempre es vano para el ofendido el arrepentimiento del que ofende. Tú harías sufrir a ese joven, aumentando con tus desaires sus amarguras, sin que él fuese culpable contigo más que en que la suerte le hubiese arrojado un día, moribundo, a las puertas de nuestra modesta quinta.

—Vos habéis ido demasiado lejos en esta cuestión, madre

mía. No soy tan mala como creéis, aunque tenga orgullo, y, para probároslo, yo seré la primera que cumplimentaré al enfermo cuando se digne aparecer en nuestra presencia.

Y Mara parecía arrepentida de su pasado enojo al decir estas palabras.

—Me complacerá en extremo el verte hacer abstracción de tu peculiar altivez con un huésped que no nos pide palabras adustas, ni miradas llenas de orgullo, sino una hospitalidad franca y sincera, como la que María le ha proporcionado hasta ahora.

—Yo te prometo —dijo esta a Mara— que no te pesará de haberle querido como yo le quiero. ¿Querríais que fuésemos a sorprenderle? —añadió, después de algunos instantes de silencio—. Estoy segura de que se alegraría...

—No diré yo tanto —repuso Mara—; pero vamos, si no os desagrada, mamá. Le invitaremos a que nos acompañe a cenar, y le rogaremos después que, si le es posible, permanezca a nuestro lado hasta el día de vuestro santo, que no está tan lejano... ¿Os complaceré de este modo?

La buena madre dio un beso a su hija por única respuesta y se levantó.

—¡Vamos, pues! —dijo—. Nosotras esperaremos en la sala; María llamará a la puerta de su gabinete, le preguntará si se puede entrar y le sorprenderemos; ni más ni menos que si fuéramos tú su hermana y yo su madre.

—Sí, sí; vamos —exclamó la vieja criada, batiendo con alegría sus callosas manos.

Y se adelantaron en silencio hacia el gabinete de Flavio.

Las ventanas de aquella habitación, que eran de las más bonitas de la casa, se hallaban abiertas, y Mara se dirigió a una de ellas, poniéndose a contemplar, apoyada en el alféizar, los astros de la noche. No nos atreveremos a decir, sin embargo, que sus pensamientos estuviesen fijos en ellos como sus ojos. El rostro de Mara revelaba una imaginación vigorosa y profunda, y creemos, por tanto, que su alma divagase errante por otros lugares que aquellos en que fijaba sus miradas tan serenas y brillantes como los mismos astros que tapizaban el azul del firmamento.

María se acercó en tanto al gabinete de Flavio, llamó suavemente y esperó; pero no contestó nadie a su llamamiento; volvió a llamar más fuerte, y el mismo silencio se sucedió al primero.

—¿Qué es esto? —exclamó María, impaciente—. ¿Se habrá dormido?

—¡Quizá! —dijo Mara con indiferencia y sin apartar sus ojos de las estrellas relucientes, que parecían corresponder a sus miradas.

—Dejad que descanse —añadió—; es una impertinencia venir a despertarle de su sueño.

—No; no puede dormir...; no acostumbra dormir a estas horas —volvió a decir María.

—Llama... Llama otra vez —dijo la señora de casa—; al fin, será necesario despertarle para cenar.

La criada obedeció, pero todo fue inútil. Nada daba indicios de que tras de la puerta de aquel gabinete existiese un ser viviente y animado.

—¿Queréis que abra? —preguntó María.

—De ningún modo lo permitáis —se apresuró a decir Mara—; eso sería cometer una falta. Quizá haya salido... quizá se halle dormido... ¿quién sabe?; pero, de cualquier modo, no debemos penetrar ahora en su habitación. Marchemos de aquí, y pasado algún tiempo, que vuelva su amiga María a llamar a la puerta.

Y se alejaron, pensativas cada una y disgustadas en el fondo de su corazón.

XV

Después de que el ruido de sus pasos se hubo extinguido, después de que la voz de Mara se perdió en el interior de las habitaciones más distantes, la puerta del gabinete de Flavio, a la que habían llamado en vano, se entreabrió levemente, apareciendo en ella un semblante pálido, conmovido, en cuyas miradas se leía una emoción y una inquietud profundas.

Era Flavio.

Dirigió en torno suyo sus temerosas miradas, y avanzó algunos pasos, trémulo y sin respirar apenas, por la desierta estancia; detúvose otra vez, escuchó de nuevo, volvió a mirar hacia el oscuro corredor, que se perdía entre las sombras, y salió apresuradamente, inquieto, agitado, sintiendo latir su corazón, cual si acabase de cometer un crimen.

Después, salvando de un salto los escalones, atravesó el patio como un fugitivo que teme ser descubierto, y se dirigió hacia una puerta, en cuyo fondo oscuro se percibía, a favor de una débil claridad, un coche de camino.

—Vamos a partir —dijo Flavio, con voz ahogada, a su cochero, que acababa de acercársele—; engancha ahora mismo aprisa, a toda prisa, pero en silencio y sin que nadie pueda percibirlo. Cuando todo se halle dispuesto, deja esta carta y este bolsillo sobre el cofre de la anciana que nos ha servido, y ven a avisarme a la entrada del bosque, detrás de las encinas...

Y se alejó apresuradamente.

El cochero, lleno de sorpresa y murmurando de los caprichos de su señor, salió silenciosamente para prepararlo todo.

—Las nueve —dijo, después de contar las campanadas del reloj que acababa de interrumpir el silencio de la noche—; pronto estaremos corriendo por esos caminos que ni el diablo conoce y que solo Dios sabe lo que ocultan para el viajero tras los espesos matorrales que crecen a sus orillas. Pero él lo quiere; marchemos, pues, ya que no nos es dado, al menos en este mundo, hacer profesión de eterna vida.

Y se puso a ejecutar con presteza los preparativos del viaje.

En tanto, la luna, siguiendo indiferente su nocturna carrera, iluminaba a su paso el pequeño bosque cuyas corpulentas encinas parecían entregadas, como los mortales, a un dulce sueño.

Las ramas de los árboles, desnudos ya de sus hojas, dejaban ver a lo lejos sus troncos descarnados, semejantes a los altos andamios de interminables y fantásticos edificios. El viento arremolinaba con dulce rumor las hojas secas que servían de alfombra a la tierra; las aguas de un arroyo, brillando a los rayos refulgentes de la luna, se desbordaban con ímpetu sobre las piedras arrojadas al azar en su camino. Cantaban los grillos ocultos en las pequeñas matas, y algunas nubes rizadas, como un plegado manto de raso, empezaban a agruparse graciosamente, en torno al astro de la noche, menos ardiente, pero más amoroso que el del día.

A lo lejos el mar plomizo dejaba ver la espuma de sus rompientes, que ya interrumpía su oscura monotonía, apareciendo aquí y allá como un cisne que rebulle y abre sus alas al calor del sol, o saltaba sobre los negros peñascos, apareciendo y volviendo a desaparecer como un fantasma vaporoso y leve que se extinguiese en el espacio y volviese a reproducirse incesantemente en las aguas.

Las montañas sombrías con sus altos pinos y con sus picos agudos y dentados, dibujándose en el fondo del horizonte, contemplaban aquel cuadro, iluminado por la luz vaga y pura de las noches de noviembre, y embellecido por el reposo y la dulce palidez de cada astro que recorre, silencioso, el firmamento.

Flavio se distinguía en medio de aquellas claras sombras, si podemos decirlo así, en medio de los troncos torcidos de añosos robles, como un alma errante y perdida en la inmensidad de los espacios.

Con paso desigual recorría uno tras otro los desconocidos senderos, se paraba al menor ruido, producido por el viento o por los pájaros nocturnos al tropezar con sus alas contra las ramas. Escuchaba con sobresalto y volvía a caminar cuando se había convencido de que ningún ser humano seguía el rastro que dejaban sus huellas. Parecía un criminal que busca las tinieblas en donde poder ocultarse, y que vuelve a cada paso la cabeza para percibir, en medio del silencio de la noche, el menor ruido que le indique la aproximación del peligro.

Y, sin embargo, nada más inocente, nada más modesto ni pudoroso que el sentimiento que así le obligaba a alejarse de la apacible quinta, que así le hacía temblar, estremecerse, palidecer de emoción.

Jamás aquel pobre corazón de niño había sentido más dulces y halagadoras sensaciones; jamás pensamientos más bellos habían pasado por su loca imaginación; jamás su alma cariñosa se había deleitado en más grandes felicidades.

Todo su ser se hallaba henchido de una alegría inefable, le parecía hallarse rodeado de gloria, sentía angustia y placer a un tiempo, sonreía y lloraba para que tanta dicha no llegase a ahogarle, siendo incapaz de recogerla toda dentro de su corazón.

Y nada de esto era extraño.

Aquella adorada mujer, a quien había creído no volver a ver nunca más que en sueños; aquella de quien había perdido hasta el último rastro que pudiera conducirle a su morada, acababa de aparecer ante sus ojos, no ya como una ilusión que se disipa, no como una sombra amorosa, pero sombra al fin, sino como una dulce verdad, puesto que ella parecía venirle buscando, puesto que penetró en aquella casa, bendita desde entonces; puesto que ella vino llamando a su puerta, como diciéndole: "Ven tú, que me deseas y me amas; ven, que he llegado; yo espero sentada en el umbral de tu aposento a que vengas a recibirme, abiertos los brazos y el corazón palpitante de amor".

Pero ¡ah! La felicidad que embarga y hace enmudecer como el dolor no le dejó responder a aquel llamamiento cariñoso. Era ella misma la que se hallaba tras la cerrada puerta, era su voz la que hería claramente su oído... ¿Cómo abrir, pues? ¿Tendría valor para tanto? ¿Cómo atreverse a trasponer el umbral para decirle: "No duermo, adorada mía; sueño encantado, que te has convertido en enloquecedora realidad; estoy despierto y te escucho... ¿Cómo dormir si he oído acercarse el ruido ligero de tus pasos...?"? Presentarse así ante ella, él, que la había hecho sufrir; él, que la había tenido en sus brazos... que había creído no volverla a ver... que la amaba...

¡Imposible!... El pobre niño ahogó sus suspiros, se mantuvo inmóvil, sin respirar apenas, sintió alejarse el ruido de los pasos de Mara y huyó... Pero ¿qué pasaba entonces en lo más profundo de su alma?

¡Eso es inexplicable!

Ya en el bosque, tranquilo porque había dado la orden de partida, lleno de desesperación porque iba a alejarse, caminaba maquinalmente con la bella imagen en su pensamiento.

Él la veía, tocaba tembloroso su fría mano y se estremecía creyendo percibir el aroma de sus vestidos. Deslumbrado, como si acabara de ser herido por la luz del relámpago, se imaginaba seguir siempre su rastro brillante; solo veía delante de sí sus blancas vestiduras, solo percibía su rostro melancólico al reflejo de la pálida luna. Loco, podía decirse que en uno mismo adoraba dos seres: uno, Mara; otro, su imagen.

A través de las ramas de encina que formaban una muralla entre la casa y Flavio, un rayo de luz vino desde una de las ventanas a reflejarse en su semblante, atravesando las espesas hojas. Flavio experimentó una emoción violenta, y sus rodillas flaquearon. La sombra de Mara acababa de dibujarse a través de los cristales, destrenzado el cabello y caído sobre su espalda, envuelta en una negra bata que le prestaba un aire de grave serenidad, y llevando en su mano una luz que hería de lleno en su rostro. Flavio vio desaparecer la hermosa sombra y permaneció inmóvil; pero Mara volvió de nuevo, apagó la luz y, abriendo la ventana, pareció quedar sumida en una profunda contemplación.

Renunciamos a describir lo que pasó entonces en el corazón de Flavio. Diremos solo que hubo un momento en que, con el desesperado valor del que en un combate sabe que solo le resta morir o vencer, avanzó algunos pasos para presentarse ante ella; pero sintiéndose desfallecer, volvió apresurado a internarse en el bosque, indignado de su propia flaqueza y pidiendo apoyo al cielo con sus tristes miradas.

Su invencible timidez, esa hija de la pureza y de la inocencia, esa diosa castamente velada que se interpone entre nosotros y nuestros deseos cuando el alma es aún tan virgen como nuestro corazón, le impedía dar aquel fácil paso, del que dependía toda su felicidad.

Mara cerró la ventana después de dar con sus hermosos ojos un adiós a la luna, y Flavio quedó otra vez sumido en tinieblas y esperando, como espera un condenado su sentencia de muerte, el momento en que le dijeran: "Podemos partir".

Y llegó, por fin, el instante temido.

Cuando Flavio vio acercarse al cochero, le mandó alejarse con ademán imperioso, y acercándose entonces a la casa, besó arrodillado las húmedas piedras de su umbral, posando en ellas su ardorosa frente. Después, cogiendo un ramo de parietaria que crecía en una de las agrietadas paredes, se alejó lentamente, lleno su corazón de un angustioso dolor.

Pasados algunos momentos, el ruido de un coche que partía al galope hacía prorrumpir en exclamaciones de sorpresa a todos los habitantes de la modesta quinta.

XVI

Apenas media hora habrían caminado a través de las graciosas hondonadas extendidas al pie de las montañas que iban dejando en pos de sí, cuando Flavio hizo parar repentinamente el carruaje delante de una hermosa casa que, a pesar de sus apariencias aristocráticas, tenía sobre la puerta pintada de verde un rótulo que decía en grandes letras: *Posada*. Solitaria y orgullosa ostentábase aquella casa a orillas del camino, con sus balconcillos adornados de tiestos de flores que se enlazaban a los calados festones de sus verjas, con sus bosquecillos de abetos y sauces que sobresalían sobre los delgados muros que la cercaban, con su gran puerta precedida de una reja de madera, y de asientos de granito colocados en círculo y rodeados de acacias y de rosales de invierno que sembraban por la tierra sus delicadas hojas.

El ruido de una fuente se dejaba escuchar en medio del silencio de la noche; destacábanse las torrecillas de una iglesia cercana en el límpido azul del cielo, y veíase al fondo de la campiña y cortando el valle una graciosa montaña, sobre cuya cima los pinos formaban una línea prolongada que iba a perderse suavemente con el terreno en otra montaña plana y resbaladiza que se oponía a su paso. Entre aquellas dos moles inmensas que se encontraban y parecían tocarse, la ría seguía su camino hacia el mar, entre fecundos sembrados de maizales y viñedos que parecían ver resbalar alegremente las blancas velas por entre sus hojas, a quien hacían sombra al pasar.

Flavio no hizo más que lanzar una indiferente mirada en torno suyo, esperando impaciente se abriese la gran puerta en que acababan de resonar dos fuertes aldabonazos dados por la robusta mano de un cochero.

Quería pasar aquella noche al menos cerca de la casa de Mara. Quizás podrían llegar allí todavía las brisas que hubiesen resbalado sobre su frente; quizás a la mañana, cuando la luz del alba empezase a iluminar la tierra, podría distinguirse aún en lontananza el techo querido que cobijaba a la amada de su alma; quizás vería la ventana de su aposento y podría decirle adiós por última vez.

A medida que se iba alejando de aquella mujer, a quien sin saberlo amaba ya con toda su alma, todo se revestía a sus ojos de un colorido tristemente vago, de una apariencia helada, monótona y sin vida.

Nada era hermoso ya para el viajero sino los bosques y las praderas que ella podía abarcar con su mirada desde sus ventanas; ya nada encerraba el encanto de aquella mar plomiza que había contemplado tantos días indiferente, y de aquellas nieblas que, levantándose del caudaloso río, a la hora del crepúsculo, envolvían la quinta con sus densos y húmedos vapores. Incesantemente volvía la cabeza para mirar al camino que dejaba en pos de sí; el viento que hería entonces su rostro le parecía más puro, más benéfico; él respiraba con fuerza, fijaba sus miradas allá en el fondo del camino, y una lágrima se desprendía de sus ojos.

El pobre Flavio sufría amargamente.

Cuando distinguió, a los rayos de la luna, las grandes letras doradas que brillaban sobre la puerta de la hermosa casa, su corazón se ensanchó en medio de su tormento y alzó al cielo sus ojos para darle gracias porque se había compadecido de su dolor.

Podía detenerse allí, podía pasar una noche más cerca de la casa de Mara... una noche... ¿Quién sabe? ¡Podían suceder tantas cosas en una noche!

La puerta se abrió al fin, apareciendo en su umbral una joven aldeana de una belleza cándida, delicada, pura, como la de las vírgenes de Rafael.

Después de atravesar varias habitaciones elegantemente amuebladas, Flavio penetró en un gabinete cómodo y en el que brillaba aún más el lujo y el buen gusto que en lo restante de la casa. Otro que no fuera Flavio se hubiese extrañado de hallar en una posada aquel lujo fastuoso, aquellos salones que hubieran servido para recibir a un príncipe, aquellas alfombras mullidas como el apretado césped de los prados y en las cuales quedaba sofocado el ruido de las pisadas del viajero.

Flavio se hallaba agradablemente sorprendido en aquel gabinete de princesa, entre aquellas colgaduras de raso blanco y rosa, aspirando los aromas que desprendían algunos pomos de esencias colocadas simétricamente sobre una mesa de tocador de mármol blanco.

Flavio no se admiraba de hallar todo aquello en la posada de un camino porque su planta no se había manchado aún en el revuelto polvo que cada caminante deja al pasar en esos sumideros de toda clase de inmundicias. Lo que le sorprendía era aquel lujo que nunca había visto ni soñado y que tanto contrastaba con el lujo severo de su palacio, lujo sobre quien el tiempo había posado su inexorable mano, y prestado un color vago, indefinible, parecido, si así podemos decirlo, a la tristeza de la vejez cansada y expirante.

Aquellas cortinas de terciopelo carmesí con fleco dorado que pendían de las ventanas, oscureciendo su luz; aquellos sillones de alto respaldo y estrecho asiento, que tan poca comodidad ofrecían, y las pesadas mesas y recargados adornos de que el menor objeto estaba lleno, habían acostumbrado sus ojos a una monotonía que jamás la menor innovación había turbado.

Siéndole, pues, tan desconocido el lujo del siglo como la mayor parte de sus costumbres, Flavio no se cansaba de contemplar aquellas bellezas que tanto halagaban su mirada. Él, como el Adán de

Espronceda, quiso palparlo todo, quiso tocar los objetos que más impresionaban su virgen imaginación, y en un instante los divanes azul turquí que rodeaban la estancia; las estatuas de bronce, colocadas a cada lado de la elegante chimenea; los jarrones de porcelana, llenos de flores silvestres, pero olorosas y frescas aún; la misma alfombra, que ostentaba encendidas camelias, con sus verdes hojas sobre un hermoso blanco china, todo fue observado por Flavio con una curiosidad infantil; todo lo apartó de su lugar, volviendo a colocarlo a su manera, y no en verdad con la debida regularidad y simetría; a todo dio mil y mil vueltas en la mano, atrevida y temblorosa a un tiempo, como la del niño que ha cogido la sabrosa fruta reservada para su padre, y que su madre le ha advertido sería un crimen tocar siquiera.

Después, cierto sentimiento de reserva que le asaltó de improviso le hizo detenerse cual si temiese haber cometido un acto vergonzoso. Tendiose entonces muellemente en una otomana que se hallaba al lado de la chimenea, y se contentó con contemplar en delicioso abandono los hermosos objetos, que no se cansaba de admirar.

Voluble y ligero en cierto modo, como todos los poetas, e impresionable hasta la exageración, Flavio, sobrecogido por tanto objeto deslumbrador, había olvidado sus dolores; el recuerdo de la mujer amada se había casi desvanecido entre aquellos ondulantes cortinajes de azul y plata, las bellezas del lujo se interpusieron un instante entre las de la mujer, y el viajero vivió en otro mundo, que no era el del amor ni el de la amistad; que no era tampoco el mundo de sus sueños, pero que era quizás tan halagador como todo esto, tan voluptuoso, tan dulce, tan necesario para la vida y para la felicidad.

Acababa de conocer una necesidad más para la existencia, pero no una completa dicha, y Flavio, después de entregarse con todo abandono al nuevo placer que había venido a saludarle en su camino, conoció que faltaba algo allí, entre tantos perfumes, entre tanta hermosura...

¿Qué era este algo? ¡Mara!... ¡Pero ya no era triste aquella imagen en su pensamiento; ya no aparecía melancólica y llorosa, como una sombra amada que se desvanece para siempre!...

Mil ideas, a cuál más loca, a cuál más bella, empezaron a surgir de su imaginación, exaltada y vagabunda como las mariposas. Su pensamiento recorrió extrañas regiones, conocidas solo de aquel espíritu adolescente pero audaz, y un paraíso formado en su propia alma rodeó bien pronto su ser con sus delicias vagas y puras como el primer perfume de una flor que abre su cáliz al primer rayo de la aurora.

Él se mecía dulcemente en ilusiones brillantes, a las que su exaltada imaginación prestaba una vida real. El porvenir lo veía presente; lo presente, como un delicioso sueño; lo pasado, como un eco prolongado de dulce armonía que susurrase aún en sus oídos después de haberse extinguido.

El mundo volvía a aparecérsele más inmenso y más bello; la libertad, más brillante; el hombre, un ser más magnífico y más digno.

El espíritu de venganza que se enseñorea del corazón como una sierpe venenosa; el odio que roe el alma; la envidia, pecado inmundo que se anida en el seno de los seres más débiles, devorándose a sí propio, ya no existían para Flavio. Tan solo los dulces éxtasis, la halagadora dulzura de una mirada querida resbalándose sobre su mirada, aire, luz y perfumes: he ahí las convincentes visiones que pasaban y volvían a pasar por su pensamiento... Y todo esto había surgido de su pensamiento al dulce amor de la lumbre que ardía en la elegante chimenea, a la vista grata, al suave perfume de aquel gabinete aristocrático. ¡Tan susceptible era aquel corazón, tan liviano... tan poeta!...

¡Y cuánta belleza, cuánta armonía, sin embargo, en todas aquellas imágenes!... ¡Cuánta ventura desconocida de los hombres!... ¡Bendita esa edad en que tan dulces ilusiones surgen a torrentes del pensamiento al eco de un solo sonido, a un rayo de sol que ilumina oblicuamente el turbio cristal de alguna de nuestras ventanas!...

La imagen de Mara, engrandeciéndose al fin en medio de todas aquellas imágenes, fue ya la única que vio pasar ante él. Airosa, risueña, la veía resbalando su pie breve a través de la alfombra y ocultarse entre las flotantes cortinas. Mirarle su semblante medio oculto entre las hojas de una blanca flor silvestre, cada objeto se encarnaba en ella, ella era todo: la belleza, el amor, la vida.

Aquellos sueños llegaron a oprimirle como una pesadilla en un letargo febril; sintió arder su frente bajo un peso desconocido; sus lánguidos párpados se cerraban sobre la húmeda pupila. Mara, más que una ilusión, era ya un deseo inquieto, incomprensible, que le fatigaba.

Abrió, pues, las ventanas para respirar un aire más puro y menos ardoroso que el de aquel aposento que había poblado de fantasmas, y el viento de la noche, frío y sutil, vino a azotar su rostro apagando las bujías que ardían en su candelabro de bronce.

La luna seguía iluminando la noche, y su luz caía como un reflejo blanquecino sobre una fuente que, rodeada de sauces, se presentó a los ojos de Flavio. Brillaban al pie de los árboles, como pedazos de nieve sostenidos al pasar sobre las hojas, rosas blancas y azucenas que prestaban a aquel cuadro una incompresible belleza, y poblado de espesos naranjos todo el terreno que se alcanzaba a distinguir, se creería estar viendo la fresca gruta de una diosa que, siempre verde y floreciente, no dejase penetrar nunca en su recinto los rigores del crudo invierno.

El primer pensamiento que asaltó a Flavio fue recorrer el delicioso retiro, acercarse al tazón de granito de la fuente y refrescar con el agua fresca su frente ardorosa. Pero ¿cómo? Ninguna puerta conducía desde su habitación al lugar deseado.

¿Cómo podría, pues, llegar hasta allí?

Lanzando en torno suyo una mirada escudriñadora, pudo observar entonces que la ventana distaba apenas algunos pies del suelo, y él se halló bien pronto debajo de los sauces, refrescando sus sienes en el tazón de granito de la hermosa fuente.

Solo se escuchaba, en medio del silencio de la noche, el ruido del agua al caer murmurando mansamente, y Flavio llegó a imaginarse si cuanto veía no sería más que la continuación de un interminable sueño.

Recorrió con presteza los pequeños jardines que se extendían más allá de los naranjos; dio varias vueltas contemplando con extrañeza un grande estanque, a cuya orilla crecían con profusión pequeños tilos y flores silvestres, y caminando después al azar subió una espaciosa escalinata que conducía a un alto mirador cubierto de enredadera.

Flavio, encantado de todas aquellas inocentes maravillas con que la casualidad le brindaba, permaneció algún tiempo contemplando la luna, los pinos del monte vecino que destacaban en el horizonte sus ramas inmóviles y puestas en fila, como esperando ser cortadas de un solo golpe; la alta torre de la iglesia, que parecía un gigante que velase al pie de su vivienda, y por último, el camino a orillas del cual se hallaba, y que marcaba su senda, algo tortuosa, por una línea blanca que iba a perderse... allá muy lejos... en un grupo sombrío que no podía distinguirse a la luz de la luna si era bosque, población o montaña. Pero él bastó para despertar en Flavio una loca idea, un proyecto atrevido, insensato quizá.

¿Sería aquel el lugar en donde se asentaba la casa de la amada de su alma? ¡Tal vez la adorada vivienda se ocultaba allí entre las sombras; tal vez Mara, velando como él, asomada en aquel instante a la ventana de su aposento, respiraba también con anhelo las frescas brisas de la noche!

¡Ah!... ¿quién sabe? ¿No sería una dicha inmensa, una inesperada felicidad, volverla a ver, contemplar, aunque no fuese más que una sombra... a través de los turbios cristales?

Y bien: quizá para que esta felicidad no fuese un sueño no se necesitase más que dar un paso... saltar desde el mirador al camino, andar y andar sin parar un instante y llegar a la quinta... ¡Estaba tan cerca!...

Con la desnuda cabeza expuesta al rocío penetrante de la noche, deshecho el lazo de la corbata y medio desnudo el pecho por la entreabierta camisa, después de deslizarse como una culebra por lo largo de la pared hasta el camino, Flavio empezó a caminar con prodigiosa velocidad. Decirse pudiera entonces con verdad que el amor había prestado alas a sus pies, viéndole apenas posar en el suelo su ligera planta.

El camino estaba desierto; la claridad de la luna parecía más transparente en medio del profundo silencio de la noche; la naturaleza, despierta y dormida a un tiempo, poseía entonces un encanto misterioso, por medio del cual se diría quería atraer hacia sí a los mortales. Aquella amorosa soledad que tenía su lenguaje, aquella tibia claridad transparente y azulada, convidaban a una embriaguez extraña, a un anonadamiento voluptuoso pero puro; desearía uno vagar en aquel océano sin tormentas, en aquella deliciosa vaguedad parecida al caos, que encerraba en sí misma sombra, luz, tinieblas, vapores... silencio lánguido, sopor... adormecimiento, vida sonriente y dulcísimo cansancio... Hubiera uno ambicionado desvanecerse como humo vano y formar parte de aquella hermosa noche, que, como todas las cosas de la tierra, iba a terminar presto, iba a pasar para no volver más, concluyendo con el primer rayo de la aurora que apareciese en el lejano horizonte.

Sin embargo, Flavio no se detuvo en contemplar las bellezas de aquella noche de invierno; no sintió el frío, ni el rocío que se helaba sobre sus negros cabellos; caminaba, y caminaba siempre mirando hacia aquel lugar sombrío, hacia aquel punto que cada vez iba apareciendo más distintamente a sus ojos, y soñaba, caminando, ver a Mara asomada a su ventana y decirle, apareciendo de improviso ante ella:

"Yo soy, mujer, el que te vengo buscando, el que ha huido de ti y vuelve otra vez a tu lado, porque tú eres su felicidad, su vida".

Llegó por fin... Era la casa de Mara... Era la quinta... El corazón de Flavio latía como si quisiera romperse.

Subiendo a la pequeña cerca que le separaba del bosque, se halló bien pronto tras de aquellas añosas encinas; pero todo se hallaba sumido en reposo y oscuridad profunda. Las ventanas, cerradas herméticamente, no dejaban escapar el menor rayo de luz; no se sentía el más leve ruido...; quizá todos dormían... todos.

¿Qué hacer?

Repetidas veces pasó su mano por la sudorosa frente, acongojado y pensando en vano el partido que debería tomar... Haber llegado hasta allí y no verla era, en verdad, demasiado cruel y no podía resignarse a tanto...; pero era cierto, sin embargo, que tenía que conformarse y sufrir.

Sin valor para alejarse de nuevo de aquella adorable vivienda, Flavio iba resbalándose lentamente alrededor de la casa, indeciso y lleno de desaliento; pero atendiendo aún y esperando que en medio de tanto reposo algún ruido viniese a indicarle que unos ojos claros, hermosos, como él estaban despiertos, como él velaban... Como él... ¿Y por qué? ¿No era aquello una locura? A Flavio no se le había ocurrido el preguntárselo a sí mismo.

De pronto, el ruido de una tos leve vino a herir su oído conmoviendo todo su ser... Volvió a escuchar, y a la tos parecieron seguirse algunas pisadas silenciosas; después, el mismo rayo de luz pasó iluminando su semblante y en poco estuvo que Flavio no lanzase entonces un grito de placer... Pero se contuvo.

Él no la veía; pero era Mara, sin duda, la que estaba despierta, la que velaba; su corazón no le había engañado.

Aguardó algún tiempo esperando ver aparecer en la ventana la hermosa visión; pero en vano. La luz iluminaba la pequeña habitación, cuyas ventanas dejaban ver su interior a través de los cristales; una hermosa cabeza, diseñándose en la blanca pared, se veía aparecer inmóvil, en la actitud del que lee o medita; pero nada indicaba que aquella sombra despertase de su letargo para venir a contemplar los astros de la noche.

Flavio no pudo contener por más tiempo su terrible ansiedad.

Crecía bajo la ventana una alta parra que cuando el viento movía las hojas penetraba casi en el virginal aposento. A un lado de la parra se alzaba un poste de piedra, y Flavio, gracias a su agilidad medio salvaje, trepó por ella con la ligereza de un gato montés.

Sintió crujir bajo sus pies los podridos troncos; algunas ramas, secas ya, estallaron y se rompieron bajo su peso; pero nada le detuvo. Impasible, sereno, lleno del loco valor que un amor profundo y verdadero infunde en el alma, él se sostuvo inmóvil, pegando al fin su rostro a los cristales llenos de rocío.

Mara, apoyada sobre una mesa, su cabeza sostenida en una mano, un brazo caído con negligencia sobre el respaldo de la silla y los ojos fijos en varios papeles extendidos en confusión sobre el tapete, se presentó entonces a su vista más hermosa que nunca, más dulcemente lánguida y suave...

Parecía meditar, sonriendo con lágrimas, y se diría que, burlándose de alguna idea o de algún sentimiento de su corazón, tenía lástima de sí misma, o...

Flavio tembló primero al contemplarla, después sintió frío y calor a un tiempo, y por último, viéndola siempre inmóvil, siempre sumida en la misma meditación, empezó a preguntarse con desconocida inquietud:

"¿Qué hace?... ¿Qué piensa?... ¿Por qué no se levanta ya y no se asoma para contemplar los astros?... ¡Ah! Mujer, mujer, despierta; tu inmovilidad me hace daño...".

Pero como él solo podía oír aquel llamamiento de su alma, estuvo por gritar, por llamarla en voz alta... por romper los cristales para que, descorriendo de una vez el misterio, supiese al fin que él, devorado de ansiedad, estaba allí contemplándola en aquella inmovilidad, en aquel éxtasis que sin saber por qué hería su corazón.

Pero ella no quiso esperar a tanto.

Levantándose de improviso, paseose por la habitación a grandes pasos, brillando en su rostro una expresión radiante y animada, que revelaba toda la sublimidad de aquella alma de mujer en sus momentos de recogimiento.

Jamás a Flavio le había parecido más hermosa.

Después, cogiendo un papel en el que escribió primero repetidas veces, lo leyó en voz baja, haciéndolo luego pedazos.

—¡Si alguien pudiese ver esto!... —exclamó ruborizándose—. ¡Dios mío!... —añadió—. Una mujer que se atreve a trasladar al papel sus sentimientos más ocultos, aquellos sentimientos que nadie debe penetrar... aquellos de que ella misma debiera tal vez ruborizarse... ¡Locura! —murmuró, moviendo lentamente su cabeza—. ¿Qué es la inspiración? ¿Es el cielo y el infierno a la vez? Yo no lo comprendo, pero sé que en medio de sus dulzuras encierra un no sé qué de amargo que hace dolorosa la vida; sé que solo siento en mí esta necesidad de trasladar a un papel delator mis más íntimos sentimientos, los misterios más profundos de mi alma, cuando mis nervios se hallaban agitados, cuando la bilis, esa materia asquerosa de nuestra mezquina naturaleza, derrama en mi sangre su veneno. ¿Quién sois, pues, vosotras, musas... tan queridas, tan alabadas?... ¡Ah!, yo os desprecio... Tal vez no procedáis de otro origen que aquel de que están conformadas la envidia, la gula, la soberbia... Yo no sé aún si sois pecado o virtud... Solo puedo decir que siento a veces resbalar vuestro aliento sobre mi alma, y que cedo a vuestra poderosa influencia, como el beodo a la fuerza del licor que trastorna su cerebro y le hace caer rendido y en pesado sueño, a orillas quizás de un abismo sin fondo, o de un cenagal inmundo y corrompido, pero que nadie pueda adivinar lo que pasa en mi alma. Si mi mano imprudente graba en el papel un nombre querido, que mi mano le rompa luego... Si mi pluma traza desiguales renglones... que nadie sepa que aquellos renglones son versos... Los que creen que el universo ha creado tan solo para ellos sus bellezas, dicen que suenan mal en boca de una mujer los consonantes armoniosos; que la pluma en su mano no sienta mejor que una rueca en los brazos de un atleta... y tal vez no les falte razón... Aunque difícil de convencer, soy débil para las grandes luchas, y solo hubiera levantado mi voz cuando hubiese alguno que dijera que para ser poeta se necesitaba, además del talento, mucha bilis, mucha sensibilidad nerviosa, propensión a la melancolía y un deseo innato hacia lo que no puede poseerse... Entonces... ¿quién más que las mujeres tendrían condiciones de verdaderos poetas? ¡Los hombres no pueden decir siquiera que tienen histérico, y es esa una musa tan fecunda!... Pero callemos en tanto —añadió, con un gesto de indiferencia—; no soy demasiado entusiasta por defender mi causa; y con gusto me presentaré siempre ante ellos con la aguja en la mano, la cabeza inclinada sobre mi labor y fijo, al parecer, mi pensamiento en escuchar sus frases huecas y vacías... No hay ningún tirano que no guste de ser adulado, y solo por medio de la adulación llega hacérsele arrastrar hasta los pies de su esclavo. Venzamos, pues, al más fuerte como él pretende ser vencido. Yo no envidio la supremacía del hombre, y estoy satisfecha de haber nacido mujer. Los más altos estarán los más bajos... Los primeros serán los últimos... y lo son ya —murmuró sonriendo—. Pero ¡cuán tarde...! —exclamó dirigiendo al reloj sus miradas—. El tiempo se me ha pasado haciendo versos a su grato recuerdo, ¡grato y doloroso a un tiempo! Los versos han desaparecido ya, pero su imagen está aún en mi corazón... ¡Y ojalá lo estés por siempre, oh dulce recuerdo mío!... Te amo tanto como a mi propia vida.

Aproximose entonces a la ventana, sin duda para correr las blancas cortinas... Flavio, tembloroso, lleno de temor, se dejó resbalar hasta el suelo, temiendo ser visto. La luz de la habitación de Mara desapareció, y momentos después Flavio recorría de nuevo el camino solitario en dirección hacia su nueva vivienda.

XVII

El nuevo día apareció brillante, sereno y frío, como un bello día de invierno.

El sol penetraba ya en el gabinete de Flavio, dejando ver con más claridad todo el moblaje, el gusto delicado y aristocrático de sus adornos; un hermoso fuego en la gran chimenea, templando el frío de la mañana; suaves perfumes embalsamaban el ambiente, y podría decirse que una mano oculta, aprovechándose del sueño de Flavio, había derramado en su estancia toda la gracia y la voluptuosidad capaces de despertar las adormecidas pasiones.

Pero ya todo aquello era indiferente para Flavio, en quien no dominaba más que un solo pensamiento, una sola idea, un solo recuerdo: Mara.

Para él no había ya ni pasado ni porvenir; no había más que el presente, coronado de una dicha desconocida, de una tristeza vaga, como la nube que empieza a formarse; no había más que una imagen que lo llenaba todo, que lo era todo: alegría, tristeza, felicidad.

La veía en su memoria como un reflejo luminoso, inextinguible; la veía aún entregada a aquella meditación que tanto había lastimado su alma; oía aquellas palabras que en vano trataba de comprender, pero cuyo recuerdo pasaba por su memoria como un presentimiento sombrío, cual negra nube que, apareciendo de improviso en un día sereno, manchase el azul puro y transparente del cielo.

¡Oh, sí! Adivinando que aquellas palabras encerraban un misterio profundo, él empezaba a rebelarse instintivamente contra los misterios que pudiese guardar el alma de su amada; él no cesaba de preguntarse, mortificado en el fondo de su corazón y lleno de una inquietud indecible:

"¿Por qué al hablar se ruborizaban sus mejillas? ¿De quién era aquel nombre que no podían pronunciar sus labios, cuyo recuerdo quería conservar por siempre en su memoria? ¿Qué decían aquellos renglones escritos con la velocidad del temor, rotos un instante después con la satisfacción del que ve desaparecer hecha cenizas la prueba que puede delatar su crimen?".

Y creía ver ya cómo las sombras de la noche cubrían la tierra para volver a la quinta, escalar otra vez el emparrado y observar a Mara atentamente en medio del silencio de la noche.

Él no se alejaría ya sin sorprender sus secretos; lanzándose en medio de su aposento, arrebataría el papel misterioso de sus manos, y sus ojos podrían posarse en aquellos confusos renglones que todo se lo revelarían al fin...

Ni un instante pasó por su memoria la idea de que cometía un acto indigno yendo a espiar vilmente el sagrado aposento de una mujer en medio de la noche; no pensó que, como el ladrón que espera el instante de sorprender a la víctima, escalaba su ventana y aguardaba allí oculto, sin remordimiento, el instante en que pudiese arrebatar el papel de sus manos, aquel papel cuyos renglones ella hubiera preferido borrar quizá con su propia sangre antes de que un ojo profano detuviese en ellos su imprudente mirada.

Dominado por una fuerza poderosa e incontrastable, él no se había detenido a examinar su conciencia; no había preguntado a su alma, que, virgen aún, empezaba a experimentar la fuerza de las locas pasiones, desconociendo el mal, si el amor podía arrastrar hasta el crimen; dado el primer paso que le conducía hacia el objeto amado, Flavio no era ya dueño de refrenar su voluntad imperiosa, la velocidad de su carrera le impedía detenerse; si Mara fuese un abismo, él hubiera corrido del mismo modo hacia ella, ciego, con los brazos abiertos, empujado por la fuerza del destino. Sus pasiones no eran como las de los demás hombres; eran un volcán inextinguible, que cuando no hubiese tenido qué devorar había de devorarse a sí mismo.

Después de haber tomado apenas una taza de aromático té, se vistió con presteza y salió al campo para respirar el aire puro de la mañana.

Iluminaba el sol la deliciosa campiña bañada por cristalinos arroyuelos, y pacía el ganado tranquilamente la fresca hierba de los prados.

Las aldeíllas, diseminadas en grupos a lo largo de la montaña, embellecían más y más el paisaje; el cielo tenía una transparencia melancólica, y el río, lamiendo las raíces de los añosos álamos con sus aguas murmuradoras, hacía cadencia con su rumor confuso al canto de los campesinos y al trinar de los pájaros, inocentes y vagabundos como la inspiración de los poetas.

Las mujeres entonaban también sus cantos melancólicos hilando a la puerta de sus humildes casas o al pie de la higuera desnuda de sus hojas; otras extendían sobre las secas zarzas de los vallados la ropa blanca que acababan de lavar en el pilón de la fuente, y cuidaban algunas de los domésticos animales que, corriendo en torno suyo, parecían pedirles el alimento cotidiano.

Los ladridos lejanos de los perros, el ruido acompasado de los telares y el chirrido de carros que subían pausadamente por los terrenos pendientes y resbaladizos, formaban una extraña armonía, un ruido apacible que solo puede sentirse en aquella parte del valle, ruido que no se asemeja a ningún otro ruido y que se graba en la memoria, como la canción que ha hecho resonar en nuestro oído el primer objeto de nuestro amor, como el recuerdo de una voz querida que ha vibrado en nuestro corazón en épocas remotas de pasada y dulce felicidad.

El viento hacía balancear los delgados pinos de los bosques extendiendo por la atmósfera su áspero aroma; las últimas hojas de los árboles, diseminadas por el valle, venían rodando a caer sobre las aguas del río, y arrastradas después por su corriente tranquila, iban a sepultarse muy lejos del tronco que les había prestado su savia.

Los patos, deslizándose también entre las aguas y alzando sus largos cuellos y sus cabezas blancas como la nieve, dejaban ver cómo las olas formaban en su seno de plumas pequeñas cascadas de diamante cuando nadaban contra la rápida corriente.

Flavio, sentado al pie de algún matorral o en las piedras cubiertas de musgo que hallaba a su paso, se paraba para contemplar aquellas pequeñas bellezas que le encantaban. Cogía flores silvestres, analizaba sus colores, contaba sus pétalos, y después las arrojaba al río para ver a través de la transparencia de las aguas cómo iban descendiendo hasta el fondo de su blanca arena.

El cielo, retratado en su superficie clara y lisa, se enturbiaba algunos segundos, se estremecía; después, todo volvía a quedar tranquilo, y Flavio veía entonces su rostro en aquel espejo cristalino, y sonreía melancólicamente.

Sin duda le halagaba el contemplar su hermosa cabeza, que se destacaba en el azul del firmamento, en aquella magnífica techumbre, clara como transparente gasa. Miraba otras veces hacia el cielo, no queriendo ver más que el inmenso espacio por el cual algunas blancas nubes vagaban errantes y dispersas como vapores flotantes y luminosos.

La imagen de Mara se le aparecía allí más alegre y brillante, más alejada de las cosas de la tierra; allí veía su rostro, unas veces púdicamente velado, otras radiante y coronado por reluciente aureola.

Remontado en alas de su pensamiento, recorría en un instante el espacio que le separaba de las nubes, y siguiendo allí a Mara tan de cerca, con su airoso ropaje recorrían juntos la celeste esfera, incansables, eternos...

Cuando algún mundanal ruido venía a interrumpir tanto encantado sueño, él cerraba sus ojos, y la hermosa imagen, descendiendo hasta la tierra, era estrechada en sus brazos con tímido y pudoroso transporte.

Acariciado por tan dulces ilusiones, recorrió todas las trilladas sendas de la montaña, caminando al azar y buscando instintivamente los más retirados y más ocultos lugares que encontraba a su paso.

Después, cuando se alejaba de aquellos sitios, testigos de sus primeras ilusiones de amor, les decía adiós con una tierna mirada y guardaba como un recuerdo los guijarros que, blancos cual el vellón de un tierno cordero, se veían en el fondo de los riachuelos continuamente besados por las aguas.

XVIII

La tarde declinaba tristemente, cargado el horizonte de gruesas nubes acumuladas en derredor del sol, cuando Flavio regresó de su prolongado paseo.

Reinaba en la atmósfera una tranquilidad que convidaba a gozar de los últimos suspiros del día; y hallando abiertas las puertas de los jardines de la aristocrática posada, Flavio se decidió a esperar en ellos la noche que tan lentamente descendía hacia la tierra.

Sentado al lado de la hermosa fuente, prosiguió allí sus locos sueños, viendo caer el agua en el tazón de granito, deshojando sobre ella las blancas rosas y lanzando impacientes miradas al sol, ya medio oculto tras la vecina montaña. Ya cansado de la luz, esperaba con ansia que las sombras, sus amigas, cubrieran la tierra.

De pronto, una joven apareció entre los árboles y se dirigió hacia la fuente.

Vestía un lindo traje de campesina, cuyo jubón encarnado dejaba ver perfectamente el torneado cuello, del cual pendía una cruz dorada. Sus largos cabellos rubios y partidos en dos trenzas caían sobre su espalda; tenía ojos azules, ovaladas mejillas, levantado seno, manos pequeñas y delicadas, pie breve aprisionado en zapatos de paño azul y en los cuales brillaban lazos de cinta de color dorado.

Su andar era ligero; su fisonomía expresaba un candor de niña inocente, y sus largos y dorados pendientes, resaltando sobre sus sonrosadas mejillas, le prestaban la belleza pura de una hermosa imagen.

Al distinguir a Flavio, el rubor cubrió su semblante y se estremeció como una gacela sorprendida, pero siguió, no obstante, su camino, aunque con paso más lento y tembloroso.

Cuando pasó al lado de Flavio, bajó sus grandes ojos rasgados, y al mismo tiempo que componía el gracioso delantal blanco le saludó con infantil cortedad y se puso a llenar el cántaro, que sostenía con la más blanca y pequeña mano que pudiera imaginarse.

Flavio quedó sorprendido cuando, al levantar la cabeza, fijó sus miradas en el rostro de la joven, inundado por el último rayo de sol, que hacía su cutis más transparente.

—¿Quién eres? —le preguntó, levantándose de improviso y cediendo a la admiración que le causaba aquella candorosa imagen de la inocencia.

—Soy Rosa, hija de la dueña de esta posada —le respondió la joven con dulce candidez; y luego añadió, cogiendo su cántaro para marcharse y al mismo tiempo que sacudía su saya de lana azul, que algunas gotas de agua habían salpicado—: Yo he sido la que ayer os he abierto la puerta cuando pedisteis hospedaje.

—¡Ayer!... —dijo Flavio, interponiéndose insensiblemente entre la joven y el camino—. ¿Y cómo no te he visto, siendo como eres tan hermosa?

Ya dispuesta para marcharse, la joven, por única respuesta, bajó sus ojos, y sin atreverse a decir a Flavio que le dejase libre el paso, permaneció inmóvil, dando mil vueltas en sus pequeñas manos a su flexible delantal blanco.

Flavio se bajó, en tanto, para coger una de esas flores azules que crecen a orillas de las aguas, escondidas entre el húmedo musgo, y se la presentó a la joven con su ruda pero sincera galantería.

—Estas flores —le dijo— son bellas como tú, y parecen tus hermanas; recibe esta que te ofrezco, y sabe que me agradas aún más que su color azul y su agreste pero grato perfume. Sobre el cabello rubio de un ángel deben de sentar bien las flores inocentes, y tú eres más que un ángel...

Con temblorosa mano alargó la niña su brazo para coger la flor, atreviéndose a mirar a Flavio, admirada de las palabras que acababa de oír de sus labios. Pero sus ojos se encontraron, y la joven volvió a bajar con presteza los suyos, dejando caer sobre ellos sus lánguidos párpados.

Así permanecieron algunos momentos. Flavio, contemplándola; la joven, inmóvil y llena de rubor.

—Caballero —murmuró, al fin, la joven—, mi madre... me está esperando...

—Es muy hermosa la puesta del sol, niña —repuso Flavio—; déjate estar así, no te muevas; su último rayo, que cae sobre tu rostro, te hace aparecer tan bella que no he contemplado jamás una cosa más perfecta...

Fascinada la joven, obedeció sin saberlo y permaneció inmóvil; en tanto, Flavio la contemplaba como un artista satisfecho de su obra más bella.

Pasados algunos instantes, el sol se ocultó tras la vecina montaña; el rostro de la joven apareció más pálido, aunque no menos hermoso, y una ráfaga de viento, viniendo a agitar su rubia cabellera, la hizo semejarse a una aérea visión, próxima a desvanecerse con la postrera luz del día.

—El sol ya no alumbra la tierra; pero la luna, con su luz pálida y transparente, no embellecerá menos tu hermoso semblante, admirable criatura —le dijo Flavio.

—Caballero —murmuró otra vez la joven—, la luna no saldrá esta noche, porque gruesas nubes empiezan a cubrir el cielo... Caballero, la noche ha llegado ya, y mi madre me espera...

—¡Es verdad! —exclamó Flavio—. La noche ha llegado... ¿Cómo pude olvidarlo?

Pero no cesaba de contemplar a la hermosa joven.

—Me voy, caballero —volvió a decir aquella, indicándole tímidamente que la dejase sitio para poder pasar.

—Te vas... ¡tan pronto!... —repuso Flavio; y después añadió, lanzando sobre la linda niña miradas fraternales y llenas de un dulce afecto—: Sí, pobre niña, aléjate, que no caiga por más tiempo el húmedo rocío sobre tu hermosa cabeza... Es pernicioso el rocío de las noches de invierno... y pudiera dañarte; pero vuelve mañana aquí para contemplar la puesta del sol: quiero ver otra vez tu rostro iluminado por sus últimas tintas...

—Todas las tardes vengo —dijo la niña con sencilla ingenuidad—, y volveré también mañana.

—Sí, sí; todos los días —repitió Flavio, dejando pasar a la joven, que se alejó sonriendo.

"¡Hermosa criatura! —murmuró después; y añadió pensativo—: Mara no es tan hermosa... ¡oh!, no; pero Mara... Mara es una espina que se ha clavado suavemente en mi corazón... es mi propia vida... Todo lo demás son imágenes que pasan y se desvanecen... ¿Por qué es esto?".

Y pensativo se encaminó con lento paso hacia la posada envuelta en las sombras de la noche.

XIX

Un joven poeta y que empieza a amar es siempre voluble como los revoltosos vientos que se agitan en la atmósfera antes de que estalle una tormenta.

Todo aparece a sus ojos revestido de luz y de esperanza, le causan compasión todas las lágrimas, y él hubiera deseado, aun a costa de su propia sangre, devolver a cada desgraciado su felicidad perdida.

Desearía poder amar a todas las mujeres hermosas que halla a su paso, las ama quizá o al menos se lo imagina cuando las ve pasar cerca de sí; quisiera, como Dios, hallarse en todas partes, abarcar el mundo de una sola ojeada, sentir en sí mismo todas las bellezas del Universo.

¿Dudaríamos por esto de su corazón? No.

No dudamos tampoco de Flavio. Si al ver a la hermosa campesina detuvo en ella con placer su mirada, no hizo más que ceder a esa fuerza instintiva que nos hace amar todo lo bello; pero no por esto la imagen de Mara era menos agradable y menos magnífica en su pensamiento. Él la amaba con toda la fuerza de su corazón; era ella el primer ídolo a quien había erigido altares; era ella la primera que había impresionado su alma virgen y vigorosa, y ya nadie podía arrancar de allí la grande, la poderosa imagen; ya no podría borrarse aquel amor de su corazón, sino cuando las primeras hojas de la primavera de la vida cayesen a sus pies sucias, marchitas, azotadas por el fiero aquilón de los amargos desengaños.

Sin Mara ya no podría haber nada hermoso para él en la tierra; sus pensamientos de libertad habían huido despavoridos ante ella; sus pasados sueños, sus proyectos locos, borráronse de su memoria, como se borran las huellas sobre la nieve que derrite el sol; su amor era ya un torrente que empezaba a desbordarse, y ¡ay de la mujer que osase interponerse entre su amor y Mara! ¡Ella, como un frágil dique que es arrebatado por las olas en un día de tormenta, rodaría envuelta hacia un abismo de dolor, azotada por las tempestades de aquel corazón, todo delirio y devoradas pasiones!

XX

Todo estaba ya silencioso en la posada cuando Flavio, bajando al jardín, lo mismo que la noche anterior, se dirigió hacia la quinta.

El cielo estaba encapotado, empezaba a desprenderse de las nubes una lluvia fina y penetrante, y apenas en medio de la oscuridad de la noche podía distinguirse el camino.

El viento azotaba con furia el rostro del viajero; mugía entre los árboles, y era más grave y rotundo el murmullo que formaban las aguas del río, próximas a desbordarse por los campos. Pero Flavio siguió impávido su camino, como si la noche estuviese tan tranquila y serena como una alborada de mayo.

Y, en efecto, ninguna voz sepulcral llegó a su oído entre el sordo rumor del viento, ningún fantasma le detuvo en su camino; pero cuando después de saltar la muralla se halló en el bosque de la quinta, le pareció que una figura humana se movía arrimada a una de las paredes de la casa.

Flavio se detuvo un instante, sobrecogido, no por el temor, sino por otro sentimiento extraño, incomprensible, que se apoderó de todo su ser...

¿Quién era aquella sombra? ¿Por qué se hallaba allí, tan cerca de la habitación de Mara? ¿Qué buscaba?...

Sintiendo hervir su ardorosa sangre, que se agolpaba a su cabeza, encaminose de pronto hacia aquella figura, que parecía huir a medida que él se acercaba; pero Flavio la siguió; púsose después ante ella, y aproximándose la miró fijamente.

Entonces pudo ver a un hombre que, envuelto en una larga capa, ocultaba el rostro bajo el embozo y las grandes alas de su sombrero.

—¿Qué buscáis aquí? —le preguntó Flavio con temblorosa voz, en la que se dejaba entrever la cólera.

El embozado lanzó al oírle una ahogada exclamación de sorpresa; pero nadie contestó. Flavio volvió a interrogarle con voz más airada, dando un paso hacia él.

Adelantándose entonces el embozado, le dijo en voz baja, tocando casi su rostro con el ala húmeda de su sombrero:

—Yo busco lo que vos buscáis y no hallaréis. Antes que soñarais en aparecer en el mundo para civilizaros, antes que ningún hombre hubiese pensado en la inocente niña, ya Mara había oído de mis labios la palabra amor. ¿Comprendéis?...

—¡Comprendo!... —repuso Flavio con sorda voz, asiéndole con su mano de hierro y no dejándole concluir su frase.

—¡Ah! —exclamó el embozado, sintiendo que se ahogaba bajo la presión de aquellos dedos duros y fríos y forcejeando por desasirse—. ¡Sois un necio!... —le dijo, luchando como un desesperado—. ¡Y me las pagaréis bien caras!

Y logrando, por fin, libertarse de las manos de Flavio, huyó entre la oscuridad, sin que nuestro héroe intentase impedirlo.

—¡Cobarde! —rugió Flavio, viéndole alejarse, pero sin moverse para perseguirle.

—Yo no soy tan necio que me bata por una mujer con un salvaje —dijo el embozado con cinismo, al mismo tiempo que salvaba la tapia.

—Pero serás bastante débil para que yo te mate si vuelves a aparecer por estos lugares —repuso Flavio, acercándose a la muralla, como si aún quisiera hacerle oír su amenaza a través de las duras piedras de granito.

Pero los pasos del fugitivo resonaban ya lejos, y Flavio, dirigiéndose hacia la parra, se apresuró a trepar por ella antes que las blancas cortinas se corriesen sobre los cristales del aposento de Mara. Ella estaba allí; pero no meditaba, como la noche anterior. De pie en medio del pequeño aposento, retratada en el semblante una inquietud profunda, parecía escuchar atenta el más leve ruido. Flavio la vio estremecerse cuando una de sus manos tocó casualmente la ventana.

Mara oyó aquel nuevo ruido, hizo entonces un violento esfuerzo sobre sí misma, y abriendo de improviso la ventana, vio a Flavio...

—¡Mara! —pudo exclamar apenas el viajero, y permaneció inmóvil.

Por su parte, la joven retrocedió ante aquella aparición inesperada; ella reconoció aquel rostro moreno, aquellos cabellos negros y rizados, la expresión de sus ojos, que parecía implorar amor y compasión; y ya no tuvo valor ni para llamar en su auxilio.

—¡Él! —murmuró, cubriendo el rostro con las manos—. ¡Dios mío!... ¿Es esto un sueño?

—¡Mara! —repitió Flavio con quejumbroso acento.

—¡Bajad!... —contestó aquella con voz turbada—. ¿Qué queréis?... No creí volver a veros escalando mis ventanas en medio de la oscuridad de la noche... como un salteador de caminos... ¡Ah!... despacio... —exclamó enseguida con inquietud, al ver que Flavio se dejaba caer con desesperación hasta el suelo.

—¡Me despreciáis porque os amo! —dijo este con intensa amargura.

—¡Dios mío! —exclamó la joven—. ¿No es esta una peligrosa locura? ¡Ah! ¡Huid... huid!... —añadió, dirigiéndose a Flavio—. Que yo no os vuelva a ver en este sitio jamás...

—¡Me voy, Mara; me voy, pues lo queréis!... —murmuró Flavio con ahogado acento—; pero volveré, sí, no os irritéis... volveré, porque ya no me es posible vivir sin veros...

La ventana se cerró, desapareció la luz del aposento y solo se oyó el ruido de la lluvia que en aquellos instantes empezó a caer a torrentes.

Flavio anduvo errante por los campos la mayor parte de la noche, a pesar del frío y del agua, que empapaba sus vestidos, y el día siguiente lo pasó encerrado en su aposento.

Inquieto, agitado después de aquella noche de tormenta, sus pensamientos eran nebulosos como el encapotado cielo que le cubría. Esperaba la noche como el único bien de su vida, temblaba al pensar que se acercaba ya, y él mismo no podía darse cuenta de lo que pasaba en el interior de su alma.

Pero cuando vio que las sombras del crepúsculo empezaban a cubrir la tierra, más impaciente que nunca, salió, encaminándose hacia la quinta con paso acelerado.

Era muy temprano aún; el recuerdo de las palabras de Mara severas e indignadas, le causaba terror; pero sintiéndose más que nunca impelido hacia ella, devorado de inquietud, no podía escuchar más que la voz de su corazón, imperiosa y doliente.

No atreviéndose a penetrar tan pronto en el bosque, se contentó con pasear en tanto, contemplando desde lejos la querida vivienda.

Notó entonces en el interior de la casa una agitación y un movimiento desusados; hallábanse en la sala principal más personas que las que de ordinario componían aquella reducida familia, y hasta le pareció reconocer a Mara entre ellas, vestida con un elegante y sencillo traje de baile.

Aguijoneado por la curiosidad, se fue aproximando cada vez más a la quinta, llegó hasta la puerta, y, oculto, pudo comprender, al fin, todo lo que pasaba.

Mara, con algunas jóvenes de las cercanías, se disponía a ir a un baile de confianza, con que las obsequiaba un buen tiempo.

—¡Maldición! —murmuró Flavio—. La lluvia que cae a torrentes no les permite, como en aquella noche de eterna memoria, tener las estrellas y el cielo por testigos de sus danzas... ¿A dónde irá, pues, que yo pueda seguirla?

Mara salió, al fin, rodeada de sus compañeras, que, bajo los inmensos paraguas y salvando con ligereza los profundos charcos que se hallaban a su paso, se reían de la lluvia, que refrescaba sus frescas mejillas.

Un hombre envuelto en una larga capa y dando el brazo a una anciana cerraba la animada comitiva, y les dirigía de cuando en cuando algunos chistes poco delicados, pero que ellas celebraban, sin embargo, con sin igual algazara.

Sin saber por qué, Flavio se estremeció al ver a aquel hombre. Quizá no era la primera vez que oía el eco de su voz, que tenía algo de atrevida y de melosa. Inquieto, siguió de lejos a la bulliciosa turba, que, precedida de un criado de aldea, marchaba pomposamente, alumbrada en su camino por un farol cuya luz agonizante amenazaba expirar de un momento a otro.

—Cuánto os vais a burlar hoy de las pobres lugareñas, caballero Ricardo —dijo una de las jóvenes—. Entre vos y Mara, segura estoy de que nos cortaréis un hermoso vestido a la moda de la ciudad, ¿no es cierto?

—No lo es —contestó Mara—; pero aunque lo fuera, vosotras me perdonaríais alguna de mis burlas inofensivas. En cambio, os reiréis también de mi alto peinado, diciendo, como decís, que se parece mi cabeza a la de un loco, y del apretado frac azul de Ricardo... que aquí, para entre nosotros, bien lo merece, pues ya, por lo viejo, debía retirarse a una vida más tranquila y huir de las mundanales fatigas...

—¡Qué mala eres!... Siempre tan burlona, que hasta a ti misma no te perdonas —dijo una de ellas.

—Juicio, Mara, juicio —añadió la anciana con voz cariñosa.

—No, mamá; no creas que miento —respondió Mara—. ¿No es verdad, Ricardo, que vuestro frac cuenta ya tres años de continuas tormentas?

—Os engañáis —repuso el joven—. Este frac inapreciable es un objeto elegante, que ya hacía brillar sus blancos botones con majestad y esplendor hace cuatro años cumplidos...

—¡Tanto tiempo!... —replicó Mara con un acento que encerraba cierto misterio.

—Lució por vez primera la delicadeza de sus formas en aquella polca melancólica y pausada que bailé con vos el día seis de noviembre... ¿Os acordáis?...

—Sí, sí —contestó Mara—, ¡ya recuerdo!... Llovía como llueve en este instante, cuando salimos del baile...; terrible noche estaba...

—Para mí, deliciosa, y os aseguro que es uno de los recuerdos más gratos de mi vida...

—¡Eh!... callad... —repuso Mara—. ¡Mentís tanto! No hacéis más que declarar eternamente palabras nuevas, que no encierran otra cosa que la falsedad...

—Gracias —dijo Ricardo, algo ofendido al parecer.

—¿Qué es eso? ¿Resentimientos tenemos? —murmuró con un tono en que se notaba cierta envidia una modesta señorita de treinta años.

—¿Resentimientos? ¿Y por qué? —preguntó Mara con frío acento.

—Sí, ¿querréis ahora negarnos...? ¡Bah!... Como si no dijeran nada las visitas que os hace, siguiéndoos de continuo como la sombra al cuerpo —dijo la misma.

—Eso nada prueba —añadió otra—. Recordad cuando os seguía a todas partes vuestro malogrado primo el de las largas narices, y de que jurabais, sin embargo, y perjurabais que todo era con la mayor sencillez y desinterés más grande del mundo.

—¡En verdad que tenéis ocurrencias peregrinas! —exclamó la dama—. Un primo tiene derecho a seguirnos hasta el último rincón de la tierra...; pero un extraño... ya es otra cosa.

—Tenéis razón, señorita —dijo Ricardo con socarronería—; los primeros saben mejor los lugares que deben recorrer y tienen ya medio camino andado, en tanto que los últimos solemos quedarnos muchas veces más atrás de lo que nuestro corazón desea...

—¡Estos jóvenes del día tienen una audacia que sorprende! —murmuró la anciana con la más santa ingenuidad—. En mi tiempo era peligroso debatir estas cuestiones; pero hoy ya juguetean con ellas en sus labios niños en quien apenas se distinguen las primeras sombras del bozo.

Penetraron en aquel instante en una casa de mediana apariencia, quedando Flavio a la puerta, como el hambriento mendigo que espera las sobras del festín del rico.

Imposible sería explicar lo que pasaba en su alma después de haber oído aquel extraño diálogo. En medio de su inexperiencia, imaginábase haber sorprendido algo del oculto misterio, algo de lo que ligaba a Mara con semejante hombre, y aquel algo, aquel misterio que no podía comprender, torturaba cruelmente su pensamiento.

Así pasó la mayor parte de la noche, oyendo la loca algazara y ruido del baile, y hasta la misma voz de Mara, que reía y hablaba como una niña traviesa.

Veces hubo en que las ventanas se abrieron para que el fresco de la noche entrase a purificar el sofocador ambiente que se respiraba en el reducido aposento, y Flavio pudo ver entonces todo a su sabor. Mara no hablaba solo con aquel hombre odioso; otros muchos la rodeaban; otros la asediaban con atenciones que laceraban el corazón de Flavio. Y ella contestaba a todos sonriendo, alentándolos; tenía para cada uno una palabra o un acento cariñoso; conversaba familiarmente con el que se hallaba más cerca; dirigía una dulce mirada al que estaba lejos, y escuchaba atenta a los que pasaban a su lado contemplándola con amorosos ojos.

El viajero sufría entonces los tormentos de un condenado.

Le daban intenciones de lanzarse en medio del pequeño salón, arrojar a aquellos a quienes él llamaba necios del lado de la amada de su alma; cogerla en sus brazos y huir lejos, muy lejos, de aquella turba aborrecible; pero cierto sentimiento vergonzoso le retenía; el recuerdo de la pasada fiesta le retenía, resbalaba por su frente como un sarcasmo y como una amenaza, y aguardó con desesperada calma a que el maldecido baile concluyese.

Por fin, llegó un momento en que el pequeño salón fue quedando desierto, cesó el bullicio y Mara salió acompañada de su madre, a quien daba el brazo un hombre ya anciano.

La joven se adelantó y, como su paso era ligero, bien pronto se halló a bastante distancia de ellos.

Sin vacilar ya, Flavio se acercó entonces, y le ofreció el brazo, que ella aceptó sin mirarle siquiera.

—Mucho habéis tardado, Ricardo —le dijo—. Creí ya que no vendríais.

—¡No soy Ricardo! —murmuró Flavio con acento triste y enojado.

—¡Ah! —exclamó la joven, queriendo dejar su brazo; pero Flavio tenía ya cogida su mano y ella se resignó a seguir su camino.

—¿Me aborrecéis? —añadió Flavio.

—Pero, caballero, ¿por qué me hacéis esa pregunta? ¿Por qué de tan extraño modo os presentáis siempre ante mí?

—¿Lo sé yo por ventura? —dijo Flavio con un acento de verdad que no admitía réplica. Y volvió a guardar silencio.

—Y bien —repuso la joven, turbada a su vez, conmovida, quizás feliz en el interior de su corazón.

Pero tampoco pudo pronunciar una palabra más, y siguieron andando silenciosos, cual si temiesen turbar la dicha que experimentaba su alma.

—Vamos a llegar ya... —dijo Mara con inquietud, viendo que se aproximaban a la casa—, y mi madre va a veros...

—Vamos a llegar ya... —repitió Flavio sin contestar a lo que la joven le decía—. Voy a dejarte otra vez... ¿Cómo haría yo para no separarme ya nunca de ti, mujer?... No vivo ya sino viéndote...

—Pero ¿estáis loco?... —repuso Mara con una voz de amorosa ternura, que, en vano, trataba de hacer severa.

—¿Por qué no cesáis de pronunciar esa palabra odiosa? —Contestó Flavio con una expresión de triste severidad, que hizo grande impresión en la joven—. Pero voy a separarme de vos... ¿No comprendéis que esto es el infierno?... —añadió.

—¿Será cierto que no mentís? —dijo entonces Mara lanzando sobre él una mirada de desconfianza—. Mirad que yo no tengo fe en las pasiones que quieren aparecer violentas, que no las creo, que para mí no son más que farsas ridículas, de las que me han enseñado a burlarme...

—No comprendo lo que acabáis de decirme; pero adivino que me ofende... Dejaos de eso, sin embargo... Habladme de otra cosa... Escuchad: ¿volveréis a bailar?...

—¡Extraña pregunta!...

—No bailéis... Me habéis partido hoy el corazón...

—¿Hoy? —preguntó la joven, sorprendida.

—Os he estado viendo la noche entera... desde la calle, y oía el eco de vuestra voz. ¡Hablabais tan dulcemente a aquellos hombres!... ¡Oh! Entonces hubiera querido haceros daño... No hagáis eso otra vez... Os exponéis...

—¡Cómo!... —exclamó Mara con altiva sorpresa—. ¿Os atreveríais...?

—Si ese Ricardo hubiese venido ahora con vos, creo que le mato... ¿Qué existe entre tú y el que me ofende?... Me lo dirás, sí, me lo dirás; es necesario que yo no lo ignore...

—Silencio —dijo Mara de improviso—, hemos llegado, mi madre va a veros, y yo no puedo consentirlo... Marchaos hacia la izquierda, y decidme adiós de lejos con la mano... Le diré después que erais un conocido...

—Dejadme seguir un poco más —insistió Flavio, agarrando fuertemente el brazo de la joven.

—No, no —repetía ella en voz baja, y añadió, sintiendo ya cerca de sí los pasos de su madre—: Me comprometéis groseramente, abusáis de mi tolerancia y no queréis que os diga que sois un loco... ¿Cómo me salvaréis ahora?...

—Callad —dijo Flavio con sobresalto—; oigo la voz de ese hombre... ¡Ah!, no le habléis... no le habléis delante de mí, os lo suplico...

—Muy acompañada vais, Mara, cuando yo os creía sola —gritó entonces Ricardo.

Flavio apretó con ira el brazo de la joven, que le dijo enojada:

—¿Qué queréis que conteste?... ¿No comprendéis ahora vuestra imprudencia? No sé cómo puedo toleraros...

Ricardo apareció entonces ante ellos oculto el rostro entre los pliegues de su capa, y gracias a esto, Flavio no pudo distinguirle; pero el encubierto, que conocía a su salvaje y fuerte enemigo, dio media vuelta y desapareció haciendo un ligero saludo.

Los ojos de Mara le siguieron con cierta extraña expresión que Flavio notó al instante.

—¿Por qué le miráis así?... —le dijo con amargura—. ¡Os dejo! —añadió bruscamente, soltando su brazo—. ¡Me hacéis un daño cruel!

—Ahora, no; decid algo antes a mi madre —exclamó Mara, deteniéndole—. Habladla o me perdéis...; yo os ayudaré...

Flavio se volvió entonces hacia la anciana, que habiéndose despedido del que la acompañaba, se acercaba a su hija con la lentitud a que le obligaba el peso de los años.

—Señora —le dijo—, yo soy el huésped a quien tantos cuidados se han prodigado en vuestra quinta, y que, aunque tarde, viene a ofreceros su amistad y a demostraros su agradecimiento, pidiéndoos antes perdón por el modo brusco con que os ha abandonado y asegurándoos que no dependió aquel acto de mi voluntad.

Mara quedó agradablemente sorprendida al ver la facilidad con que Flavio la había salvado, y la anciana, cuyo carácter era sencillo y benévolo, prorrumpiendo en protestas de amistad y de afecto, no cesó de hablar hasta que Flavio consintió en subir aquella misma noche a su casa.

Imposible es describir la dicha y al mismo tiempo el embarazo del viajero al hallarse de improviso en el interior de aquel santuario, tan querido y tan deseado de su alma.

Sentado en un sofá al lado de la anciana, respondía a sus preguntas con la ingenuidad de un niño medroso, y no atreviéndose apenas a mirar a Mara frente a frente, concluyó por cautivar el corazón de la indulgente señora, que estaba encantada de hallarle tan sabio, según ella pensaba, y tan inocente a un tiempo.

La noche seguía en tanto tormentosa; la luz de los relámpagos penetraba a veces a través de las entreabiertas ventanas, asustando a Mara, y el ruido del trueno iba sintiéndose cada vez más cercano.

—¿Cómo es posible que marchemos a la madrugada con esta tempestad, mamá? —dijo la joven, verdaderamente asustada.

Aquellas palabras, más que un rayo que acabase de caer a sus pies, dejaron petrificado a Flavio.

—A la mañana, ya todo se habrá disipado —respondió la anciana—, y tendremos un precioso día de caminata; además, ya sabes que no tenemos remedio, hija mía; además, es necesario que te acostumbres a ser valiente. Alcemos al cielo nuestros ojos invocando al Señor de las alturas, y las tempestades del universo entero pasarán sobre nuestras cabezas sin tocar a un solo de nuestros cabellos. —¿No es así, caballero? —añadió, dirigiéndose a Flavio—. El valor y la fe en el Hacedor supremo de todo lo que existe son gigantescos atletas, a cuyo brazo nada se resiste de cuanto el mundo encierra.

—Sin duda tenéis razón, señora —respondió Flavio tartamudeando, pues la noticia de la marcha de Mara le había dejado atónito.

—Bien sabía yo que no seríais como los tontuelos del día, que no saben más que negar la existencia de aquel poderoso ser, infinitamente bueno, que lo llena todo con su sombra... Yo os bendigo por ello, mi buen amigo, y contad desde hoy con el aprecio más profundo y sincero de este corazón ya viejo...

Al acabar de decir la anciana estas palabras, estalló de repente un tan espantoso trueno, que hubiera podido creerse se había desplomado el cielo sobre la tierra.

Todos se levantaron despavoridos, y el mismo Flavio lanzó en torno suyo una mirada de temor, creyendo que las paredes iban a desplomarse sobre ellos.

Cinco o seis minutos pasaron, y el eco de tan formidable estampido resonaba aún con ronco fragor en las concavidades del valle.

Mara había corrido a esconderse entre su madre y Flavio, pálida como la muerte, y así, arrodillados, alzaron al cielo una fervorosa plegaria, invocando la misericordia del Eterno.

Cuando se levantaron reinaba entre aquellos tres seres una confianza ilimitada. Flavio era ya como una persona de la casa. Mara, acurrucada entre él y su madre, temblando de miedo, cuando el ruido de la tempestad volvía a sentirse se agarraba al brazo de Flavio, como si fuese al de un hermano; ellos trataban de calmar su terror, y nadie pensaba en que Flavio tuviese que marchar aquella noche.

A él, por su parte, tampoco se le ocurría ese pensamiento; llegó hasta a olvidarse de que Mara emprendería su viaje al rayar la aurora; la ventura que experimentaba su alma era ya una especie de dulce delirio: tan embebido se hallaba en la felicidad presente. Mara, dichosa también como nunca lo había sido hasta entonces, trataba de prolongar aquella escena que los retenía uno cerca del otro, en intimidad tan franca, tan cordial, tan sincera.

Ya alejada la tormenta, la anciana salió de la habitación para disponer la cena y dar las disposiciones convenientes respecto a la proyectada marcha.

Los dos amantes quedaron entonces solos, el vino cerca del otro, inmóviles, como si una mano de hielo paralizase de repente sus movimientos, y sin atreverse a mirarse siquiera.

Flavio sentía, sin embargo, una imperiosa necesidad: decir lo que pasaba en su alma, y las palabras próximas a salir de sus labios parecían ahogarle; pero seguía guardando el más profundo silencio.

El ruido de un trueno lejano volvió a sentirse por última vez, precedido de un relámpago, y Mara le miró asustada, cogiéndose a su brazo.

—Santa mía... —murmuró entonces Flavio, atrayendo hacia sí la cabeza de la joven y besándola en la frente con ternura—. Nada temas; yo estoy contigo.

—Ya es la segunda vez que posáis vuestros labios en mi rostro —dijo entonces la joven con rubor, apartándose dulcemente—, y no deben besarse de ese modo las mujeres a quienes se respeta... Tal vez lo ignoréis, pues os creo más inocente que los demás hombres, y por eso os lo advierto sin reñiros.

—¿Cómo?... —murmuró Flavio, tristemente sorprendido—. ¿Os habré hecho un ultraje sin saberlo?... Pero no, Mara; no puede ser. ¿No se besa a los niños cuando los amamos?

—Es que los niños no son mujeres, y el rostro de estas se marchita con el calor impuro de los labios de los hombres. ¿Hubierais querido que otro me hubiese besado antes que vos porque mi rostro le agradase?

—¿Por qué recordáis eso siquiera, Mara? —repuso Flavio casi irritado—. ¡Otro hombre besar esta frente... otro...! ¡Oh Mara!... Nunca... yo no sería ya feliz si lo supiera... ¡Esta frente no la ha tocado nadie, no puede ser más que mía! —y volvió a besarla.

—Cuidado —dijo Mara con severidad—. ¿No recordáis lo que os he advertido? ¡Tened presente que otra vez no os lo perdonaré!...

—¡Es verdad! —murmuró Flavio, ruborizándose y bajando los ojos—. ¡Perdonadme aún!... Lo he hecho sin consultar a mi voluntad ni a mi corazón. ¡Ejercéis sobre mí una influencia tan poderosa!... Pero yo os prometo no besaros nunca hasta que queráis permitirlo...

—¡Gracias... corazón de ángel! —dijo Mara al comprender toda la inocencia y toda la pasión de aquella alma virginal—. Te amé desde que te vi, y prometo amarte toda mi vida...

—¿Ya no serás más que mía? —repuso Flavio, clavando en ella sus ardientes miradas—. Mía para siempre, ¿no es verdad? Júramelo...

Y, cruzando él mismo las manos de la joven, hizo que las besara, jurando por el Dios del cielo amarle eternamente y no ser de otro jamás.

Con esto, el pobre Flavio quedó seguro de que Mara ya no podría romper la palabra dada, cual si un sacerdote acabara de unirlos para siempre. Él tenía la misma fe en un juramento que aquellos caballeros de la edad media, que marchaban serenos al patíbulo por no decir sí, después de haber dicho no cruzando su espada con otra espada.

A Mara, por su parte, no se le ocurrió hacer jurar a Flavio del mismo modo. La verdad que revelaban sus palabras hacían inútil semejante prueba, que ella, además, no tan falta de experiencia como Flavio, pues había vivido en el bullicio del mundo, conceptuaba vana en boca de los hombres que hasta entonces la habían rodeado.

—¿Y mañana? —dijo, al fin, la joven recordando su marcha.

—¡Mañana! —contestó Flavio, sin comprenderla—. Mañana, tan felices como hoy, tan felices como tenemos que serlo siempre desde ahora...

La joven movió lentamente su cabeza, diciendo:

—¿Lo habéis olvidado ya?

—¿Qué he olvidado?

—Que mañana marchamos...

Flavio dejó caer la cabeza sobre su pecho, palideciendo, y Mara le contempló en silencio. Gozábase en comprender que, aunque no fuese más que un día, había sido amada verdaderamente.

¡Era tan difícil para aquella mujer-niña el creer en el amor! Ella había sofocado siempre esa pasión en su pecho. Temiendo ser burlada, había coqueteado, mentido esperanzas; había consentido que la llamasen "la sin corazón".

Sensible y orgullosa como ninguna, prefería engañar a ser engañada, y soportaba mejor el nombre de coqueta que el de desgraciada y aborrecida.

Al sondear sus profundos sentimientos, los hombres hallaban siempre, a través de aquella sonrisa que prometía un mundo de placeres, una muralla de nieve, la mujer impasible, la mujer de mármol, tras de la que parecía haber de doblegarse, como el tronco de una flor débil la primera abrasadora mirada que se atreviese a posarse henchida de deseos sobre sus claros y brillantes ojos.

Pero ella sufría, en tanto, en silencio y se impacientaba al ver que pasaban un día tras otro día sin que nada nuevo trajesen a su corazón. Entre tantos como pasaban a su lado, murmurando a su oído palabras dulces y promesas eternas, no había ninguno que la amase con el amor que ella apetecía, con ese amor que no vive más que de sí mismo, que todo lo absorbe y que el tiempo mismo no es capaz de destruir.

Algunas veces llegó a imaginarse que tal vez este deseo no era más que un sueño irrealizable, y se dijo entonces: "Pues bien: si esto es mentira, si mi querida ilusión no ha de realizarse al fin, yo no amaré jamás, no gastaré en vano los primeros, los delicados perfumes de mi alma, que se extinguirán dentro de mí. Ellos me verán acercar a sus labios la copa y retirarla luego; les haré sufrir el suplicio de Tántalo; esa venganza será el único placer de mi vida, y espero en Dios que moriré sin que haya marchitado mi frente su inmunda impureza, cuya mancha no desaparece jamás cuando una vez ha llegado a tocarnos".

Pero Flavio, apareciendo de improviso en su camino, volvió a su corazón alguna esperanza; ella le amó desde el instante en que le contempló virgen en medio de los hombres; y al verse amada por aquel que en silencio había elegido su alma, su felicidad no tuvo límites. Menos ingenua que el inexperto viajero, ella ocultaba cuidadosamente su locura; pero no por esto empezaba a ser su pasión menos intensa que la violenta y tempestuosa de su salvaje amante.

Tal vez se echaba en cara a sí misma su credulidad y su flaqueza. Tal vez su conciencia le remordía fuertemente cuando se imaginaba ser amada con tan cándida sencillez; pero el placer era más grande que el remordimiento, la pasión encadenaba ya demasiado su alma, y Mara desechó con valor lejos de sí tan importunas meditaciones.

—No te inquietes —le dijo a Flavio, al ver su abatimiento—. La ciudad está cerca; tú eres, al parecer, libre y dueño absoluto de tu voluntad... Si no hay nada que pueda retenerte aquí, síguenos...

—¡Ah! Sí, sí...; tan necio me he vuelto que ni siquiera se me había ocurrido ese pensamiento... Gracias, Mara... ángel... mil veces ángel... Te seguiré, partiré hoy mismo... Me das las señas de tu casa, llego a la posada, mando que enganchen el carruaje, y me tienes a tu lado dentro de algunas horas...

—¡A mi lado!... No, tonto; es necesario que tengas prudencia —repuso la joven—. La ciudad no es lo mismo que este ignorado y silencioso rincón de la tierra, en donde las mayores confianzas no aparecen a los ojos de todos más que como familiaridades sin trascendencia... Pero en las ciudades, la mordacidad es más cruel; juzgan hipocresía la misma virtud, y es necesario estar siempre alerta para burlar en lo posible a los maledicentes.

—¿Por qué vivir entonces en la ciudad? —preguntó Flavio, arrugando el gesto.

Mara se sonrió dulcemente y no respondió a su pregunta.

—Es necesario, pues —añadió—, que os sujetéis a las reglas que prescribe la buena sociedad; me visitaréis a la mañana y a la noche, a la hora en que se acostumbra a recibir, y nada más; otra cosa sería dar aliento a la murmuración.

—Como queráis —repuso Flavio—. Que yo os ame y os hable, y no importa que sea a la tarde o a la mañana; pero escuchad: las tres acaban de dar, y pocos instantes nos restan de estar juntos; algunas horas más y la aurora aparecerá ya en el horizonte.

Las dos ancianas entraron en la habitación al acabar de decir estas palabras, e instaron a Flavio para que tomase algún alimento. Todas le acompañaron, y la vieja sirvienta, loca de gozo al volver a ver a su querido enfermo, hizo aún más íntima la amistad de Flavio con aquella franca y sencilla familia.

Cuando se levantaron de la mesa, las cuatro de la mañana habían dado ya en el reloj de la casa, todos se retiraron para descansar algún tiempo hasta que llegase el día.

Flavio fue conducido al mismo aposento que había habitado cuando tan lejano creía el instante de volver a ver a la mujer amada, y siéndole imposible abandonarse al sueño, pasó el resto de la noche viendo desaparecer las últimas estrellas y oyendo cantar los pájaros que, sacudiendo sus húmedas alas, saludaban la luz de la aurora.

El día, como la anciana lo había anunciado, amaneció despejado y sereno, y apenas la luz del alba iluminaba el horizonte cuando llamaron a la puerta de su cuarto.

La vieja criada venía a avisarle para que bajase a despedir a sus señoras.

Ya todo se hallaba dispuesto. Mara, graciosamente vestida en traje de viaje, esperaba en la sala; su madre daba las últimas órdenes y los caballos hacían oír sus relinchos en el pequeño patio. Una nube de disgusto oscureció entonces el corazón de Flavio, viendo que Mara se alejaba, aunque esto no fuese más que por algunas horas, y abandonaba aquella casa en donde tan feliz había sido.

Por fin bajaron. Flavio ayudó a subir a la anciana a su negra mula, apretó la mano de Mara con lágrimas en los ojos, y los caballos partieron lentamente, permitiéndole seguirlas hasta una gran distancia.

De pronto se oyeron las pisadas de otro caballo que se acercaba al galope. Las viajeras, despidiéndose entonces de Flavio, apuraron el paso de las cabalgaduras y aquel pudo ver cómo momentos después el hombre de la larga capa, saliéndolas al encuentro montado en un vigoroso caballo, se puso al lado de Mara y siguió con ellas tranquilamente su camino, no sin dirigir antes a Flavio una burlona y mofadora mirada.

—¡El infame que me ha engañado!... —exclamó Flavio, llevando la mano a la frente— Y Mara le sonríe, le habla... ¡Cuán horrible, Dios mío!... Pues bien, mujer: ¡maldita seas mil veces si tus juramentos fueron un falso engaño!

Y marchó al azar por el primer sendero que halló a su paso.

XXI

No hay horas más frescas, más jóvenes, si podemos decirlo así, ni más bellas, que las primeras horas de la mañana, cuando el cielo se entreabre sonriendo y llena el universo con su sonrisa.

Todo lo que existe se despoja entonces con alegría de la fúnebre influencia de la noche, callada y sin ruido, influencia que parece pesar sobre el mundo como la húmeda tierra sobre los ataúdes.

La aurora es la voz del ángel de vida que nos despierta, la que asomando su frente virginal por la cima de las montañas más altas, desciende lentamente hacia la tierra para no turbar de improviso nuestro sueño.

Las sombras huyen avergonzadas a su paso, retirándose a las tenebrosas regiones que ella no alumbra; las flores se entreabren regalando al primer rayo que desprendido de su frente las ilumina, su dulce perfume, y hasta el rocío que brilla en las hojas parece querer elevarse al cielo en vapores sutiles para confundirse con sus resplandores cariñosos.

No hay nada que no se estremezca de alegría cuando los primeros fulgores del alba asoman por el Oriente; nada que se muestre insensible ante aquella magnificencia virginal de los cielos.

La tierra parece alzarse siempre rejuvenecida cuando la hiere el primer rayo del sol; son más frescas y murmurantes las aguas, es más intenso y vigoroso el verde ambiente colorido de las plantas; cuando amanece respírase un ambiente que reanima y da fuerzas al espíritu abatido.

Los horizontes son límpidos y sonrosados, los terrenos se pierden por graduaciones en zonas azuladas y vaporosas, de las que parece formar parte un pedazo de cielo desprendido de su alta bóveda; el mar se asemeja a un lago petrificado, inmenso, sobre cuya lisa superficie pudieron pasar todas las tempestades de la tierra sin formar un solo pliegue ni conmover ninguna de sus olas tendidas blandamente sobre la arena de la playa.

Pudiera creerse que el universo acaba de ser animado en aquellos instantes por el soplo de Dios y que, preparado para la vida con toda la belleza y la pompa propias de la alborada de la juventud, empieza a lucir sus bellezas con la modestia virginal de una casta hermosura.

Entonces no hay aires cargados del aliento corrompido de las ciudades, que el viento de la noche ha disipado; entonces no hay más que el fresco olor de las praderas, que se extiende libremente por el espacio; no hay más que brisas matinales, frías y cargadas de agrestes aromas; aires puros que rejuvenecen el cuerpo, haciendo esperar una vida prolongada y llena de salud.

En aquellos momentos de placentera calma, el espíritu incrédulo parece entrever la esperanza a través de las rosadas nubes que van sembrando el azul del firmamento; el sol, que asomó su ojo brillante por entre las cimas desiguales de las colinas, se nos presenta como la idea de la eternidad, y en tales momentos creemos eterno el mundo, eterna la vida, eterno cuanto entonces existe en torno nuestro.

XXII

A pesar de la negra inquietud que devoraba el corazón de Flavio, no pudo pasar indiferente ante aquella hermosa naturaleza iluminada por la cándida luz de la mañana que, brillante sobre el río y tenue todavía en el fondo de los valles, tornasolaba graciosamente las silvestres flores de los altos montecillos.

En su mente empezaron a levantarse entonces pensamientos locos y ambiciones que Mara había hecho desaparecer. Reprodujéronse en su memoria sus pasados sueños; sus instintos vagabundos despertáronse de improviso, envueltos en la negra melancolía que dominaba su espíritu, y pensó otra vez que tras aquellos horizontes lejanos, que parecían prolongarse hasta lo infinito, había un mundo que se extendía risueño, lleno de bellezas, que él no había visto aún; mundo que había deseado recorrer ligero y errante, como la golondrina de infatigables alas.

¡Ay! Él había suspirado tanto por romper las cadenas que le ligaran un tiempo a su viejo palacio de Bredivan, había soñado tan largos días con aquella libertad adorada que entonces poseía a manos llenas, que al volver ahora sus pensamientos hacia sí mismo no pudo menos de espantarse al ver otra vez su alma tan lastimosamente aprisionada.

La libertad...

¿En dónde estaba la libertad? ¿Cómo había usado de los beneficios que con pródiga mano le había brindado aquella divinidad propicia?

Sus sueños, sus ilusiones queridas, vagaban ya esparcidas lejos de sí, como polvo vano que el viento ha dispersado.

¿Y quién era la que, atrevidamente, se había interpuesto entre él y su porvenir? ¿Quién la que así había interrumpido su camino?

¡Una mujer!... ¡Engañosa ilusión quizá!... Fingida imagen de ventura, que, con sonrisas de ángel, ocultaba un corazón de demonio.

¡Ah! Tal vez aquel amigo infame no había mentido al decirle: "No miréis a la mujer más que como un juguete que el cielo ha arrojado en nuestro camino para entretener nuestros momentos de ocio. No la perdonéis; si perdonáis, seréis perdido... Perdonad al cobarde, y él os herirá cuando no podáis defenderos".

Pero Flavio amaba a Mara, y desde que la amaba no había dejado de sufrir; su vida era una agitación continua, una inquietud eterna, un interminable deseo.

Él la había perdonado, y la sociedad, indignada, le arrojaba de su seno al contemplar su ternura y sus lágrimas.

"Son más volubles y ligeras que el viento —le había repetido su amigo—, falsas y engañosas como la perfidia misma... ¡Sus palabras son ligero soplo que pasa y desaparece!...".

"¡Oh! Sí —murmuraba Flavio—; quizás todo esto es verdad... Acababa de jurarme que su amor no sería más que mío, eternamente mío, y un instante después dejaba estrechar su mano entre las manos de ese hombre que aborrezco, cruzaba sus miradas con las miradas de él, y, juntos, marchaban alegres, contentos; y en tanto mi corazón se despedazaba de dolor... Tenías razón tú, a quien he llamado infame... Ya no te maldigo, y desde hoy puedes pasar tranquilo ante mí... Si, como yo, amas a Mara, tú no eres culpable en amarla; ella es la que, faltando a su juramento, se ofende bajamente a sí propia permitiendo que te acerques siquiera a la orla de sus vestidos... ¿Qué hacer, pues? ¿Volver a su lado?... Yo lo deseo aún...; pero no... la mataría... ¡Hacerme sufrir así después de sus sagradas promesas... después de tanta felicidad, de tanta halagüeña ventura!... No, no volveré a verla, me alejaré hoy mismo de estos lugares, que me recuerdan su imagen; seguiré un camino opuesto al que ella ha seguido, y mis ilusiones primeras se realizarán al fin. Recorreré el mundo palmo a palmo, sin detenerme, y tal será la ligereza de mi carrera que mi paso no dejará huella alguna sobre la arena movediza...".

XXIII

Al llegar Flavio a la posada halló francas todas las puertas y abiertas las ventanas, pudiendo distinguirse desde fuera que estaban desiertas las habitaciones que daban hacia el camino.

Percibíase a la entrada un olor pronunciado de incienso y cera, las escaleras estaban cubiertas de lodo, y allá en lo último de la casa, Flavio creyó oír rezos y gemidos.

A medida que iba subiendo se distinguían mejor los acentos monótonos y lastimeros, interrumpidos a veces por un silencio de muerte; después volvían a empezar, con triste y fúnebre pausa, y un ¡ay! quejumbroso llegaba, mezclado con la monótona salmodia de interminables rezos, a estremecer dolorosamente el corazón de Flavio.

Insensiblemente fuese aproximando al lugar de donde salían aquellos tristes rumores, subió hasta el último piso de la casa, y encaminándose por un corredor iluminado por un vivo y extraño resplandor, una lúgubre escena que conmovió su alma profundamente se presentó entonces a su vista.

En medio de un aposento, tendido en un féretro, se veía un cadáver iluminado tristemente por cuatro amarillentos blandones. Algunas mujeres arrodilladas en derredor rezaban con voz lánguida y soñolienta, una tras otra, padrenuestro que concluían con un prolongado ¡amén!, y una hermosa niña, pálida como una rosa blanca y envuelta en un negro ropaje, permanecía inmóvil al lado del féretro, sus manos cruzadas sobre los pies del cadáver, la cabeza inclinada como una flor que languidece y semejante a esos hermosos ángeles de mármol que lloran noche y día sobre las tumbas.

Enternecido, Flavio avanzó algunos pasos; la joven volvió hacia él sus miradas, y al verle, exclamó con un desgarrador acento, señalando al cadáver:

—Es mi madre, caballero... ¡Mi madre ha muerto!

Y prorrumpió en amargos sollozos, a los que hicieron coro las mujeres que le rodeaban. Flavio sintió también que las lágrimas bañaban sus mejillas y las enjugó furtivamente.

Aquella pobre niña, huérfana y sola tal vez en la tierra, era Rosa, la que tan hermosa y contenta había ido el día anterior a llenar su cántaro a la fuente del jardín.

—¿Por qué no lleváis de aquí a esta pobre criatura? —dijo Flavio, dirigiéndose a los que allí se hallaban—. Será capaz de morirse si permanece aquí mucho tiempo.

—¿Seréis vos, por ventura, el que mandaréis que me alejen de aquí? —dijo la joven, abrazando los helados pies del cadáver—. Dejadme estar por última vez al lado de mi madre... ¡Madre mía... ya nunca, nunca más volveré a veros en este mundo!

—¡Terrible escena que me parte el alma! —murmuró Flavio, dando media vuelta para que no pudiesen notar su profunda emoción.

No pasó mucho tiempo sin que viniesen a robar a la pobre niña su último consuelo, y ella, antes que el fatal ataúd se cerrase para siempre, besó mil veces las yertas manos de su madre, compuso con cuidadoso esmero su ropaje mortuorio, mulló las almohadas en que se apoyaba su yerta cabeza, cual si pudiese sentir su blandura, y después, con una resignación llenaba de asombro a todos los que la contemplaban, dejó caer sobre el helado cuerpo la última techumbre, si podemos decir así, que debía cobijarle para siempre.

La joven siguió paso a paso al cadáver de su madre, sin que nadie se atreviese a impedírselo; la acompañó hasta la iglesia, oyó su misa de entierro y no se volvió a su casa hasta que las puertas del cementerio se cerraron, dejando tras ellas a la que tanto había amado.

Cuando llegó a su casa, la entrada se hallaba obstruida por algunos agentes de justicia, que al verla le dejaron libre el paso; pero la pobre niña, sumida en su profundo dolor, no había podido reparar siquiera que, al pasar, habían dicho, señalándola:

—Esa es la huérfana... ¡Pobre muchacha!

Subió, y se dirigía instintivamente hacia el aposento donde había velado el cadáver de su madre, cuando la detuvieron bruscamente.

La joven se detuvo maquinalmente, sin hacer objeción alguna y sin que fijase su atención en nada de cuanto pasaba en torno suyo.

Reinaba, sin embargo, gran confusión en la casa.

Mueble tras mueble, objeto tras objeto, todo lo miraban, todo lo iban anotando aquellos hombres sin que nada quedase oculto a sus escudriñadoras miradas. Clavados los anteojos sobre la corva nariz, un escribano barbilampiño lo registraba todo con magistral dignidad, exclamando de cuando en cuando con voz áspera y lanzando envidiosas miradas en torno suyo:

—¡Magnífica presa había hecho la desalmada mujer! ¡Téngala Dios en su gloria!

Llegaron al gabinete de Flavio, en el cual hicieron el mismo registro y anotación que en el resto de la casa.

Y tocando, al fin, su turno a una cartera que Flavio había dejado olvidada, el escribano lanzó una exclamación de sorpresa, al mismo tiempo que encajaba más sus anteojos sobre la pronunciada nariz:

—¡Calle! —dijo con socarrón acento—. ¡Estas son las armas y el título del heredero legítimo de esta quinta!...

—¿Qué estáis diciendo? —repuso con voz atiplada un microscópico escribientillo.

—Miradlo —añadió el escribano, acercando la cartera a las narices del que dudaba.

—Desde tan cerca no veo, maestro —replicó el muchacho con socarronería.

—¿No basta que yo lo diga?

—Señor, el caso sería tan extraño...

—Y bien, no es por eso menos cierto; pero veamos lo que hay dentro, y anótese la menor circunstancia.

Fijos en la cartera los ojos de todos los que se hallaban presentes, el escribano parecía complacerse en retardar el registro de lo que contenía el misterioso objeto.

—¡Ah! —gritó entonces una voz—. Esa cartera pertenece a mi amo y no debéis tocarla.

—Nosotros tenemos obligación de registrar y anotar todo lo que se halla en esta casa —dijo el escribano con ridícula gravedad y decidido a proseguir en el agradable cumplimiento de sus deberes.

—Esperad al menos a que mi amo esté presente para ver lo que se halla en esa cartera.

—Nosotros no tenemos obligación de esperar a nadie para ejecutar las órdenes que nos están encomendadas.

El cochero, pues no era otro el que había hablado, se alejó con indignación para ir a dar aviso a su señor.

Hallábase aquel al lado de la pobre Rosa, procurando que la joven no llegase a comprender que su casa estaba a merced de la justicia, extraño suceso que él había tratado de penetrar en vano.

El cochero se acercó a él, noticiándole lo que en aquel momento pasaba en su gabinete; pero Flavio, demasiado condolido de la joven para abandonarla un solo instante a su dolor y a su soledad, no quiso alejarse de su lado.

—Dejad que lo registren todo; ellos tendrán que responder y darme cuenta de lo que hayan hallado —le dijo al fiel cochero.

—Señor —se atrevió este a murmurar—, perdonad os advierta que pudierais tener allí algún secreto de que van a enterarse los extraños.

—Yo no tengo secretos —respondió bruscamente Flavio—, y si alguno tuviese, solo lo guardaría en mi corazón.

El cochero iba a alejarse, cuando vio venir hacia ellos al escribano y sus satélites.

—¿En dónde está tu amo? —le preguntaron.

—Yo soy —repuso Flavio con infernal humor—. ¿Qué se os ofrece?

—¿Podríais decirnos vuestro nombre? —dijo el escribano con melosa cortesía.

—Me llamo Flavio Leonardo de Bredivan. ¿Qué queréis?

—Muy señor nuestro —exclamó el escribano, haciendo una profunda reverencia—. Pues sabed, digno caballero, que ante mí, escribano, y demás testigos se ha examinado esta cartera, que os pertenece y por la cual se viene en conocimiento de que sois vos el heredero legítimo de esta hacienda, con sus alrededores, por ser hijo de los muy nobles señores de Bredivan. Os dignaréis afirmarlo así ante mí, escribano, y demás testigos, para que conste, presentándoos después al juez de este distrito para tomar posesión legal de vuestros bienes y hacienda.

—Sin duda os engañáis, buen hombre —repuso Flavio, admirado—. Nada me ha ligado a la difunta madre de esa niña, dueña, sin duda, de esta quinta.

—Vos ignoráis, sin duda, caballero, que la madre de esa huérfana ha declarado, al morir, haber usurpado, por medio de una falsa manda, parte de los bienes pertenecientes a su amo y señor el caballero Mauro de Bredivan, haciendo desaparecer el verdadero testamento, que a la hora de su muerte ha presentado, y en el cual se declara por único heredero de todos sus bienes a Flavio Leonardo de Bredivan, hijo de su muy noble hermano Francisco de Bredivan, cuyo heredero resultáis ser vos, según todas las probabilidades —añadió el escribano, quitándose el sombrero y haciendo una segunda reverencia.

Convencido Flavio de que era a él a quien buscaban, se apresuró a contestar afirmativamente para verse libre de aquella turba que le asediaba y de aquel grave escribano, que tan ridículo le parecía, a pesar de sus profundas y humildes reverencias.

XXIV

No había pasado un mes cuando Flavio era ya dueño de aquella casa, cuyo lujo y suntuosidad tanto le habían seducido y encantado.

Falto de ambición todavía, alegrose, no obstante, al poseer aquella preciosa joya, con su lujo espléndido; con todo cuanto podía halagar sus sentidos; porque la rodeaban misteriosos bosques y deliciosos jardines, propios para recrear una imaginación poeta, y porque, cerca de la quinta de Mara, él podía distinguirla con solo subirse al elegante mirador que daba sobre el camino.

En el fondo de su corazón daba gracias mil veces a aquel buen tío, que tan admirablemente comprendía la vida y sus comodidades y que parecía haber adivinado que algún día su sobrino se consideraría feliz con solo poseer aquellos hermosos jardines, aquellos parques, aquellos altos belvederes, desde los cuales tantas cosas podían verse.

En tanto, Rosa, la pobre huérfana, colmaba de atenciones a su bienhechor, que de una manera tan noble y desinteresada la había librado de la miseria y de tan horribles desdichas que ella no había podido prever todavía.

Sola en la tierra, sin madre que la cobijase bajo su amorosa sombra, arrojada de aquella casa que se había acostumbrado a llamar suya, ella hubiera perecido de dolor y de miseria a orillas de los desiertos y tristes caminos en que gime la pobreza; pero Flavio la había salvado.

—Esta casa será siempre tuya, Rosa —le dijo—. Seguirás habitándola como hasta aquí. Ave de paso, yo me contentaré, cuando atraviese estos lugares, con el gabinete que ahora habito y con poder pasearme libremente por estos hermosos jardines, respirando el aroma de las flores, y refrescar mi espíritu con el puro ambiente que viene hasta aquí desde las vecinas montañas.

Al oír estas palabras, lágrimas de agradecimiento bañaban las mejillas de la pobre huérfana; alzaba a él sus ojos, en los que brillaban miradas de agradecimiento, y si Flavio se lo hubiera permitido, ella hubiera besado sus pies y servídole de rodillas.

Sin embargo, retenido Flavio, a su pesar, por los imprevistos sucesos que llevamos referidos, la imagen de Mara, pese a todos los vagamundos proyectos que un instante habían venido a sonreírle, no se apartaba un instante de su memoria.

En todo el tiempo que tuvo que permanecer en su nueva casa, el viajero iba todos los días a recorrer los lugares que Mara había recorrido, y pasaba largas horas conversando con su anciana criada, que, alegrándose en extremo de sus visitas, le hablaba siempre de su hermosa, de su querida hija, como acostumbraba llamar a Mara.

Ella le mostraba el lugar en donde había nacido, le contaba qué nublada estaba la mañana en que la niña había lanzado su primer vaguido cariñoso, y cómo más tarde saltaba traviesa por los más escarpados riscos, sin que nadie pudiese contenerla. Le decía en qué lado del sofá solía reposar en las calurosas tardes del estío hasta la caída del sol; en dónde se sentaba después, hasta que las estrellas empezaban a mostrarse en el cielo, y el lugar que prefería siempre cuando se acercaba al fuego de la chimenea para templar sus pies.

Y Flavio se sentaba entonces en donde ella se había sentado, besaba a hurtadillas los almohadones del sofá, que aún conservaban el aroma de sus cabellos, y, aparentando tener frío, hacía que la pobre vieja encendiese el fuego de la chimenea para colocar sus pies en donde Mara había colocado los suyos.

Así pasaba largas horas, que siempre le parecían breves y fugaces, sin soñar en otra cosa que en volver al lado de aquella adorada mujer, que, encarnada en su propio corazón, ya no podía desechar de sí. Si un instante creía tener valor para huir lejos de ella, otro instante venía su recuerdo a deshacer aquellas traidoras ilusiones que le alejaban de su amor, dispersándolas como un ejército de nubes impelidas por contrarios vientos.

Pero cuando el viajero volvía tarde de sus excursiones a la quinta, hallaba a la pobre huérfana triste, abatida y llorosa.

—¡Cuánto habéis tardado...! —le decía tímidamente, alzando hasta él sus ojos empañados por las lágrimas—. Hasta he pensado si ya no volveríais, causándome esta idea una terrible angustia...

—¡Pobre niña! —decía entonces Flavio, enternecido, y pasaba a su lado el resto de la noche, contemplando su belleza melancólica y contándola fantásticos cuentos de hadas y hazañas caballerescas, con cuyo relato tanto se complacía la pobre niña que se creía transportada a un mundo nuevo, al oír hablar a Flavio, en su enérgico y armonioso lenguaje, de palacios de diamante y de topacio, que alguna dama o errante caballero encontraban a su paso, después de haber roto la frente de un gigante con un huevo de avestruz, o cortado las siete cabezas de alguna serpiente encantada.

XXV

Una noche fría y tempestuosa se hallaban reunidos alrededor de la chimenea y guardaban un profundo silencio.

La frente de Rosa, más pálida que de costumbre, parecía abrumada por algún doloroso pensamiento; su tía, sentada a su lado y con la barba apoyada en las manos, meditaba profundamente, y la fisonomía de Flavio, revestida de una risueña tranquilidad, no revelaba más que cierta ligera impaciencia cuando fijaba rápidamente sus miradas en las dos mujeres, que proseguían guardando el más triste silencio.

—¿No habéis resuelto nada al fin? —preguntó Flavio, viendo su imperturbable inmovilidad.

—Por mi parte, ya he tomado un partido —contestó la tía de Rosa—, un partido que me parece el más aceptable en circunstancias como las que rodean a mi pobre sobrina.

—Decid —repuso aquella.

—Pienso —añadió su tía— que, una vez que este señor nos deja disponer de lo que le pertenece, debe seguir mi sobrina dando posada, como lo hacía mi pobre hermana, disponiendo de las habitaciones de que vos no necesitéis y reservándoos los jardines; podrá de este modo ganar su vida honradamente y nadie podrá preguntar de qué vive. ¿No es verdad lo que digo, señor? Porque ya sabréis que la honra de una mujer es cristal que pronto se quiebra.

—Tal vez tengáis razón —respondió Flavio, que no había comprendido bien el significado de las palabras de la honrada mujer—. Pero ¿qué podrían decir de esta pobre niña? —repuso, mirando a la joven con ternura.

—¡Oh señor! —le contestó la tía Andrea—. Muy bueno sois cuando habláis de ese modo; pero si yo os contara cómo mi pobre hermana caminó a su perdición, ya no volveríais a hacer semejante pregunta.

—¿Fue vuestra hermana desgraciada?

—Desgraciada... os diré, señor; para mí lo es la mujer que ha llegado a perder su honra; mas no tuvo ella la culpa... Imaginaos una pobre viuda de dieciséis años, como lo era ella cuando perdió a su marido, y con él la subsistencia; que arrojada a la calle, sin abrigo, sin apoyo, no tiene con qué alimentar a su pobre hija, que es esta que aquí veis —dijo, señalando a Rosa—. Imaginaos si esta desamparada criatura no bendecirá mil veces la mano que vino a arrancarla de la miseria. Pues bien: vuestro tío fue el que alargó esa mano a mi hermana, el que la arrancó de los brazos descarnados del hambre, diciéndole: "Ven, serás una criada más en mi casa, una criada a quien se estima y a quien se paga bien, y podrás criar a tu hija y tenerla a tu lado". Ella consintió con la mayor alegría del mundo; pero al poco tiempo, aunque vuestro tío respetaba la desgracia de mi hermana, el mundo empezó a señalarla con el dedo, y para los demás había cometido ya culpas en que no se había atrevido a pensar. La tentación vino en pos a enseñorearse del corazón de vuestro tío, hizo conocer a mi hermana que el mundo la creía culpable y que su única salvación estaba en serlo verdaderamente.

Ella rehusó... Pero ¿qué es la pobreza y la debilidad de una mujer? Vuestro tío la amenazó con abandonarla otra vez a la miseria. Mi pobre hermana, entonces, llena de la mayor aflicción, quiso desahogar su dolor contando cuanto la pasaba a un aldeano, con quien parece se había comprometido a casarse por segunda vez; pero, volviéndole de pronto la espalda, le contestó: "¿Con esas me venís ahora?... Si yo os había dado palabra de casamiento, era con la esperanza de que vuestro amo os diera una buena dote, puesto que yo consentía en casarme con vos, a pesar de todo... Pero ¡ahora salís con esas gazmoñerías! Idos enhoramala, y no pretendáis engañarme porque no lo conseguiréis... ¿Quién ignora todo lo que ha pasado entre vos y vuestro amo? ¡Y en verdad que era el buen señor a propósito para ver cerca la paloma y no echarle su garra de milano!". ¿Qué queréis que pasara entonces, señor? Mi pobre hermana vio pasar tristemente los días de su solitaria existencia, y como vuestro tío, cuyo áspero carácter nadie ignora, la abandonase, al morir, a la miseria, viose mi pobre hermana en la alternativa de morir de hambre o de cometer un crimen. Después del primero, el segundo es fácil; no faltó quien le ayudara, y la desdichada unió bien pronto el crimen a la infamia. Solo de este modo pudo preservarse de la miseria, pudiendo, al fin, vivir de su trabajo; pero vivir acosada de eternos y dolorosos remordimientos. El palacio se tornó en posada; la criada, en dueña, y los pasajeros que aquí han concurrido fueron siempre numerosos, pues aseguraban que jamás habían visto una posada más lujosamente amueblada ni con mejor servicio. Pero mi hermana no era feliz ni podía gozar tranquila aquella pequeña herencia que no había adquirido legalmente. Aunque débil y fácil de caer en la culpa, el arrepentimiento la devoraba luego, y bien veis cómo a la hora de su muerte, que casi fue instantánea, no se acordó más que de pronunciar el nombre de su hija, pidiendo compasión para ella, y declarar que nada de cuanto poseía era suyo.

Al acabar este relato, Rosa y su tía estaban bañadas en lágrimas. Flavio se había levantado para dar algunos paseos por la habitación, y su emoción era profunda.

Por fin, acercándose a ellas, les dijo:

—Por esa historia triste y lamentable que me habéis contado, reconozco que Rosa, y no yo, debe ser la legítima dueña de esta quinta. Su madre la ha ganado bien con sus pesares y sus lágrimas, y mi conciencia no me permite despojar a la hija de lo que es suyo.

—¡Cuán bueno sois!... —pudo apenas murmurar Rosa—; pero yo no podré permitir nunca lo que intentáis; cuanto hay aquí es vuestro y solo vuestro.

—Tienes razón, hija mía —dijo su tía—; cuanto hay aquí es del señor. Por más que uno halle personas de corazón bondadoso en su camino, no debe abusarse de su bondad. Bastante hacéis, señor, en permitir que sigamos viviendo con lo que es vuestro y en una casa que cosas de tanto valor encierra, puesto que todo el mundo las alaba. Pero yo os prometo cuidarlo todo con el esmero con que lo hacía mi pobre hermana.

—No cuidaréis más que vuestra hacienda —volvió a decir Flavio—; y yo os aseguro que estaréis mañana en posesión completa de lo que os pertenece, Rosa.

—No hagáis tal, os lo suplico —exclamó la tía Andrea—. Reflexionad que quizá la maledicencia hiera a la hija con las mismas armas que a la madre: dirán que es el premio de su honor...

Flavio arrugó las cejas; no sé qué nuevo camino acababa de abrir a su pensamiento la historia que aquella pobre mujer había contado imprudentemente, y sin comprender el daño que hacía, delante de aquellos dos corazones inocentes.

"El premio de su honor —se repetía—. ¿Qué es, pues, el honor de una mujer?".

Y convino con aquellas pobres y desvalidas que ellas seguirían viviendo en aquella hermosa casa. Señaló las habitaciones que debían reservarle; dijo de qué modo debían cultivar los jardines, indicoles algunas reformas y luego les anunció que partiría al otro día muy de mañana.

—¿Y cuándo volveréis? —preguntó la tía, pues a Rosa no le era posible hablar.

—¿Quién sabe? —dijo Flavio—. Quizás tarde muy largo tiempo...; es mi porvenir tan incierto...

—¡Dios mío! —repuso la pobre mujer—. ¿Iríais a tardar un año quizá? Me da miedo el pensarlo, pues ya sin vos me parece que no somos nada en el mundo.

—No temáis —dijo Flavio—. Sabréis en dónde me encuentro, y yo vendré en vuestro auxilio siempre que escribáis que os soy necesario... Por lo demás no me preguntéis respecto a mi vuelta... Entregado en brazos del azar, yo mismo no sé hacia dónde camino.

Al siguiente día, cuando apenas la primera luz del alba apareció en el cielo, Flavio salió a pie de la posada. Quiso que el carruaje le esperase a alguna distancia, pues deseaba gozar de las delicias de la mañana, que aparecía nublada y melancólica, y despedirse a su placer de todos aquellos lugares, a los cuales se había acostumbrado, amándolos ya en el fondo de su corazón.

Apenas se había alejado de tan hermosos lugares, cuando se detuvo a orillas de un torrente que, medio envuelto entre las brumas de la mañana, parecía despeñarse en un abismo sin fondo.

Los cantos de los campesinos empezaban a resonar en los solitarios campos, a compás del chirrido de las carretas; el humo subía en espirales por encima de las cabañas más altas, y los rayos del sol, atravesando la espesa niebla, formaban hermosos cambiantes de luz en el espacio.

Flavio lo contemplaba todo sentado en la cima de un montecillo, oyendo cómo rugía a sus pies el impetuoso torrente. De pronto, una tos leve y comprimida resonó cerca de sí; volvió la cabeza, y le pareció distinguir entre los cañaverales que se extendían por el verde prado un encarnado ropaje que se ocultó pronto a sus ojos.

Esta contemplación duró poco tiempo, y siguió su camino, prefiriendo, sin embargo, a pisar la arena seca y áspera de la carretera, hollar con su pie ligero la mullida hierba del campo, húmeda por el rocío y llena de florecillas silvestres, todas frescas y aromáticas.

Entonces pudo ver más distintamente el ropaje encarnado que, brillando a través de los matorrales y de la crecida hierba, parecía querer seguir sus pasos ocultamente.

Flavio se lanzó entonces tras aquella visión misteriosa, como un niño tras una dorada mariposa; siguiola largo tiempo a través de los lejanos prados y de los bosquecillos, pero ella parecía tener alas y alejarse más a medida que Flavio la seguía. Por fin, un tranquilo lago que de ondas azuladas brillaba a través de los álamos que circundaban sus orillas detuvo en su poética carrera a la alada visión; pero en el mismo instante un grito comprimido hiriendo el espacio y el ruido de un cuerpo que acababa de caer en el agua viene a estremecerle.

Con el corazón palpitante, Flavio se aproxima al lago, dirige en torno una mirada y lanza a su vez una exclamación de dolorosa sorpresa.

—Rosa... ¿qué habéis hecho? —le dijo extendiendo hacia ella sus brazos.

Era la pobre niña que, habiendo seguido a Flavio y comprendido que iba a ser descubierta, se había arrojado al agua para esconderse bajo las sombrías ramas que se extendían sobre la pequeña superficie del pequeño lago.

—No, no saltéis, que yo iré sola —gritó a Flavio, viendo que este se apresuraba a socorrerla—; está el agua tan fría que os helaríais —añadió, casi sin poder hablar.

Y haciendo un esfuerzo llegó por fin a la orilla, yerta de frío. La pobre niña tenía la saya enteramente mojada y se pegaba a su cuerpo con tenacidad como un sudario. Amoratada y aterida, fue necesario que Flavio la ayudase para que pudiese dar algunos pasos sin caer o vacilar.

—¡Dios mío! —exclamaba Flavio en tanto, lleno de congoja—. ¿Por qué huíais, Rosa? ¿No me habíais conocido? ¿Pensasteis tal vez que iba a haceros algún mal? ¿A qué habéis venido hasta tan lejos y tan de mañana? ¿Qué buscabais?

Pero ella no respondió una sola palabra a aquellas palabras, tornándose al escucharlas más pálida todavía.

"Si estuviese cerca mi carruaje", pensaba Flavio sin saber qué hacer.

—Pero ¿quién os dejó sola, Rosa, aquí, en medio del campo y sin abrigo alguno? ¿Qué hacer, Dios mío? ¿A dónde llevaros para que el fuego hiciese volver el calor a vuestro cuerpo aterido y casi sin movimiento?

Rosa permanecía muda a todo esto y como fuera de sí.

—¡Eh, buen hombre! —gritó entonces Flavio, viendo un aldeano que pasaba a alguna distancia—, ¿sabéis en dónde hallaremos una cabaña para socorrer a esta pobre niña?

—¿Por qué no queréis seguir más adelante? —le preguntó Flavio cariñosamente.

—Porque me verían —respondió Rosa—. No digáis nunca a mi tía lo que hoy ha pasado —añadió con temblorosa voz.

—Estad segura de ello —contestó Flavio; y al tiempo que la ayudaba a apearse, añadió estrechando entre sus manos las de la pobre joven—: Ya que nada tienes que decirme, adiós, Rosa; sé feliz, y acuérdate de mí, aun cuando no volvamos a vernos en mucho tiempo.

Ella no contestó, pero un raudal de lágrimas corrió por sus mejillas.

—¡Dios mío! —dijo Flavio—. ¿Será verdad que seáis desgraciada? ¿Y por qué? Si eres huérfana, no temas, que yo velaré por ti... acudiré a tu lado siempre que me llames, y tendrás en mí un hermano.

—Sí —pudo decir, al fin, Rosa...—, un hermano que estará siempre lejos de mí, que quizás no volveré a ver jamás.

—Pues bien —dijo Flavio—; si eso puede causarte algún pesar, y si mi presencia puede consolarte, yo volveré y vendré a enjugar tu llanto...

En aquel instante pasó al lado de ellos un mozo del lugar que hacía el amor a la joven.

—Adiós, vecina —le dijo, sonriendo maliciosamente.

—¡Ah, Dios mío!... —murmuró la pobre Rosa—; todo lo van a saber en la aldea... ¡Marchaos!... ¡Dios mío!... ¡Dios mío!...

—Pero ¿qué han de deciros?

—¿Quién sabe? —murmuró la joven— ¿No recordáis la historia de mi madre?

—¡Adiós, Rosa, adiós! —exclamó Flavio—. ¿Iréis a ser vos tan desgraciada? ¡Valiera más que yo no volviera entonces a veros jamás!

—¡Oh, no! —murmuró la joven con desgarradora expresión.

Flavio besó entonces las hermosas manos de la joven y se ausentó con el alma llena de los más sombríos pensamientos.

Ella, en tanto, sentada sobre una piedra del camino, vio cómo se alejaba el carruaje y permaneció largo tiempo llorando una ausencia que la llenaba de dolor; un amor que apenas nacía ya era fuente de amargas desventuras.

XXVI

Una lluvia menuda y penetrante caía sobre la ciudad de ***, triste y sombría como el sepulcro. Era la hora del crepúsculo cuando Flavio atravesaba sus calles desiertas y mudas como el silencio, sin que nada viniese a arrancarle de su mal humor y de su abatimiento.

Al cruzar aquellas calles, enlodadas y angostas; al contemplar aquellas casas de abigarrado color, que parecía iban a derrumbarse las unas sobre las otras; al ver el pequeño pedazo de cielo que las cubría, encapotado y sombrío, tanto que podía creerse no llegaría jamás a iluminarlo un sol claro y transparente, el corazón de Flavio se oprimió y experimentó tedio y disgusto de la vida.

Bajo los angostos soportales, apiñados los transeúntes para preservarse de la lluvia, semejaban silenciosas y medrosas sombras que llegaban y huían consecutivamente; una luz melancólica, que parecía iluminar un subterráneo, dejaba percibir, en el fondo de aquella especie de tumbas, alguna vieja durmiendo amorosamente en compañía de un soberbio Micifuz, o el rubicundo mancebo, que con sus grandes manos, lastimosamente laceradas por los fríos de invierno, envolvía pacíficamente y con suma escrupulosidad las telas que curiosos compradores habían hecho desdoblar en vano.

A cada paso las delgadas y altas torres, que parecían ocultarse entre las nubes y descansar en ellas su cabeza de piedra, se presentaban a los ojos de Flavio, mostrando las antiguas iglesias sus grandes puertas ojivas, sus múltiples estatuas alumbradas débilmente por un farol bendito, y sus largas arcadas, en las cuales el silencio y el misterio tenían su vivienda.

Cuando el pobre viajero pasó ante la vieja y poética catedral, las grandes campanas doblaban tristemente, y sus sonidos lastimeros parecían gemir a través de las nieblas que envolvían torres, cimborrios, balaustradas atrevidas y de graciosas labores.

La voz de la campana hizo conmover su corazón; la onda sonora y grave levantó en su espíritu recuerdos y pensamientos dolorosos, y viendo que la puerta del templo estaba abierta, entró decidido a postrarse ante los altares y pedir consuelo y paz para su alma a Dios, al Ser que todo lo llena con su presencia, que vive y vigila y ordena todo cuanto es y ha de ser y que en el día tremendo, aquel en que al sonido de las cien trompetas se desquicie el universo, y los astros palidezcan, y detengan en el espacio su eterna carrera, ha de dar a los espíritus la paz que en vano buscaron sobre la tierra.

Flavio entró en la iglesia; las desiertas naves parecían agrandarse hacia el fondo; las gruesas pilastras, las sencillas arcadas del arte primitivo, se levantaban severas y tristes; las sombras que las columnas proyectaban se tendían inmóviles, igual que negros gigantes, sobre el suelo de mármol; todo era silencio y tristeza.

Las grandes lámparas que colgaban ante el altar mayor despedían una débil y misteriosa claridad; brillaban las blancas planchas de plata que cubrían el altar; los ángeles parecían lanzarse al aire desde lo alto del tabernáculo, y grandes banderas, tal vez trofeos heroicos y recuerdos de otros tiempos de gloria, pendían inmóviles y ocultas entre la sombra, como si se avergonzasen de ver pasar a su lado a los débiles hijos de los héroes.

Flavio se arrodilló, inclinó su frente sobre los mármoles, y sus labios todavía puros murmuraron la dulce plegaria del cristiano, siempre la misma y siempre agradable a los ojos del Señor.

Pero un mundano pensamiento vino a arrebatarle de su delicioso éxtasis: la hermosa figura de Mara pasó como una sombra tentadora por su conturbada imaginación, y en aquel momento las dormidas pasiones se levantaron en tropel de su seno. Nada eran entonces para él las macizas columnas levantándose en medio de la desierta nave; nada las lámparas sagradas, ni las sombras misteriosas que parecían llenar el recinto consagrado al Padre. La oración se apagó en sus labios, y levantándose de improviso, abandonó el majestuoso templo y se perdió de nuevo en las tristes y oscuras calles de la población.

Cuando su guía le dijo, señalando una pequeña puerta y un sucio portal: "¡He aquí la posada!", nuestro héroe no pudo reprimir un movimiento de disgusto, y entró diciendo para sí: "¿Qué negro antro, qué cueva de ladrones es esta?".

Por fin, una fea y rolliza criada apareció en el fondo del corredor, y gruñendo algunas frases de que Flavio no hizo el menor caso, abrió la puerta de la sala y dejando la luz sobre un viejo velador se alejó preguntando si se le ofrecía alguna cosa al señorito.

No era, en verdad, la sala, como se la llamaba, gracias a una hermosa hipérbole de la dueña de la casa, una habitación tan suntuosa y elegante como la de la posada de la madre de Rosa; en la ciudad se está mucho por la sencillez, y por lo mismo la nueva vivienda de Flavio no se distinguía, ciertamente, ni por su comodidad ni por su elegancia. Un viejo espejo de marco dorado, que la humedad había jaspeado; una consola que había sido blanca y dorada; unas sillas de paja y un velador cubierto con una raída bayeta: he aquí todo el mueblaje de la habitación de Flavio.

La ventana miraba a una pequeña plazuela, y la catedral, alzándose enfrente, le daba un aspecto de tristeza y de desamparo que llenaba el alma de la más profunda melancolía.

Pero no era Flavio, en verdad, quien pudiera hacerse cargo de todas estas cosas; en su alma no había más que un pensamiento, y este absorbía todas sus facultades. ¿Qué le importaba a él ni la pobreza de su aposento, ni las sombrías torres que proyectaban eternamente su sombra sobre la casa que habitaba el pobre viajero?

Mara, y solo Mara, era la que tenía el poder de hacerle olvidar cuanto le rodeaba; así fue que, vistiéndose apresuradamente, salió y se dirigió a casa de la que amaba.

Su corazón latía apresuradamente; cuanto más cerca creía hallarse de la casa de aquella mujer querida, las fuerzas le abandonaban cada vez más, y por fin, cuando el criado abrió la puerta del gabinete y le dijo: "¡Entrad, caballero!", sus piernas flaquearon y sintiose desfallecer.

Entró, por fin, y todos los que componían la tertulia de confianza de la madre de Mara volvieron la cabeza, como para conocer al nuevo compañero que la suerte les deparaba para pasar más dulcemente las largas y lentas horas de las noches de invierno.

Flavio solo se atrevió a hacer un leve saludo, y después como si todo cuanto le rodeaba le fuese completamente inútil, buscó entre aquellos rostros desconocidos el grave y severo rostro de aquella que todo lo llenaba, que todo lo purificaba con su presencia.

La madre de Mara se levantó, y adelantándose a hacerle los honores de la casa:

—¡Hola! —le dijo—. Entrad, amigo mío: estos señores son amigos de casa y, por lo mismo... podéis con toda confianza...

Flavio pareció no entender nada de cuanto se le decía: contrariado en sus deseos, todo le era igual ya; así es que se dejó llevar maquinalmente hacia el sofá, en que la madre de Mara le hizo tomar asiento. Toda la dulce complacencia, todas las cariñosas reconvenciones que le hacía por no haber venido tan pronto como había ofrecido, no bastaron a arrancarle de su taciturno mal humor.

Hubo un momento en que, conociendo cuán ridículo debía de parecer a los que le rodeaban, trató de contestar amablemente y de sonreír; pero su primera palabra se ahogó en su garganta, su primera sonrisa se disipó apenas había asomado a sus labios.

Mara acababa de entrar, y después de saludarle con la más fina galantería, en la cual se traslucía un frío despego e indiferencia, fuese a sentar entre sus amigas, con las cuales entabló una fútil conversación y pareció completamente olvidada de Flavio.

Este sintió que la sangre se helaba en sus venas, que su corazón iba a estallar de dolor. Siglos de mortal angustia fueron para él los más breves instantes: podría decirse que todos los dolores de la tierra le hacían doblarse bajo su inmenso peso.

—Creo que no os ha conocido —dijo su madre—; venid conmigo y veréis qué agradable sorpresa le damos.

Flavio, herido ya en lo más íntimo de su alma, se dejó conducir, llevándose tras sí las miradas de todos; pero la indignación y el dolor que le había causado el recibimiento glacial de la joven había impreso en su frente cierta majestad sombría y altanera que, revelándose en todo su conjunto, le daba un aire de príncipe salvaje, o de rey de los bosques. Se acercó mirando fijamente a Mara, que o no le veía acercarse o fingía no notarlo al menos.

—He aquí nuestro querido amigo —dijo la anciana, presentándose ante la joven—; he aquí al que creíamos que se había olvidado ya de sus promesas... ¡Oh!, bien sabía yo que vendría... Los hombres como vos no acostumbran a faltar a sus palabras... ¿No es cierto, amigo mío?

Flavio le dio las gracias con un movimiento respetuoso de cabeza, pues no pudo hablar. La voz se ahogaba en su garganta.

—¡Oh!... —exclamó la joven, como sorprendida de verle. Y le miró de un modo extraño, que causó en Flavio un nuevo, inexplicable dolor.

—Tan torpe eres, tan distraída, que no le has visto —repuso la madre.

—¿Eso es cierto, Mara? —dijo Flavio con marcado acento—. ¿No me habéis visto?

—No, en verdad —respondió aquella con fría admiración—. Pero que seáis bien venido, querido desertor; yo os creía ya cerca del polo austral...; ¡al ver que pasaba un día y otro día sin veros, sin saber nada de vos!

—Como no tengo alas para volar —contestó Flavio con grave amargura—, no podía estar tan lejos como vuestro ligero pensamiento se imaginaba, y si pasaba un día tras otro día sin que me vierais, causas imprevistas me obligaron a quedarme en unos sitios siempre queridos por mí. Sin embargo, poco faltó para que no volviéramos a vernos; y tal vez no sería esto lo peor para mi tranquilidad y mi porvenir, que hace tiempo desbarata y cambia en mi perjuicio una mano fría e implacable.

Mara iba a contestar, pero su madre la interrumpió, diciendo a Flavio:

—Creo que más que la conversación con las que hemos pasado ya la primavera de la vida, os agradará más la de las que aún están en ella.

Flavio, que con el corazón lleno de amargura, con la mayor tristeza y abatimiento, iba a alejarse de allí para siempre, viose obligado a sentarse al lado de Mara y sufrir las impertinencias de los que la rodeaban, y cuya presencia le era molesta. Conoció pronto que era objeto de todas las miradas y de todas las conversaciones *sotto voce*, y esto no hizo más que aumentar su infernal mal humor; tanto, que su sombría mirada parecía lanzar fuego y aumentaba la rara belleza de su extraña y noble fisonomía.

Mara temió que el carácter salvaje e impetuoso de Flavio estallase y diese a conocer a los que le rodeaban que su amante pertenecía a una clase de hombres que nada tienen de ridículo; y fijando en su rostro su clara y penetrante mirada, como comprendiese algo de los dolores que agitaban aquel corazón virgen y ardiente como ninguno, trató de hacer la conversación general, de apartar al salvaje del sitio del peligro. Pero no conoció ciertamente hasta dónde llegaba la susceptibilidad de Flavio, no conoció que, fijo en una sola idea, preocupado por un pensamiento único, todo sería inútil para apartarle de él, y sobre todo que no sabría hablar más que de lo que abrumaba su indomable espíritu.

—Veamos, amigo mío —dijo Mara, procurando dar a sus palabras cierto aire de indiferencia—, ¿os habéis divertido mucho? Contadnos, pues, qué habéis hecho durante tanto tiempo. ¿Habéis recorrido acaso aquellos campos floridos, aquellos bosques impenetrables, en donde las almas entusiastas hallan siempre algo que les habla el lenguaje misterioso de la inspiración? ¿Os habéis sentado al pie de las misteriosas ruinas de L***, ese hermoso y arruinado convento que todos los viajeros visitan? Vamos, decidnos algo de lo que os ha pasado desde que no nos hemos visto.

—Desde que no nos hemos visto —repuso Flavio con acento que la hizo estremecerse—, creo que han pasado para mí cosas harto desagradables.

—¿Qué decís? —preguntó la joven, como si no le hubiese comprendido.

—Así como las hojas secas de los árboles se desprenden de sus ramas a impulso de los vientos, y ruedan después entre el fango, y desaparecen —prosiguió Flavio—, así he llegado a pensar que sucede con las palabras de la mujer y de sus juramentos... Ellas prometen cumplir sus votos, y toman el cielo por testigo de su sinceridad; el cielo los escucha y los acepta piadoso; el hombre los oye de rodillas con la fe del que tiene un alma leal y sincera; pero he aquí que pronto llega el olvido, el perjurio, que debe ser, sin duda, el patrimonio de la mujer, y como viento de invierno que arrebata las hojas, así se lleva también las palabras y los juramentos que ellas hicieron con fingida ternura. Esta triste verdad la he aprendido, según creo, desde que no nos hemos visto. ¡Juzgad, pues, si puede ser agradable un amargo desengaño!...

—Muy mal os trataron las mujeres, amigo mío —repuso Mara sonriendo—; pero permitidme que os diga exageráis demasiado. La falsedad de la mujer, si es verdad que existe, no nace en su corazón, más tierno y más amante que el de los hombres; ni anida en su alma, que naturalmente es inclinada a amar a aquel de quien es amada. Esa falsedad, que sin pudor alguno nos echáis en cara, es vuestra hija, puesto que, exasperando nuestra susceptibilidad, sin consideración alguna, nos provocáis en nuestra impotencia y nos obligáis a poder vengarnos de un modo más noble: a engañaros, como nos habéis engañado; a poner en práctica lo que nos enseñasteis un día, vosotros los reyes del universo, que en un solo momento, con una sola palabra destruís nuestra honra y nuestra felicidad, sin que hayáis establecido en favor nuestro ningún medio de reparación, ni noble ni digna. ¿Y os atrevéis a criticar después un instante siquiera lo que llamáis nuestros perjurios y nuestras coqueterías, tan solo porque hieren vuestro orgullo humillado? ¡Infamia!... Pero no sois vosotros los culpables —añadió, tratando de sonreír—. Muy cierto es que si la mujer quisiera os arrastraríais a sus pies como reptiles, que seríais capaces de abandonar un trono por un favor de la más humilde mendiga...; pero suframos, pues, ya que tan neciamente os hemos soltado las riendas y dejado caminar sin freno, presentándonos en vuestro camino para que tengáis el placer de hollar a las débiles... a las siervas.

Mara había querido dar a sus palabras un acento alegre y ligero; había querido adornar sus labios con una sonrisa juguetona para dulcificar por su propio orgullo la amarga hiel en que iban envueltas sus frases; pero a través de sus miradas inundadas de una claridad brillante se traslucía el empañado vapor de una lágrima que una voluntad de hierro hacía desaparecer antes de que pudiese rodar por las sonrosadas mejillas.

Flavio la había escuchado, con una inmovilidad inalterable; pero cuando Mara dejó de hablar, murmuró, frunciendo las cejas y como si nadie le escuchase:

—No hay duda: las mujeres tienen algo de la soberbia de Lucifer en su alma; algo de su veneno en el corazón... ¡Mara —le dijo, mirándola fijamente—, al oíros me habéis recordado el ángel rebelde; y creo que el cielo ha de castigaros por tanto orgullo!... Además —le dijo marcando sus palabras—, ¿creéis que no habrá ningún hombre bueno en la tierra, ninguno que os haga justicia, que os ame como merecéis? No; la injusta sois vos; vos la que condena y lanza el rayo vengador sin saber si herirá una cabeza inocente. ¡Oh, sí, ahora comprendo a las mujeres y ya no me admiro de nada!

—¡Ah! Vuestro acento es doloroso como el de un hombre que ha padecido largo tiempo —le dijo una joven morenita que se hallaba a su lado—. Y aun me atrevería a asegurar —añadió con alguna timidez— que sufrís en este instante.

—¡Sufrir!... —repuso Flavio, queriendo, a su vez, ocultar sus sentimientos; pero luego prosiguió sin poder vencerse enteramente—: ¡Sufrir!... No digo tanto, pues creo que no debe sufrirse en estos lugares en donde todos sonríen; pero lo que sí puedo aseguraros es que voy creyendo que he nacido para vivir siempre en lucha con los hombres y conmigo mismo.

—¡Fatal destino!... —exclamó Mara con alguna ironía.

—Ciertamente que sí —repuso Flavio—. Pero ¡qué queréis; no todos podemos ser tan felices ni tan impasibles como vos!

—¡Puede ser! —repuso Mara con altivez.

—¡Oh!, tenéis razón —añadió un joven que, al lado de Mara, no desperdiciaba un momento de poder dirigirle la palabra—. A Mara —continuó— la llamamos la sin corazón, mujer de mármol, mariposa de nieve.

—¿Sí? —repuso Mara con burlosa sonrisa— Veo que sabéis hallar felices comparaciones.

Entonces, Flavio volviéndose hacia ella, repitió lentamente:

—¡La sin corazón!... Si eso es cierto, Mara; si en realidad sois una mujer insensible, debéis desengañar a los que ignoran que no podéis amar nunca, que sois tierra estéril, donde no fructifica ninguna semilla. ¡Ah!, maldita la que en su corazón, cerrado a todo cariño y a toda fidelidad, sopla sobre las pasiones y se goza en ver cómo las almas inocentes sufren el dolor, y mueren de dolor, amando a la que no ama. Malditas las sin corazón.

Flavio se expresó con una amargura tal, había tanta reconcentrada ira en sus miradas, que Mara temió un escándalo, y levantándose se alejó de allí con un fútil pretexto.

Flavio, sobrecogido por tan brusca huida apenas acertó a pronunciar algunas palabras, y como en aquel momento se dispusiese para salir de aquel lugar en donde creía haber sido indignamente despreciado, la joven que antes le había dirigido la palabra le dijo suavemente:

—Caballero Flavio... ¿os vais ya?

—¿Y qué queréis que haga aquí? —respondió Flavio con desesperación y sin reparar siquiera en quien con tanta dulzura le detenía.

—Escuchad —volvió a decir la joven—, tengo que hablaros.

—¿Vos? —le contestó Flavio, mirándola de un modo que pudiera creer muy bien poco cortés.

Pero ella no se extrañó de aquella brusca contestación y por lo mismo volvió a decirle con el mismo acento de dulzura:

—Yo soy prima de Mara, y soy, además, su amiga y su confidenta.

—¡Ah! —murmuró Flavio dejándose caer sobre el asiento que se hallaba al lado de la joven—, ¿qué vais a decirme de ella? —añadió con dolorosa expresión—; hablad, quiero escucharos y huir después... Bien veis que conmigo es una infame.

—No digáis eso —repuso la joven mirándole con extrañeza—; yo lo sé todo —añadió—, y os aseguro que no debéis creer en la dureza con que pretende castigaros.

—¡Castigarme! —dijo Flavio a su vez, arrugando su frente—. ¿Y por qué?

—Ya comprenderéis —contestó la joven sonriendo— que la palabra castigo, entre dos seres que se aman, no es más que una chanza cariñosa, un dulce correctivo que enciende más y más la pasión.

Pues bien: Mara está irritada, y con razón, porque ni habéis venido cuando habéis prometido, ni le habéis escrito una sola vez para hacerle comprender que no la habíais olvidado; he aquí por qué ahora os castiga su inclemente severidad...

Flavio quedó pensativo algunos instantes; mas alzando después su cabeza, con acento grave y severo, añadió:

—Si es cierto que en un amor profundo y ardiente pueden caber estos castigos de que habláis, no caben, por lo menos, en el que yo la profeso, porque me hacen sufrir de un modo horrible. Yo, que la amo como nadie será capaz de amar en la tierra, hubiera sufrido cuando ella me faltase; pero no la hubiera castigado jamás.

—Quizás tengáis razón —dijo la joven; pero aquí no se acostumbra a pagar de ese modo las cosas, y es necesario seguir el mismo camino que los demás si uno no quiere que le señalen con el dedo...

—Señorita... —murmuró Flavio—, voy viendo que las ciudades son un infierno, en donde es necesario educar hasta el corazón, y si esto es así, renuncio a civilizarme y prefiero vivir salvaje... Pero ¡he allí a Mara!... —añadió, siguiéndola con sus miradas—, ¿la veis? Ya no se acuerda de que yo me hallo aquí; habla con todos menos conmigo, a quien no mira siquiera... Me marcho, pues; dejadme... yo no debo volver a verla... Esa mujer tiene mal corazón, y no sé por qué, pero es lo cierto que... ¡no he cesado un instante de sufrir desde que la he visto y la he amado! Pero escuchad... —volvió a decir, sentándose de nuevo, como si para marcharse tuviera que hacer un esfuerzo supremo—: decidla que ha faltado a su palabra, que el día que nos separamos, después de haberla yo rogado que no hablase jamás con el hombre que aborrezco, siguió con él su camino, alegre y feliz, en tanto mi corazón quedaba desgarrado y vertiendo amarga hiel; decidla que entonces pensé en no volver a verla, pues lo exigía así mi amor, falsamente vendido y ultrajado; pero como la amo tanto, como no puedo vivir sin ella, como cada vez me es más querida, he vuelto, y... bien lo veis; si entonces me ultrajó, ahora se burla de mi pasión y parece gozarse en mi martirio...

—No lo creáis —le dijo la joven—; ella sufre en estos instantes tanto o más que vos, solo que tiene un semblante de hierro que nada revela; esperad un instante más... Vedla, que se sienta al piano. Bien; ahora acercaos sin recelo, habladla, decidla todo lo que a mí me habéis dicho, y veréis convertida en paloma a la que juzgáis tan cruel. Vamos, yo os presentaré y os sentaréis a su lado.

—A su lado... —dijo Flavio, con el corazón palpitando de gozo a la sola idea de volver a hablarla; pero temiendo ser rechazado, añadió—; ¿No veis que estaba a su lado hace un instante y se ha alejado de mí?

—Porque todos tenían los ojos fijos en vos y en ella, con una curiosidad impertinente, y podían enterarse de cuanto pasaba en vuestros corazones; pero no temáis, que ella os agradecerá ahora que os acerquéis...

Iban a dirigirse hacia el lugar en donde se hallaba Mara, cuando Flavio retrocedió, palideciendo. La pobre joven le contempló con espanto.

Una figura pálida acababa de destacarse en la puerta del salón, y acercándose a Mara la habló en secreto y con una familiaridad al parecer íntima y cariñosa.

—¡He ahí ese hombre! —murmuró Flavio; y después, volviéndose hacia la joven con una resignación que la causó miedo, le dijo, con triste y dolorosa ironía—: ¿Le veis?... ¡Es él!... Y no puedo permanecer aquí por más tiempo... ¡Sería indigno!... ¡Yo la había rogado casi con lágrimas en los ojos que no le hablase jamás!

—Perdonad —añadió la joven—; pero exigís una cosa a que ella no puede acceder sin cometer una grave falta. ¿Cómo queréis que deseche a ese hombre sin causa alguna? Podrá no corresponder a su amor, pero no podrá volverle la espalda ni dejar de hablarle cuando él se acerque a su lado y la dirija alguna galantería...

—¡Callad!... —repuso Flavio con adusto ceño—. ¿No comprendéis que no puede haber razón alguna para destrozar un corazón que no ha cometido más delito que amar con la fuerza de un impetuoso torrente que se desborda, arrastrando cuanto halla a su paso por la llanura?... ¡Adiós... decid a Mara que me ha hecho infeliz, que ha destrozado mi pobre, mi inocente alma... Dadle mi último adiós!

En los ojos de Flavio asomaron brillantes lágrimas, que debían abrasar sus ojos, y la joven sintió también que los suyos se humedecían.

"¡Quién fuera Mara!... —pensó entonces—. No aman así los hombres que nos rodean".

Flavio se había alejado ya de su lado y buscando una mentirosa disculpa se despidió de la anciana, y al pasar al lado de Mara la miró de un modo tan doloroso, tan amargo y penetrante, que la joven estuvo a punto de lanzar un grito; pero el viajero se había alejado apresuradamente, y ya no era tiempo de volver a llamarle; no había pretexto alguno que alcanzase a salvar las apariencias.

El nombre de Flavio empezó a circular entonces de boca en boca tan pronto aquel traspuso el dintel del salón. Todos decían a una voz que aquel extraño joven se parecía a un salvaje, a pesar de la arrogancia de su figura y de la noble delicadeza de sus ademanes. Su modo de hablar, armonioso y violento a la vez; la expresión de su fisonomía, que expresaba un talento elevado y audaz; aquella frente altiva y serena, bajo la cual brillaban unos ojos negros, fieros algunas veces, suaves y amorosos las más, había hecho una honda impresión en cuantos le habían contemplado, pero ninguno se atrevía a confesarlo. Los hombres, envidiosos, añadían con toda la malicia posible que su tez morena y sus dientes blancos como el marfil le hacían parecerse a un indio salvaje; y las mujeres, aquellas en quien más honda impresión habían hecho sus hermosos cabellos negros y su mirada llena de amorosa ternura, aseguraban, tratando de encubrir sus verdaderos sentimientos, que no se hubieran atrevido a amarle, aun cuando fuese poderoso como un príncipe.

Mara lo escuchaba todo, encubriendo con dificultad el triste humor que la devoraba y evadiendo con maestría infinita dar su parecer en una cosa que tan de cerca le interesaba.

Hubo un instante, sin embargo, en que, asediada vivamente, no dudó en contestar, con una indiferencia que hizo desvanecer algunas aventuradas sospechas, diciendo que Flavio parecía encerrar algo en sí mismo de la belleza de las selvas, en donde la mano del hombre no ha podado aún la más pequeña rama del árbol virgen, ni arrancado una flor de entre el musgo: que tenía, en efecto, todas las apariencias de un hermoso indio; pero que ella no era muy afecta a esos seres que parecían hijos degenerados de nuestra civilizada Europa.

—Y en eso dais pruebas de buen gusto —dijo Ricardo con picante ironía—, pues creo que no debe ser muy placentero para las delicadas damas de nuestro país el domar leopardos.

Todos se rieron de aquella gracia insulsa y un tanto ofensiva para el pobre viajero, siendo conocido desde entonces por el nombre de Leopardo.

Mara fingió también encontrar graciosa la ocurrencia, y se rio como todos; pero en el fondo de su corazón la imagen de Ricardo fue desechada y maldecida.

En aquel momento perdió cuanto derecho creía tener sobre aquella mujer, de quien pensaba debía ser amado eternamente. Lo que él imaginaba su primera victoria, era su primera derrota.

XXVII

Al siguiente día se paseaba nuestro héroe por las calles de la ciudad, solitario, meditabundo y con el mismo desdén y abandono que si errara lentamente por las solitarias alamedas de su olvidado parque.

Al verle caminar con aquella lentitud cansada y negligente, al ver su rostro ojeroso y macilento, en el que se descubrían las huellas del insomnio, y sus cabellos medio en desorden que el viento agitaba levemente bajo el ala de su sombrero: pudiera tomársele por alguno de esos hombres para quienes es aborrecible la nueva luz que cada día viene a iluminar su frente, ajada y marchita por la incontinencia y el desorden.

Y, en verdad, ¿qué era para él la vida en aquellos instantes? Mara le había vendido, Mara le había despreciado... y ya nada había para él en la tierra más que un dolor cruel que formaba parte de su existencia.

Él amaba más que nunca a la mujer ingrata; la veía vagar aún en torno suyo, risueña y amorosa, jurándole un amor eterno; había instantes en que el recuerdo de la pasada noche le parecía una engañosa quimera, y después, cuando su pensamiento tornaba a la realidad de la vida, le parecía ver caer sobre la naturaleza entera un enlutado manto, más negro que la noche y que la sombra.

Fatigado por las terribles luchas que tenía que sostener con sus sentimientos rebeldes, lleno a su pesar de esperanza y de amor, y teniendo que decirse a sí mismo que todo aquello no era ya más que una engañosa mentira, un torpe sueño hijo de la flojedad de su espíritu, e indigno de un noble orgullo, se le creería agobiado para siempre bajo el peso de su dolor y dispuesto a abismarse en el pesado sueño de una desesperación incurable.

La imagen de Mara, fija en su corazón como un dardo cruel, era su tormento más amargo, y su única vida al mismo tiempo. Después que la maldecía pretendiendo rechazarla para siempre de su memoria, volvía a buscarla con avidez insaciable, y se gozaba en su propio tormento, en su propia amargura y su tormento era Mara...

Cuando en la noche anterior había penetrado en la habitación fría y desmantelada que le servía de asilo, su pecho se oprimió con angustia, y pensó en huir tan pronto el alba apareciese por el oriente. Pasó la noche contemplando aquellas paredes desnudas y sombrías como su alma; informes pensamientos se agitaron sin cesar en su loca cabeza, llenándolo de desesperación; maldijo su fortuna; pensó en su viejo palacio, como piensa un hombre lleno de desengaños en la mujer primera que le amó, sin esperar recompensa alguna, contentándose con morir cuando fue ingratamente olvidada... Y después... cuando la aurora iluminó las altas torres que tantas veces la habían saludado... ¡Flavio no tuvo valor para partir!

Se vistió con desaliño, compuso apenas sus desordenados cabellos, y cuando la puerta se abrió, salió el primero y recorrió al azar toda la vieja ciudad. Ni buscó a nadie que le guiase a través del intrincado laberinto de las tortuosas calles, ni pensó en dirigirse hacia aquel o el otro punto; sin rumbo fijo, le era indiferente caminar hacia un lado o hacia el otro y recorrer los barrios más elegantes o los más sucios y ruinosos de la antigua ciudad.

Por lo demás, la populosa población le había parecido más triste y más fea a la luz del día, que amaneció claro y sereno.

El ruido de los carros, lecheras y vendedores, que no cesaban de aturdirle con sus voces discordantes y chillonas y de rogarle con sus mercancías, del modo más importuno y tenaz; el incesante ir y venir de las gentes, y el sonido penetrante de las innumerables campanas, entre las cuales algunas doblaban de un modo lúgubre y lastimero, causaron en Flavio una impresión desagradable que aumentó el sombrío humor que le devoraba. Sin saberlo, era un verdadero misántropo a quien la algazara y el ruido desagradaban por instinto, pues solo podía vivir contento con sus eternos sueños, y hubo instantes en que pensó si la mayor parte de los hombres serían verdaderamente locos cuando podían resistir aquella agitación y movimientos no interrumpidos, aquellos rumores, discordes e incesantes, bajo cuya influencia parecían hallarse como en su principal elemento de vida y felicidad.

Al ver a la multitud caminar con paso acelerado, como es costumbre en las grandes poblaciones, y cuyo movimiento y agitación tanto contrastaba en aquellos instantes con su desesperada calma, creía a todas aquellas gentes en un estado de inquietud enfermiza y recelosa, y pensaba que aquellas altas casas, las unas tan cerca de las otras, y aquellas revueltas y estrechas calles, que apenas dejaban paso al aire corrompido que se infiltraba por ellas, debían hacer precisamente a los hijos de aquella capital cobardes, pusilánimes, y su vida, corta y trabajosa.

Anduvo así mucho tiempo, sin pensar siquiera que había recorrido ya la mayor parte de la ciudad; saliéronle al encuentro, digámoslo así, inmensos y sombríos edificios, soberbias obras de arte que una generación eminentemente artista había levantado, y no lograron cautivar su atención, y siguió al acaso una sucia y angosta calle que desembocaba en los alrededores de la ciudad, que eran verdaderamente hermosos.

Respiró entonces con libertad y se creyó feliz por un instante.

Hallose otra vez en medio del campo; la inmensidad ante sí, con todos sus encantos y toda su grandeza; graciosas montañas que se destacaban en lejano horizonte, envueltas en transparentes y rosados vapores, y el río brillaba a lo lejos entre los altos álamos, erguidos como gigantes y que inclinaban suavemente sus ramas para mirarse en las aguas.

Jamás había parecido al viajero tan hermosa la naturaleza; embriagose con el aire puro que pasaba azotando su rostro; tuvo intenciones de besar la fresca hierba que hallaba a su paso, humedecer sus manos en el agua de los arroyos y correr como un loco por la pradera. Le pareció entonces que había vuelto de nuevo a la vida, al aire puro, a la hermosa libertad; y el recuerdo de Mara ya no fue entonces tan penoso para él y tan desconsolador.

Vagó a orillas del caudaloso río, sin que viniese a distraerle en sus meditaciones otro ruido que el apacible murmurar de las aguas y el soplo de las brisas de la mañana.

Entre las ramas de los cipreses de un cementerio cercano cantaban alegremente multitud de pajarillos, sin sospechar que cernían sus alas sobre humildes y silenciosas tumbas; los sauces, melancólicos, alzaban apenas, sobre las blancas murallas que circuían el lugar fúnebre, sus lánguidos y encorvados troncos, y una cruz blanqueada de nuevo se diseñaba en el azul del cielo, a través de aquel follaje sombrío, que parecía ocultar profundos misterios.

Flavio vio abrirse la verja del cementerio; el sonido lejano de una campanilla vino a herir sus oídos en medio del silencio que reinaba en torno suyo, y un carro fúnebre apareció a su vista, sombreando la blanca arena del camino.

El viajero se levantó y siguió el mortuorio convoy, penetrando tras él en el espacioso cementerio.

El ataúd fue colocado en el suelo y abierto luego. Flavio pudo ver una hermosa joven vestida de blanco, coronada su pálida frente con rosas tan pálidas como ella, sujetos sus pies con un ramo de mirto oloroso; un brazo extendido a lo largo de su cuerpo, y el otro colocado sobre el corazón, que ya no latía.

En sus cárdenos labios parecía brillar la expresión amarga del último suspiro; marcaba su frente el sello helado y frío de la muerte, y existía en todo su conjunto cierta marca de cansancio y dejadez, que parecía que aquella infeliz no pudo hallar reposo más que en la tumba.

El corazón de Flavio experimentó una opresión desconocida, una tristeza que irradiando del rostro inanimado de aquella desgraciada penetraba en su pecho e inundaba todo su ser. Él no había visto aún, tendida e inmóvil en el fondo de un ataúd, a una mujer joven y bella, y tal vez no se le había ocurrido nunca que un cuerpo hermoso y lleno de vida pudiese morir.

El sacerdote recitó la oración fúnebre sobre los inanimados restos; los amigos que lo habían acompañado hasta su último asilo le dieron el postrer adiós con los ojos bañados de lágrimas; el viento agitó por última vez los rubios cabellos de la joven, y cerrándose el féretro desapareció para siempre a los ojos de los vivos... aquel semblante angelical.

Después la dejaron en su nicho de piedra, que fue cerrado en un instante, y ya no se vio más que una lápida de mármol negro, mezquina como el estrecho recinto que cubría, y una corona blanca sobre ella.

—¡Pobre mujer! —exclamó Flavio—. ¡Ni siquiera pueden ya crecer flores alrededor de tu sepulcro! ¡Me causan miedo esas anchas paredes atestadas de cadáveres que duermen en fila su sueño eterno! ¡Oh —añadió como un loco al mismo tiempo que se alejaba con presteza del cementerio—, ya que es preciso morir al fin, que depositen mi cuerpo en la húmeda tierra... que me cubran hierbas y flores, con las que puedan juguetear las brisas...; son horribles esos siniestros agujeros de granito!... ¡Y he ahí el hombre... —murmuró después—, he ahí la belleza, el amor, la vida!... Vaso de barro que se quiebra al impulso más leve, inmundo polvo que se deshace, se esparce y no vuelve a reunirse jamás sobre la tierra hasta que la voz del Eterno lo llame en el día de la ira... ¡Oh Dios!, si no hubiésemos nacido para adoraros, ¿para qué habríamos nacido?

Y abismado en sombríos pensamientos, volvió a seguir maquinalmente el camino de la ciudad.

Las campanas de la gran catedral repicaban con armonioso estrépito al pasar Flavio por delante de sus góticas puertas, atestadas de mendigos y de una inmensa multitud que entraba y salía empujándose, magullándose, voceando.

El viajero se detuvo indeciso algunos instantes y, al fin, entró también a visitar el santo templo, que llamaba a los fieles con las sonoras voces de metal de sus campanas, entre las cuales parecía juguetear el viento alegrándose con sus sonidos vibrantes y llevándolos después en sus alas para extenderlos por el espacio.

Grandes colgaduras de terciopelo carmesí cubrían las altas naves, prestando un aspecto grave y sombrío al interior de aquel templo, cuyas bóvedas parecían querer levantarse hasta el cielo. Resplandecían con majestad las monstruosas lámparas de bruñida plata a la luz de los cirios; el órgano hacía resonar sus ecos llenos de armonía a través de las columnas de granito, y la procesión se adelantaba lentamente, entonando cánticos graves y llenos de religiosa melancolía.

Flavio quedó sorprendido ante la respetuosa perspectiva de aquella procesión, en la que brillaban las blancas vestiduras de damasco y plata de los sacerdotes, el negro ropaje de los canónigos, que aquel día llevaban cubiertas sus calvas cabezas con la gran capucha de terciopelo de sus largos hábitos, y los magníficos pendones con borlas de oro y orlas de diamantes y piedras preciosas que deslumbraban. Flavio se inclinó lleno de respeto ante la admirable custodia, y cuando concluyó de desfilar la grave comitiva, postrose ante el altar, y allí oró largo rato, con el fervor propio de un alma como la suya, llena de fe y esperanza en el Ser Supremo.

Su espíritu se halló más aliviado después de haberse alzado hasta Dios por medio de una adoración profunda y sincera, y ya no le causó pesar ni tristeza el recuerdo de la joven muerta. Pensó, según sus creencias, que la vida del hombre sobre la tierra no es más que un paso agitado y trabajoso, que la tumba es la puerta que nos abre el camino de la verdadera existencia, y que aquella mujer cuyo semblante revelaba, aun después de muerta, haber tenido un alma pura y tranquila, estaría ya gozando en el cielo las bienaventuranzas de los justos.

Pero estaba triste, sin embargo, y el recuerdo de Mara vagaba alrededor de todas aquellas místicas ideas que le embargaban, como una esperanza que nos aterra y que nos halaga al mismo tiempo. En los ecos armoniosos del órgano, que le conmovían profundamente a través de aquellas luces que iluminaban las aéreas figuras de los ángeles que sostenían el altar, y en medio de los cantos y armoniosos rezos de los fieles, Flavio veía siempre aquella imagen que tomaba todas las formas sin perder la suya propia, que lo era todo, sin dejar de ser ella misma. Cuando algún sonido más tierno o más melancólico venía a herir sus oídos, pareciendo resonar lejos, muy lejos, y remedar acentos que podía pensarse si venían de un mundo desconocido, Flavio sentía que se crispaban sus nervios, su corazón se estremecía, erizábanse sus cabellos y las lágrimas se asomaban a sus ojos, pero no lágrimas de amargura, sino de sentimiento, de amor, de ternura... ¿Quién es capaz de definir la extraña sensación que es capaz de producir en nuestra alma un solo sonido alegre o melancólico, ligero y triste?... La música encierra en sí misma una fuerza incomparable a otra alguna, y cuando nos hallamos bajo su impresión, somos entonces capaces de amar lo mismo que aborrecemos.

Flavio también bajo la impresión de aquellos melancólicos sonidos, soñó un mundo ideal; quiso creer que Mara le amaba aún, que los desengaños que había recibido habían sido una ficción engañosa; creyó que debía volver a verla, porque su corazón lo deseaba, lo exigía, y fue feliz entonces y volvió a orar con más fe.

Cuando la multitud, dispuesta a marcharse, le anunció que la sagrada fiesta había concluido, Flavio se levantó también y salió del templo.

—Por estos sitios me agrada ver a los jóvenes de vuestra edad, mi querido amigo... Os he visto arrodillado y con las manos cruzadas, como su fuerais un santo —dijo una voz al oído de Flavio que le hizo estremecerse.

Mara y su madre se hallaban ante él, y esta última era la que, con su habitual amabilidad, le había dirigido la palabra. Mara, alargándole su mano blanca y fría, le estrechó la suya sonriendo y mirándole con una expresión tal que el pobre viajero estuvo por echarse a sus pies y pedirle perdón por haber podido irritarse con ella un solo instante. El amor que profesaba a aquella mujer era más intenso que el que siente la generalidad de los hombres, y más de lo que él, en su inexperiencia, podía imaginarse. Mara podía dominarle ya y doblegar su voluntad, como doblega un niño los delgados mimbres que crecen a orillas de las lagunas, y su honor, su libertad, su misma vida quizá, ya no pendían más que de una sonrisa o de una mirada de aquella mujer.

Él las siguió lleno el corazón de una loca alegría, de un placer que jamás había experimentado. La ciudad empezó a parecerle alegre, apacibles los gritos de los vendedores y el armonioso ruido de las campanas; Mara lo había bañado todo con una de sus dulces miradas, y hasta había borrado de su corazón la negra mancha con que se había cubierto la noche anterior al verse olvidado y despreciado sin compasión por la que tanto amaba.

Pero ya nada recordaba Flavio en aquellos momentos de felicidad. Ante todo, necesitaba hallarse al lado de aquella mujer; necesitaba verla, hablarla; quizá más tarde llegaría a acordarse de la pasada ofensa; quizá llegaría a comprender que había sido demasiado débil, demasiado cobarde...; pero ya el primer paso estaba dado en ese camino que conduce a ser, si no el menos amado, el que tiene siempre que sucumbir en las cuestiones de amor. Mara acababa de comprender cuánto era amada, a pesar de su incredulidad y de su escepticismo, y se había dicho en su interior al ver a Flavio, olvidando en un instante sus desdenes:

"Gracias al cielo, que ha vuelto... ¡Oh!, me ama; no hay duda...; creía haberle perdido para siempre, y sería esta la pena más dura y más terrible de mi vida... Yo haré ahora por civilizarle, por acostumbrarle a mi carácter, que no admite yugo alguno. Yo haré que me obedezca... y no será esto por humillarle, bien lo sabe aquel que ve desde lo alto los secretos más íntimos de nuestros corazones. Cuando yo me convenza de que su amor, además de ser verdadero, no es una de esas pasiones que, como la seca arista, arden en un instante y se convierten en cenizas, yo seré la más tierna, la más buena de las amantes; entonces no me avergonzaré de decir que amo a un hombre con la pasión más ardiente y más santa que pueda abrigar el corazón de una mujer; pero en tanto... ¿quién es el que no teme ver pisoteado y vendido el sentimiento más caro de su alma?".

Flavio subió; nadie había en casa de Mara a aquellas horas y él pudo hablarla, al fin, libremente.

La joven, que en realidad le amaba como jamás había amado, le enloqueció de nuevo con sus palabras llenas de ternura, con sus juramentos y sus miradas brillantes como las estrellas en una noche sin luna.

Flavio llegó a convencerse de que tenía que sufrir a su enemigo, que la sociedad lo exigía así, que ella no podía desecharle de improviso, sin causa alguna, pues dañaría hasta su honra, en quien nadie hasta entonces se había atrevido a poner una mano impura.

—Dejad pasar algún tiempo —le decía—; yo iré alejándole de mi lado con la sutileza y el cuidado que la buena educación ordena; no se debe herir jamás la susceptibilidad de nadie, y mucho menos cuando se trata de hombres como Ricardo; creedme: vos, que habéis pasado toda vuestra vida lejos del mundo, no podéis comprender estas cosas todavía, y debéis guiaros por los consejos que os da la mujer a quien decís que amáis...

Estas palabras, dichas con una dulzura encantadora, hacían en Flavio el efecto deseado, y llegó a pensar que quizás Mara tendría razón, y que él era un salvaje a quien era necesario educar en los usos del mundo.

La joven le advirtió, además, que era necesario disimular todo lo posible los juramentos que los unían, porque era el amor más bello cuanto más ignorado de los extraños. Y como las flores, se marchitaba y languidecía cuando personas extrañas llegaban a dejar caer sobre él miradas importunas y chanzas groseras, de que un alma delicada tenía que resentirse.

Flavio accedió a todo, y fue en aquellos instantes el amante más dócil y menos exigente de todos los amantes. Tenía a Mara en su presencia, estrechaba sus manos entre las suyas, oía otra vez de sus labios las más grandes protestas de amor, y embebido en tan dulce inmensa felicidad, no se acordaba o no quería acordarse del porvenir.

Cuando se separaron, eran ambos felices en toda la extensión de la palabra felicidad, porque es este un fantasma caprichoso que penetra a veces en nuestro corazón por medio de una indiferente mirada o de una palabra vaga, volviendo a desaparecer del mismo modo y con la misma rapidez con que ha llegado de improviso hasta nosotros, dejándonos sumidos en horribles tinieblas, así como antes nos había inundado con su celeste claridad.

Mara creía poseer en Flavio un verdadero tesoro; se admiraba en el interior de su alma de haberle encontrado en su camino, cuando sus esperanzas se hallaban más extinguidas y aniquiladas. Aquel corazón, que decían duro como las rocas, era apasionado como ninguno, y estaba herido para siempre y de una manera incurable.

Por su parte, Flavio pasó el resto del día dando grandes paseos por su desmantelada habitación, alegre y contento como un niño, y cantando como un pájaro que acaba de recobrar su amada libertad.

Tan cierto es que todo el juicio del hombre más cuerdo y más sabio puede a veces abarcarse con la mano de un niño.

XXVIII

Llegó la noche, y Flavio, vestido con suma elegancia, pues le agradaba el lujo, se presentó en casa de Mara, arrogante como un príncipe. Los hombres no pudieron menos de dirigirle envidiosas miradas, pues comprendieron que jamás podrían llegar a la majestuosa distinción que el *Leopardo* desplegaba en sus menores ademanes, y las mujeres fingieron no notar su presencia, temiendo demostrar un interés que no había de ser, quizás, correspondido. Sin embargo, la mayor parte de ellas hubieran dado la mitad de su vida porque aquellos ojos negros, llenos de una fiereza velada por un rayo de dulcísima ternura, llegasen a fijarse en los suyos para decirle: "Tú eres la preferida entre tantas".

Pero Flavio parecía no notar siquiera su presencia, y ellas se fatigaban en vano para llamar su atención, fija completamente en otro objeto. Sentado al lado de la madre de Mara, se complacía en hablar con ella, ya que no podía hacerlo con su hija, pues quería disimular cuanto le era posible, en presencia de los demás, el amor que dominaba su alma. Así se lo había prometido a ella, y quería cumplirlo, al menos por aquel día, pues iba creyendo que no podría vencerse de aquel modo mucho tiempo.

La joven en tanto reía como una loca y hablaba entre sus amigas con la volubilidad de una niña inquieta y bulliciosa; jamás sus admiradores la habían visto tan alegre a pesar de que trataba de aparentar estarlo siempre y no inquietarse más que por su querida madre, cuando se hallaba enferma.

Y era que nunca había sido más perfectamente dichosa que aquel día. Si el viajero hubiera podido leer lo que pasaba en el corazón de su amada... Pero ¿qué decimos? Si eso hubiera podido suceder, cerraríamos desde este instante las páginas de este pobre libro, añadiendo solo que Flavio y Mara se habían casado pasados algunos días, y que vivían felices en el viejo castillo de Bredivan, tras de cuyos viejos muros existían otra vez la animación y la vida.

Si es una felicidad muchas veces que no puedan penetrar las miradas, los secretos del alma, lo es también no pocas una desgracia inmensa. Bastaría en muchas ocasiones, en que la desgracia amaga aniquilar la felicidad de toda una vida, mostrar una sola página de nuestro corazón, una sola herida, y todo quedaría concluido. Pero como está escrito que la verdadera felicidad no puede existir para el hombre en la tierra, solo es dado al Dios de los ejércitos el leer en lo profundo de nuestro espíritu.

Mara le había erigido a Flavio altares en su corazón; hacía más que amarle: le adoraba ya.

Al verle cumplir sus preceptos con la religiosidad de la obediencia más cariñosa y más santa; al verle sentado al lado de su madre, a quien le hablaba sin cesar de su querida hija, y sin mirar siquiera a ninguna de tantas mujeres, codiciosas de una palabra suya; al verle, en fin, rivalizando y venciendo en elegancia y delicadeza a los más elegantes de los que frecuentaban la tertulia, Mara no cabía en sí de gozo y felicidad. Con el orgullo con que una madre contempla al hijo amado de su alma, así contemplaba la joven a hurtadillas la hermosa figura de Flavio que se destacaba entre todas como una flor recién cortada de su tallo, entre otras flores mustias y sin brillo.

Su talle esbelto tenía cierta natural dejadez, hija de la más exquisita elegancia; el menor de sus ademanes encerraba una gracia artística y seductora, y existía en todo el conjunto de su persona una noble arrogancia, que parecía desafiar todas las pequeñeces de la tierra. Flavio, en medio de las mejores sociedades del mundo, tendría que ser siempre un hombre distinguido, y entre los que entonces le rodeaban era un coloso. Mara, comprendiendo todo el valor de su tesoro, no lo hubiera cedido por todas las riquezas del universo. Las jóvenes que concurrían a aquella tertulia de confianza adivinaban también que había en aquel hombre, distinto de los demás, algo digno de ser verdaderamente amado; él fue el único sueño de muchas de aquellas mujeres, desde que le hubieron conocido, y quizás algunas lágrimas de despecho se verterían en medio del silencio de la noche, al ver su frialdad inmutable, al verle pasar tranquilo sobre encendidos cráteres sin sentir el más leve calor sus plantas de nieve.

Pasose la mayor parte de la noche sin que el viajero saliese del lado de la anciana, a quien daba conversación en unión de otras respetables matronas sexagenarias, que quedaron desde entonces prendadas de su cortesía y delicadeza. No se hallaba Flavio, no obstante, muy halagado entre aquellas ninfas de blancos cabellos y arrugado cutis, pero empezaba a dar muestras de cumplido cortesano en la sutileza con que ocultaba su disgusto. Mara no se había engañado al pensar que el salvaje podría dar lecciones a los más expertos a los pocos días de su permanencia en la ciudad.

Llegó un instante en que los cotidianos juegos de prendas en las tertulias caseras iban a dar principio. Faltaba una pareja, y Flavio tuvo que completar el número. Grande era su apuro en aquellos momentos, por ignorar completamente lo que eran tales juegos; pero Mara fue a buscarle a su asiento, y sin que nadie pudiera notarlo, lo guio paso a paso, y ninguno se apercibió de la ignorancia del forastero, que, de seguro, habría de parecer un gran crimen a los ojos de los necios.

Después tomaron asientos juntos, y Flavio pudo hablar, por fin, a la amada de su alma.

—Me habéis impuesto un castigo cruel... —le dijo—; he sufrido horriblemente... Toda la noche sin hablaros, ¿no comprendéis que es demasiado?

—Dejad que pasen algunos días y me hablaréis con más frecuencia... No seáis tan exigente. Se conoce que no estáis acostumbrado a esperar, y ya veis cómo, al fin ha llegado el momento... ¡Yo también lo deseaba!...

Flavio dejó de sufrir al oír estas palabras, y se olvidó de la cruel noche que había pasado. La voz de Mara era para su corazón como el viento que disipa las tormentas. Además, aquella noche no había venido Ricardo...; pero apareció por fin.

—Llego aún para el último vals, ¿no es verdad? —dijo al entrar, después de haber saludado.

—Poco más —le respondieron—; podréis aún quizá bailar dos; pero nada más. ¿No es cierto, Mara?

—Como gustéis, señores —respondió aquella—; ya sabéis que nosotras no somos las que nos cansamos de vuestra compañía.

—Gracias, querida. ¿No —le dijeron—, es demasiado conocida vuestra bondad? Pero ¿no os parece que era necesario castigar a este desertor?

Y luego, acercándose uno a la joven, añadió:

—No es justo, corazón de roca, que a los amantes antiguos se los vea alejarse así, con la indiferencia que demostráis...; al fin y al cabo, Mara... nada como el primer amor... ¡Es la única planta que arraiga en el corazón!...

—Ya lo habéis oído —le dijo Flavio con una mirada que de dulce y cariñosa se mostró sombría como la noche, y luego añadió con el rostro impasible, pero que causó espanto a la joven—: Mara... ¿qué es lo que os liga a ese hombre? Decídmelo... os lo ruego; todos menos yo saben, sin duda, vuestro secreto.

—Me fatigáis —repuso aquella—. ¿Qué queréis que os diga? ¿Podréis comprenderme acaso como yo quiero que me comprendáis? No, seguramente. Esperad algún tiempo más, y yo os lo diré todo.

Pero en tanto tened entendido que a vos es a quien amo, que así os lo he dicho sin esperar a que os molestarais con los preámbulos ridículos que en estos casos se exigen, y que esta ha sido una gran prueba de que sois el único a quien verdaderamente he amado en este mundo, sin temer declarárselo ni un instante; ahora tened paciencia, no hagáis caso alguno de esas palabras vacías que se murmuran a mi oído y mostraos indiferente a todo... ¡Sospecho, si no, que iréis a hacerme sufrir demasiado!

—¡Bien! —dijo Flavio—. Vencéis siempre, y hacéis de mí cuanto queréis...; pero, Mara, recordad lo que me habéis jurado...; yo no os perdonaría un engaño.

—Sois indómito y altivo hasta un extremo que no debéis serlo —le contestó la joven—; y jamás se debe usar el mandato con una mujer. Os lo advierto, porque pudiera suceder que lo ignorarais.

—Y yo os advierto —repuso Flavio a su vez— que la mujer creo que debe ser, ante todo, cariñosa y sincera para la persona de quien es amada. ¿No lo creéis así vos también?

—Lo creo —respondió Mara.

—Pues bien: decidme qué se debe hacer cuando la mujer no es ni lo uno ni lo otro.

—Dejar de amarla.

—¿Y si esto no es posible?

—Todo es posible en el mundo... —dijo Mara con acento algo irónico—. ¡Ojalá no lo fuera!

—Yo os aseguro que ya no podré dejar de amaros, y lo creo así al menos —dijo Flavio de un modo que no daba lugar a la duda—. Mirad, pues, Mara, cómo me tratáis; me habéis jurado amarme, y yo ahora pienso que me encontraría con valor para reclamaros a viva fuerza el cumplimiento de esos juramentos.

—¡Callad! —dijo Mara, halagada por aquellas palabras, que no le hubiera sufrido un instante a otro hombre, pero que en boca de Flavio le parecían armoniosas, pues le revelaban la inmensa pasión que abrigaba aquella alma virgen—. ¡Sois un loco! No volváis a repetir semejantes palabras, os lo ruego.

—¿Me juráis otra vez amarme siempre? —dijo Flavio como un niño que hace repetir cien veces a su madre la promesa de un juguete.

—Os lo juro —respondió Mara con una sonrisa maternal—; pero vos no me habéis jurado nunca nada —añadió—. ¿Cómo voy a fiarme de vos?

—¡Oh! —murmuró Flavio, admirándose de que nunca había jurado a Mara amarla eternamente, no comprendiendo en su inexperiencia que ella no necesitaba entonces de sus juramentos—. ¡Cómo! ¿No he jurado yo también? Yo os aseguro, Mara —dijo entonces con solemne acento—, que antes el sol dejaría de alumbrar la tierra para siempre que yo dejar de amaros; pongo a Dios por testigo de lo que acabo de deciros... Vuestra imagen ya no puede abandonarme jamás.

—El sol dejará también de alumbrar la tierra —repuso la joven con lúgubre tristeza—, y las estrellas lanzadas fuera de su órbita andarán errantes por el firmamento, y se chocarán con hórrido estampido... ¡Todo pasa!...

—Y bien —dijo Flavio—; todo pasa, es verdad... Una madre deja también de existir, pero su amor al hijo de sus entrañas solo muere cuando ella muere... Yo os amo más que una madre a un hijo... ¡Oh!, sí, mi amor pasará; pero cuando yo haya desaparecido de entre los vivos.

—Flavio —repuso la joven con entusiasmo—, si fueseis capaz de cumplir lo que acabáis de prometer, yo creería, al fin, que el hombre no ha nacido solo para llorar sobre la tierra... Yo, más que vos quizás, siento que os amo para siempre... ¡Cuán dichosa sería, Flavio, si este amor no tuviese, al fin, que convertirse en eterno manantial de lágrimas! Pero dejad pasar más tiempo... no quiero entregarme todavía a tan halagadora esperanza. A vos os lo confieso, al fin: creo que he nacido para sufrir, y que siempre que mi corazón se alegre ha de tener que entristecerse más tarde. Mis alegrías han sido siempre como las engañosas calmas del océano...

—¿Habéis sufrido vos? —murmuró Flavio—. ¿Y por qué?... Decidme por qué habéis sufrido.

—¿Por qué habéis sufrido?, os pregunto también.

—Yo no sufría hasta que os amé.

—Y yo no fui feliz hasta que llegué a veros y amaros.

—Mara... —dijo Flavio—, me hacen daño vuestros secretos... Me parece ver sonriendo siempre tras ellos la sombra de Ricardo... Apresuraos a confesármelos... mañana... ¡Oh!, sí... mañana mismo, prometédmelo. Esta noche ya no dormiré tranquilo.

—Sois un niño impertinente —contestó la joven—, y veo que me haréis padecer horriblemente...

Ricardo se acercó en aquel instante.

—¿Queréis bailar? —le dijo.

Ella iba a levantarse, cuando Flavio, deteniéndola, exclamó con una naturalidad en la que no podía traslucirse el engaño:

—¿Cómo?... ¿No os acordáis que me habíais prometido bailar conmigo?

—¡Ah!... Es verdad —murmuró Mara, fingiendo recordarlo y tratando de encubrir su sorpresa—. Perdonad, ¡tengo una memoria tan frágil! Ricardo, creo que no os enfadaréis por esto. Este caballero tiene derecho a que se le cumpla la palabra dada...

—Es muy justo —dijo Ricardo, haciendo a Flavio una cortesía a la que él contestó con la más severa frialdad, y luego añadió, dirigiéndose a Mara—: Ya que esto no pueda ser, ¿bailaréis conmigo lo último que se toque?

—Convenido —le contestó la joven en un tono familiar, que hizo palidecer a Flavio, y se separaron.

—¿Qué habéis hecho? —le dijo la joven a Flavio, tan pronto como se hallaron solos—. Voy viendo que seréis incorregible... ¿No comprendéis la torpeza que acabáis de cometer?...

—Porque os he impedido que bailarais con él...

—Porque ese hombre se habrá imaginado que yo quería desairaros por causa suya. Y eso, ni a vos ni a mí nos favorece. Os ruego que tengáis cuenta de no cometer otra vez esta clase de imprudencias, o dentro de poco vos y yo seremos los seres más ridículos de toda la ciudad.

—Es esto horrible, Mara —repuso Flavio con visible aburrimiento y enfado—. A cada instante me decís que cometo imprudencias y torpezas, y bien veis, sin embargo, que vos sois la que me provocáis. ¿Queréis que sufra a cada instante que mi hombre cuya presencia lastima mi corazón venga a arrebataros descaradamente de mi lado para bailar con vos y estrecharos entre sus brazos? ¿Queréis que yo le contemple hablándoos en secreto, con la familiaridad de un hermano; que os vea contestarle sonriendo y posando sobre él vuestras miradas con la mayor ternura? ¡Jamás! Os lo advierto; ni puede consentirlo mi corazón ni tengo valor para resistir tan horrible martirio.

—Pues yo os advierto a mi vez que no puedo romper de un solo golpe con mis amigos y con la sociedad por complaceros. Si hubierais sido educado en la ciudad y conocierais sus costumbres, comprenderíais que exigís un absurdo de la mujer a quien decís que amáis y que no haríais más que comprometerla a los ojos del mundo, haciéndola cometer torpezas que jamás le serían perdonadas. Os repito, pues, que, si me amáis, tenéis que acomodaros a todo lo que la sociedad ordena; tendréis que resignaros a verme bailar, así con Ricardo como con otros hombres, y acostumbraros a todas esas pequeñeces, que, seguramente, ya no os harán impresión alguna cuando lleguéis a comprenderlas. Yo no puedo de ningún modo aparecer de improviso en la sociedad con un carácter distinto del que hasta ahora he demostrado. Vuestra aparición en nuestra casa y esa repentina transformación en mí serían bastantes a formar la novela más absurda, y más ridícula, y ofensiva quizá. Moderaos, pues, Flavio, o en vez de tocar el cielo con nuestras manos, entraremos en un infierno cuyos tormentos no conocéis aún.

Mara habló largo tiempo, verdaderamente inquieta al ver el aspecto que el carácter semisalvaje de Flavio presentaba en cuestiones de celos. La joven comprendió que quizás sobre este punto sería el viajero invencible, y temblaba al pensar en las luchas que tendría que sostener en lo futuro con aquel coloso de amor. Además, aunque ella amaba al viajero como nunca había amado, su poca fe no le permitía, mucho menos aun que aquella sociedad a quien hacía responsable de todo, satisfacer por completo las exigencias de un hombre que entonces la amaba con toda la fuerza de su alma virgen, pero que tal vez la olvidaría al menor viento que viniese a apagar aquella llama, que podía muy bien no durar más que un instante. Por lo demás, como el baile era para ella una necesidad y un hábito la coquetería, no le era fácil tampoco desprenderse de estas dos cosas, que habían formado hasta entonces parte de su existencia.

Ella no había pensado que al tener por amante a un hombre medio salvaje tendría que olvidarlo todo, que sacrificarlo todo en aras de su nuevo amor. Los corazones que no han gastado todavía su savia en fútiles pasiones, esos espíritus vírgenes y vigorosos que concentran todo su ardor y toda su fuerza en un solo sentimiento, no pueden contentarse jamás con lo que se satisfacen hasta el hastío las almas fatigadas y mezquinas. Flavio, que alimentaba en su alma un mundo de pasión, cuya existencia estaba consagrada exclusivamente a una sola mujer, no podía contentarse con una mirada que se bañaba a cada instante en las miradas de otros hombres, ni con algunas palabras de cariño, la ternura que como por compasión se le prodigaban a hurtadillas, cual si fueran robadas a un corazón que no debía pertenecerle.

Terribles tenían que ser, pues, las luchas que debía sostener Mara consigo misma para decidirse a abandonar todo lo que no fuera Flavio, y grandes los sufrimientos del pobre viajero.

Dos seres pueden llegar a amarse; pero no siempre la suerte les señala un mismo camino ni la misma fuerza los atrae. Muchas veces sucede que se alejan a medida que se buscan; que el uno retrocede cuando el otro avanza, o que, chocándose al fin con ímpetu violento, se rechazan y siguen cada uno opuesto camino.

Flavio, cabizbajo y apretando con fuerza sus labios con sus blanquísimos dientes, escuchó a Mara largo tiempo, guardando el silencio más profundo. La joven, por su parte, habló con el calor y el entusiasmo que le inspiraba su propia defensa en tan arduo y difícil asunto; pero en vano trató de atraer al viajero hacia el verdadero camino. Su silencio le demostró bien claramente que eran inmutables sus ideas y que no podría avenirse jamás a las reglas de aquella sociedad, que ponían en tortura su corazón.

Mara no se atrevió, sin embargo, a creer que aquel estado podría durar mucho tiempo.

"Él llegará a acostumbrarse —dijo en su interior—, y llegará a ser, al fin, respecto a esto, un hombre como los demás. Necesario es que yo tenga firmeza y que no me doblegue ante su voluntad salvaje e impetuosa; todo se habría perdido entonces. Pero si el valor no me abandona, cederá al fin, y todo pasará a medida de mi deseo".

Se tocaba el último vals, y Ricardo vino a sacar a Mara para el baile. La joven se levantó, y dejando en manos de Flavio su abanico y su pañuelo, se alejó, dirigiéndole una mirada cariñosa, en la que había algo de firmeza y de imperio. ¡Pero Flavio la sostuvo con otra tan penetrante y tan severa, que Mara tembló creyendo percibir en ella algo de terrible y amenazador!

"¡Dios mío! —se decía en su interior—. Ese hombre quiere hacerme pagar bien caro el amor que me profesa... Esta es ya una implacable tiranía que quiere ejercer sobre la más insignificante de mis acciones... ¿Será preciso, al fin, abandonarle?".

Ricardo le hablaba, en tanto, en voz baja y sonriendo, tocando casi su rostro con los labios de Mara.

Diéronle al viajero intenciones de lanzarse sobre él y arrojarle al suelo de un solo golpe; pero después se levantó con lentitud, y sin saludar a nadie, desapareció del salón.

Difícil fuera expresar lo que pasó entonces en el corazón de Mara, pues creyó que el viajero se había alejado para siempre. A seguir los impulsos de sus sentimientos, hubiera corrido tras él, le hubiera llamado a grandes voces con toda la fuerza de su alma; pero nadie notó la más leve emoción en su semblante, aunque sentía desgarrársele el corazón.

"Y he ahí los verdaderos amores... —se dijo en su interior con intensa amargura—, he ahí los amores eternos, que ante la primera prueba se disipan como humo vano. ¿Por qué habré creído? Pero aún no será tarde...; volvamos a proseguir nuestro camino y olvidemos...".

—No lo neguéis —le decía Ricardo momentos después—. Flavio es vuestro amante... o, al menos, le dais esperanza de que podrá serlo solo algún día. Tenéis la cabeza a pájaros... sois incorregible.

—Vos me habéis hecho —le respondió Mara, secamente.

—Lo que en un hombre es solo un leve defecto, en la mujer puede ser una mancha indeleble.

—Dejaos de lecciones de moral...; me las da mejores mi madre, y me hacen más efecto que las vuestras.

—Por lo que veo, Mara, queréis reñir de veras conmigo, queréis que acabe para siempre el amor que hasta aquí nos ha unido... Sois una mujer sin corazón, os lo repito; y no creáis que esto es un mérito. A mí me compadece y me irrita veros tan ligera, tan inconsecuente y tan insensible, hasta el punto de que lleguen a seros indiferentes los recuerdos que todas las mujeres aman...; me hacéis padecer, y no os lo perdonaré en mi vida.

Mara, después de oír a Ricardo con la más completa indiferencia aquellas palabras, que demostraban una ira reconcentrada, le dijo a su vez con una calma desdeñosa:

—¿Qué queréis? Si no hallasteis en mí la mujer que habéis soñado, peor para vos si os empeñáis en transformarme. Yo no he de variar jamás, y mucho menos cuando se trate de vuestras exigencias. Tales cuales son estos sentimientos que vituperáis en mí, tales los habéis formado; fuisteis el primero que murmuró a mi oído la palabra amor y el primero a quien dije que prefería mi corazón, y tal vez estas palabras, dichas en una edad en que nada se reflexiona, hubieran sido más tarde una verdad; pero os empeñasteis en hacer de mí una de esas niñas melancólicas que se contentan con llorar todas las inconstancias de su amante, sin dejar por eso de amarle, y os habéis engañado; yo he sufrido un día horriblemente, pero al otro ya se habían secado mis lágrimas y había tomado mi partido. Desde entonces los amores sentimentales desaparecieron para mí, y admito vuestros galanteos más bien por hábito que por afecto... y esto bien lo sabéis, pues no he tratado de ocultároslo. ¿A qué me venís, pues, con reconvenciones? ¿A qué declamáis siempre con fatuidad que la mujer que olvida sus primeros amores no tiene corazón? Nuestros amores han sido un juego de niños, que os empeñasteis en que yo había de tomar por lo serio, pues queríais ver en mí una Graciella o una Elvira, que muere bendiciendo al amante que la ha abandonado, en tanto vos haríais a las mil maravillas vuestro papel de estudiante de Salamanca. Pues bien: ahora os irritáis conmigo porque, en vez de hallar una víctima, habéis hallado un espíritu rebelde, y esto no es justo. ¿Os reconvine yo alguna vez porque, jurándome un amor eterno, hacíais la corte a cuantas mujeres tropezaban en vuestro camino? ¿No os recibía con la misma sonrisa que si fuerais el más intachable y fiel de todos los amantes?

—¿Habéis concluido? —le preguntó Ricardo, aparentando una calma que no existía en su espíritu.

—Y creo aun que era inútil haber hablado tanto —repuso Mara—. Por esto comprenderéis que no os quiero tan mal cuando me tomo la molestia de haceros reflexiones que tenéis demasiado presentes.

—Bien —repuso Ricardo—. Ahora hablaré yo.

—¿Qué queréis decirme?

—Quiero deciros que bien sabéis que os amo, a pesar de todo; quiero deciros que la mayor parte de las inconsecuencias de que me acusáis las habéis motivado vos con vuestra soberbia.

—Bien debéis comprender que yo quería ser amada exclusivamente y ocupar sola el pensamiento y la vida del hombre a quien amase.

—Y así sucedía.

—Si sucedía, y la vanidad os ha hecho fingirme otra cosa, peor para vos... Yo no soy culpado en ese punto. Conocido mi carácter, debíais saber también que mi orgullo no llegaría a corregirse nunca por esos medios que le exasperaban en vez de calmarle; pero, en fin... ¿a qué viene todo esto, Ricardo? Mucho tiempo hacía que no habíamos agitado ninguna de estas cuestiones y vivíamos en buena armonía, sin preguntarnos ni tomarnos satisfacción alguna... Yo os dejaba seguir tranquilo vuestro camino, y cuando os tropezaba en el mío os saludaba siempre con la sonrisa en los labios. ¿Queréis más amabilidad por mi parte?

—Quiero ser amado como en mejores días, Mara; me irrita ya este estado en que siempre nos hallamos. Bien comprenderéis que si no fuerais la única entre todas que llena mi alma, no volvería yo a vuestro lado... ¿Para qué? Pero sois la primera por quien ha latido mi corazón... la primera, Mara...; y, menos ingrato que vos, no puedo olvidarlo... Acabemos de una vez... ¿Nada existe ya en vos que os hable en favor mío? Ese hombre que estos días ha aparecido en esta casa como una sombra, ¿será el que...? Mara, no puedo creerlo... Hablad.

Mara se sonreía y nada contestaba; pero Ricardo volvió a interrogarla, y repuso entonces:

—¡Siempre como el perro del hortelano!... Estoy por creer que algún mal genio os arrastra hacia mí y os impele a presentaros en medio de mi camino para hacer daño a los que se me acercan; pero descansad tranquilo: ese hombre que como una sombra se ha presentado en esta casa, como decís, creo que ya no os hará daño alguno —la frente de Mara se arrugó al decir esto—; pero no os fatiguéis —añadió—, comprendo vuestro amor, y ya no me es posible tener fe en él jamás. Sin embargo, ya sabéis que vuestra presencia no me es nunca molesta.

—Mara, ya no puedo contentarme por más tiempo con estas palabras, que solo me abren camino para el sufrimiento. ¡Me permitís que me acerque a vos como si fuera aún vuestro amante de otros días; me permitís que os repita mil veces que os amo; pasamos tardes enteras hablando juntos de cosas que hacen despertar dulces recuerdos, y todo esto para que concluyáis por decirme que ya no podéis devolverme jamás vuestro pasado afecto! ¿No comprendéis que esto no puede durar así por más tiempo? Ya sabéis que el fuego medio apagado vuelve a arder con más vigor al menor viento que sople sobre él, y solo vos, que tenéis un alma de nieve, podéis permanecer insensible, un día tras otro día, ante el recuerdo de nuestros pasados sueños.

—Podéis creer que, en cierto modo, los amo más que vos...

—¿Y entonces? —murmuró Ricardo pintada en su semblante la esperanza.

—Amo esos recuerdos, pero comprendo que no debo amaros a vos...

—¿Por qué no me desecháis entonces de una vez para siempre?

—Idos, pues, ¿quién os detiene? —repuso Mara con altivez.

—¡Oh!, Mara... no existe nada tan cruel como vos; bien sabéis que, al fin, no he de alejarme de vuestro lado.

—No comprendo la razón —dijo la joven con sequedad.

—Porque os amo.

Mara fijó en él sus claros ojos, y le confundió con una mirada penetrante.

—No es amor el vuestro —añadió después—; es terquedad, vanidad y egoísmo.

—¿No pudiera ser con otra mujer egoísta y terco del mismo modo?

—Tal vez no —repuso Mara con cierto desdén—. Hay caprichos que se arraigan a veces en la imaginación del hombre con una tenacidad que asusta; que le mortifican sin cesar un día tras otro día, sin que nada baste a alejar aquella idea de su pensamiento; caprichos por los cuales serían capaces de jugar la vida. Pero si aquel objeto llega a tocarse, a poseerse, si el capricho llega a verse algún día cumplido... como las nubes de una tormenta que se deshace, no queda entonces en el alma de aquel hombre ni la menor señal de que haya existido, y él se admira de que hubiese un día deseado con tan insaciable afán lo que entonces le es quizá odioso y aborrecible. Tal vez la historia del amor que vos decís que me profesáis puede reducirse también a esta sola palabra: capricho; y como yo me opongo a él de una manera incesante, como yo no me doblego ante vos, y dejo que zumbe la tormenta en rededor mío, sin temblar ni estremecerme un solo instante; como os digo siempre, y es la verdad, que tal cual sois ya no me es posible amaros, he aquí que el capricho, en vez de desaparecer, tome proporciones gigantescas y crezca y se ensanche, porque esas enfermedades se aumentan, según creo, a medida que se juzga imposible lo que se desea.

—Y decidme: ¿no es una crueldad hacerme sufrir un día tras otro día, sin esperanza alguna, cuando pudierais salvarme con una sola palabra? Lo que yo siento por vos, Mara, no es un capricho, no; os amo, y como os amo, sufro viviendo en este estado de incertidumbre, que no puedo soportar ya por más tiempo sin padecer tormentos que vos no comprendéis. Me habéis acostumbrado a vos de un modo que, allí en donde os veo, tengo que hablaros, y que buscaros cuando no os veo; vuelvo a vuestro lado aunque me despreciéis, y volvería siempre aunque me lo prohibieseis con toda la severidad que os es propia cuando llegáis a irritaros. Si esto es un capricho, yo no puedo comprenderlo; pero sé que lo siento, y que me sería imposible separarme de vos. Ahora bien: quizás si me dijerais una sola vez que volvía a ser amado, quizás esta especie de fiebre se iría templando, y vos nada perderíais, porque no os toca jamás el contagio y permaneceríais por mi mal siempre orgullosa y serena.

—Pero ¿cómo queréis que os diga lo que no siento? —dijo Mara, pareciendo dar lugar a una transición...

—Consentid en engañarme y os quedaré agradecido eternamente...; decidme que me amáis.

—¡Oh!, si es así —repuso Mara sonriendo—, os engañaré.

—Gracias, Mara; admito gustoso una mentira de vuestros labios, con tal de que esa mentira me halague. Es tal ya el estado en que se halla mi alma que, tratándose de estar a vuestro lado, de oír el eco de vuestra voz y de poder seguiros a doquiera que vayáis, ya no existe para mí nada en la tierra. Decidme, pues, que me amáis, aun cuando sea mentira; dejad que yo pueda llamaros con el dulce nombre de amada mía; llamadme vos amado vuestro, y no exigiré más... ¿Queréis más humillación por mi parte? La mujer que ve arrastrarse de tal modo a sus pies a un hombre como Ricardo, bien puede decir que ha conseguido un triunfo que ninguna otra conseguirá en la tierra.

—¡No me engañáis!... —repuso Mara, moviendo lentamente su cabeza—; pero consiento —añadió—; os mentiré puesto que así me lo pedís...

Ricardo la interrumpió, diciendo:

—Y si, viendo que mi amor es tal como deseáis, os convencierais de que, en realidad, mi pasión por vos no era un capricho pasajero, ¿no trataríais de corresponder sinceramente a mi cariño?

—¿Quién sabe si podría?

—¡Es así como me engañáis!

—Pues bien; sí, os amaría... ¿Estáis contento?

—Tampoco lo estoy, Mara —murmuró Ricardo con un movimiento de impaciencia—; pero escuchad: ya sabéis que acabáis de comprometeros a fingirme amor, que me lo habéis prometido, que habéis consentido en ello...

—No lo olvidaré; pero os advierto que tiene que ser con una condición.

—¿Cuál?

—Que el día que me canse de mentir os diré la verdad y todo habrá concluido.

Ricardo guardó silencio y pareció reflexionar; por fin añadió:

—Eso es demasiado, Mara... Podréis decirme mañana mismo que ya os habéis cansado... Concededme siquiera algún tiempo; un mes tan solo, y después seréis libre, si deseáis serlo...

—No tanto —dijo la joven—. Os ofrezco quince días seguros de fingimiento... Después... si quiero, hay tiempo de alargar el plazo, aunque sea para toda la vida.

En aquel instante, una flor con que la joven jugaba se le cayó de sus hermosas manos, y Ricardo, cogiéndola y besándola, dijo a Mara:

—Gracias. ¿Me permitís guardar esta flor? Otros días, de feliz memoria, me regalabais siempre una violeta, después que se había humedecido en vuestro aliento... ¿Os acordáis?

—¡Me acuerdo! —murmuró Mara, y siguieron evocando recuerdos pasados, y hablaron largo tiempo. Pero una nube sombría parecía oscurecer el semblante de la joven.

Creyendo que el viajero la había abandonado, aburrida y con el corazón lleno de profunda amargura, ella había querido ahogar su dolor coqueteando con Ricardo; pero después que aquella promesa de fingido amor que encerraba aquella esperanza, se había escapado de sus labios, tembló sin saber por qué, y Flavio se presentó a su pensamiento.

"Pero ¿a qué soñar con un imposible? —se dijo al fin—. Él no volverá ya, y aunque volviera... ¿qué puedo esperar de un amor tan tiránico? O renunciar a su amor, o renunciar al mundo, a los bailes, a la sociedad... ¿Me conceptúo con valor para tanto? ¡Si yo supiese que no habría de abandonarme jamás!... Pero ¡imposible! Esto no es más que una ilusión engañosa. Hagamos por disipar este loco fantasma; si persistiese en amarle, quizás llegaría a hacer mi desgracia".

Y tratando de borrar de su pensamiento aquella imagen que, a pesar de todo, se alzaba sobre todas las consideraciones, habló largamente con Ricardo y se esforzó en creer que quizás aquel hombre llegaría a transformarse, y ella al fin, podría amarle.

Sonaron las doce en el reloj de la ciudad, y todos se levantaron para retirarse. Flavio apareció entonces en el salón, se dirigió al sofá, se despidió de la anciana, y, acercándose después a Mara, que se hallaba en aquellos instantes sola cerca de la puerta, la dijo al pasar:

—He estado viéndoos toda la noche, y no he venido a turbar vuestra felicidad... Descansad, pues, más de lo que yo descansaré y que el cielo nos dé a cada uno de los dos aquello que merecemos.

Y desapareció, llevando marcadas en su rostro las huellas del dolor más profundo que haya podido sentir jamás ningún hombre sobre la tierra.

Mara, pálida como una muerta ante tan súbita e inesperada aparición, casi estuvo a punto de caer sin sentido después de escuchar aquellas palabras, dichas de un modo que hirieron duramente su corazón.

"¡Dios mío! —murmuró—. ¿Será posible que me ame aún después de lo que ha visto esta noche fatal? ¡Maldito Ricardo y maldito también mi necio orgullo!... ¿Por qué tan ligeramente he torcido mi vuelo hacia un abismo, cuando aún no sabía de cierto si el buen camino iba a faltar bajo mis plantas?".

El resto de la noche la pasó llorando y formando mil proyectos inútiles respecto a su modo de conducirse en lo futuro, porque Mara, dotada de una fuerza de voluntad indomable, era débil cuando se trataba de poner a prueba su fe y en peligro de ser burlados su vanidad y su orgullo que no tenía límites.

"¡Oh! —se decía—, si volviese, yo sería capaz de sacrificarlo todo por su amor...; pero ¿y si después me olvidase?... Todos me señalarían con el dedo, me llamarían necia, y Ricardo, mi genio malo, se burlaría de mí más que ninguno. ¡Dios mío, Dios mío, iluminadme!".

Y volvía a llorar, sin atreverse a resolver nada, y avanzaba la noche, y llegó por fin el día, sin que el sueño hubiese cerrado sus ojos ni hubiese gozado un instante de reposo.

XXIX

Al día siguiente recibió la siguiente carta, que ella leía y volvía a leer siempre que se hallaba sola:

"Siempre he creído que el dolor se mitigaba con el llanto, pero me había engañado. Yo he llorado toda la noche: lloro todavía, y mi dolor no mengua; pudiera decirse que mi corazón se abisma en el sufrimiento. Si pudierais verme en este instante, comprenderíais lo que es el dolor; después de destrozar los almohadones de mi lecho y revolcarme en él como un perro rabioso; después de haber arrancado mis cabellos y herido mi frente, podríais ver aún cómo el dolor implacable redobla sus martirios; podríais ver cómo me ha derribado, me ha vencido, y, dejándome casi inerte y sin fuerzas, prosigue cebándose en mi alma sin compasión... ¡Y cosa extraña!, a pesar de que sois vos el dolor, Mara... Sabed que lo he meditado largo tiempo en medio de mi desesperación. Él no me abandonaría aunque llegara a mataros... ¿Qué hacer, pues? Hubo instantes en que quise estrellar mi cabeza contra las desmanteladas paredes de mi aposento...; pero ¿cómo, si vos vivís? ¿No me martirizaría Dios en el infierno con el vivo recuerdo de vuestra imagen? En este mundo aún puedo seguiros, veros, interponerme entre vos y los que os cercan; pero ya muerto, todo habría concluido.

Es cosa resuelta que no puedo ya abandonaros. Lo he intentando en vano durante toda la noche, y no me apartaré ya de vos. Podréis verme desgarrar mi pecho con mis propias manos, podréis gozaros de lleno en vuestro triunfo; me habéis encadenado, y el cordero sufrirá y sufrirá hasta morir. Es ese su destino. Pero... ¿para qué os escribo estos renglones? Lo ignoro. Si antes de leer esta carta la arrojarais al fuego, no por eso se cambiaría en nada mi suerte. La desgracia es como los astros fijos: brilla siempre en un punto y nada la conmueve".

Esta carta no iba siquiera firmada; pero no era necesario poner ningún nombre al pie de aquellos renglones de grandes letras, en cada uno de los cuales podría distinguirse el rastro de una lágrima.

Mara lloró también al leerla, lloró más todavía porque era grande el dolor que expresaban aquellas palabras de fuego; pero, al mismo tiempo, se alegró en el fondo de su alma al ver que Flavio volvería al fin; se alegró también de verse tan intensamente amada.

"¡Oh! —pensaba llena de esperanza—. Cuando haya pasado esta terrible crisis, él será ya otro hombre, se habrá acostumbrado a los usos de la sociedad, comprenderá que, a pesar de mi aparente volubilidad, él es el único que reina en mi corazón, el único verdaderamente amado, y seremos dichosos. ¡Oh, sí!, muy dichosos".

El resto del día lo pasó alegre y contenta, pero para Flavio transcurrieron las horas lentas y llenas de pesadumbre y amargura. En efecto: el pobre viajero, convencido de que ya no podría vivir sin ver a Mara, se había resignado con terrible calma a darse una muerte lenta, viéndola en brazos de otro.

Pero sus luchas tenían que ser aún más horribles.

Cuando el dolor ha minado por entero nuestro espíritu, no es difícil morir de pesadumbre, dejándose uno arrastrar sin hacer esfuerzo alguno por la mano asesina de la fatalidad; pero cuando, ya resignado el corazón a no tener esperanza, viene esta a presentarse otra vez en nuestro camino para abandonarnos de nuevo, entonces sus agonías infernales son peores mil veces que la muerte, los dolores sin término, la verdadera desesperación, la última escala de los pesares humanos.

Apenas había dado las doce el gran reloj de la ciudad, cuando Flavio se hallaba ya en casa de Mara.

Bordaba esta sentada al lado de un balcón que daba al pequeño jardín de la casa.

Flavio entró y, sentándose a su lado, permaneció silencioso; la joven, llena de emoción, no se atrevió a dirigirle una sola palabra. Su madre no estaba en la habitación en aquellos instantes.

Largo rato permanecieron mudos e inmóviles como dos estatuas. Mara se atrevió, por fin, a levantar sus ojos, fingiendo mirar primero al canario que cantaba en su jaula colgada en medio del techo, y dejando caer después su mirada sobre Flavio. Los ojos de este estaban fijos en ella con tal expresión de sentimiento y adoración, que la joven se estremeció de angustia y de placer... Jamás había visto en los ojos de ningún hombre tal expresión de ternura, de pesar y de amor. Iba a dirigirle entonces la palabra, cuando Flavio, levantándose de repente, cogió su sombrero para marcharse.

—¿A dónde vais? —le preguntó Mara temblando.

—¡Dejadme!... —le respondió—. Es tanto lo que os amo, tanto lo que me hacéis sufrir, que al veros ahora, al contemplaros, siento como una especie de vértigo... Adiós, volveré cuando esté más tranquilo... —y se alejó.

—¡Dios mío!... —murmuró Mara—. ¿Estará loco? Sí, sí, no hay duda; he ahí resuelto el problema; los hombres cuerdos no piensan ya en el amor, no aman, no hacen más que gastarse en los placeres groseros... ¡Adiós, ilusión mía!... ¡Todo fue un sueño! ¡Era imposible que lo que decía esta carta fuese verdad!—y estrujaba con ira el papel entre sus manos.

Llamaron de nuevo a la puerta, y Mara sintió que la sangre se le agolpaba al corazón... Pensó si sería Flavio otra vez; pero no... era Ricardo, Flavio debía de haberle hallado al salir.

La joven no pudo menos de maldecir en su interior a aquel hombre que la fatalidad había puesto siempre en medio de su camino, y le recibió con una sequedad casi despreciadora.

Él, por su parte, no hizo más que mirarla al semblante, morder sus delgados labios y tomar silenciosamente asiento a su lado.

Mara empezó a hablarle de cosas indiferentes, y él no trató de traer la cuestión a un terreno más halagüeño. Únicamente se puso a jugar con los estambres de su bordado, con la naturalidad con que pudiera hacerlo un hermano.

La madre de Mara entró entonces en el aposento acompañada de la anciana criada, que residía, por lo regular, en la quinta, y que acababa de llegar en aquellos momentos.

La joven la abrazó como si hubiese sido su propia madre y, tomando todos asiento, hablaron como en familia, sin excusarse por la presencia de Ricardo, a quien trataban con una confianza ilimitada, por ser hijo de una íntima amiga de la madre de Mara y haberla conocido desde su más tierna edad.

Era esta relación íntima que existía entre las dos familias una de las causas que más poderosamente influían en Mara respecto a alejar de sí a Ricardo, como pudiera hacerlo con cualquier otro. El continuo trato, la familiaridad y la costumbre impedían que pudiera hablarle con la severidad necesaria en tales casos, y aunque así no fuera, él sabía aprovecharse muy bien de la posición en que los había colocado la suerte para no reñir nunca formalmente con la joven, aunque ella diese suficientes motivos para ello, para hablarla siempre que otro se acercaba a su lado y cuando más daño podía causarla, y tomar a chanza la mayor parte de las veces cuando ella le aseguraba que ya no podría amarle jamás.

Confiaba en que, un día tras otro día, el fruto del árbol deseado llegaría a madurar al fin, y que podría entonces cogerlo y saborearlo a su antojo. Este era su único y eterno pensamiento. Por lo demás, él no la amaba más que por un exceso de vanidad, y esperaba con calma el momento en que esta se hallase satisfecha para consumar la venganza inspirada por la resistencia de la joven, a quien nunca podría perdonar le hubiese humillado tan largo tiempo.

Vanidoso como ninguno, creyendo ser el hombre más elegante de la ciudad, juzgándose irresistible en cuestiones de amor, había sufrido un cruel desengaño al ver que Mara, a quien creía encadenada para toda la vida porque la casualidad había querido que fuese su primer amante, sobreponiéndose a todas las consideraciones que él creía dignas de respetarse, llegara a romper para siempre las relaciones que con él le habían ligado.

Al hallarla escudada contra sus necios caprichos por el inmenso orgullo que abrigaba su alma; al ver que, indiferente a sus pasadas afecciones, trataba de cicatrizar las heridas con que él había lacerado su alma y sus sentimientos más puros por medio de una coquetería que llegaba a ser el pecado capital de su vida, Ricardo llegó casi a odiarla, y solo la vanidad le hacía inclinarse ante ella, esperando vencer de nuevo para humillarla a su vez. El necio había creído que un corazón como el de Mara podría sufrir, resignado y sin rebelarse jamás, una y cien vergonzosas infidelidades que llegarían a resentir mortalmente el alma de la mujer menos altiva; pero se había engañado y quería vengarse por esto... Muchos hombres existen como Ricardo en el mundo, y, sobre todo, muchos maridos, que se atreven luego a quejarse de la desmoralización de sus esposas. ¿Quién si no vosotros debéis dar el ejemplo de todas las virtudes humanas? Si al crecer el árbol mina el hortelano sus raíces, en vano querrá luego que dé buenos frutos y resista a las tempestades... El árbol secará, el árbol morirá pronto.

Suspicaz Mara, y de un entendimiento claro y penetrante, no la deslumbraban las apariencias de amorosa resignación con que él seguía rindiéndola tributo; pero se complacía en verle arrastrarse a sus pies buscando en vano lo que ella no había de concederle jamás, y, confiada en sus propias fuerzas, no temía a aquel hombre que tanta fe tenía en sí mismo, y en quien reconocía defectos y vicios incurables que siempre la pondrían a salvo de cualquiera tentación que pudiese llegar a acometerla un día.

Además, como no amaba a nadie, Ricardo venía a ser para ella como un entretenimiento al que se había acostumbrado, complaciéndose en verle morder de rabia sus labios cuando coqueteaba con los demás y en ver cómo los fatuos y vanidosos también odiaban a aquel hombre que jamás les dejaba al lado de la joven un lugar completamente libre.

Mara era, en fin, toda una mujer coqueta y convencida de que el amor no era más que una llama brillante que ardía algunos momentos y se apagaba después para siempre; consagraba toda su vida superficial en esos recreos vanidosos de mentidos amores que halagan por un día, que concluyen cuando la noche empieza y que vuelven a proseguir a la siguiente mañana entreteniéndose con nuevos objetos y aspirando distintos aromas.

Pero, a pesar de esto, su alma permanecía virgen lo mismo que su corazón; fatigada de tanto inútil devaneo, derramaba abundantes lágrimas cuando buscaba el dulce reposo en su lecho casto y virginal, y muchas veces, allá en las altas horas de la noche, cuando todos dormían y la luna iluminaba apacible el firmamento, ella se levantaba, envuelta en una bata blanca, semejante a una visión aérea y, abriendo la ventana, se entregaba a las más vagas contemplaciones, admiraba aquella naturaleza, que parecía reposar tranquila; veía cómo brillaban las estrellas; respiraba con avidez el aire puro y fresco de la noche; hablaba con las blancas y plateadas nubes que cercaban la casta diosa, y a la luz de los pálidos rayos que iluminaban su blanca túnica escribía versos que, si no eran limados ni correctos, encerraban en cambio toda la armonía, la pasión de un corazón virgen y ardiente y la melancolía de un alma que vaga errante y solitaria buscando en vano otra alma amante y poeta como ella, un espíritu cariñoso que, sonriéndola, le abra sus brazos y le diga: "Soy tuyo para siempre. Regocíjate como yo, espíritu hermano mío, que las flores de la nueva primavera harán llegar hasta ti sus perfumes impregnados de mi amor".

Mara era poeta, aunque nadie había llegado a comprenderlo, y como poeta, soñaba y ambicionaba placeres desconocidos.

Su imaginación de fuego se gastaba de continuo, formando ilusiones a cuál más locas, que nunca llegaba a ver realizadas; en su seno virginal ardía un volcán inextinguible de ambiciones, que solo ella comprendía, y momentos hubo en que, cansada de aquellas mezquindades sociales que la rodeaban a todas horas, hallando árida e insulsa la vida y demasiado inquieta su alma, deseaba morir para terminar de una vez con tantas luchas y ansiedades inútiles y sin objeto.

Hubo un tiempo, sin embargo, en que se había atrevido a esperar con una fe ciega días venturosos y placeres que durarían tanto como su vida, en que llegaría al fin un instante en que podría decir a un ser que la comprendiese:

"Yo, como los poetas, amo el cielo, la mar, las flores; el rayo de sol que cae sobre la nieve extendida como un blanco sudario sobre la cumbre de las montañas; la hoja seca que en el otoño se desprende del árbol y rueda quizás hasta los abismos del océano envuelta sobre torbellinos de aire. Amo la yedra que trepa por el muro ruinoso de los edificios abandonados; la pobre yedra que crece solitaria sobre el árido peñasco, el trébol oscuro, la triste parietaria y el alto ciprés de los cementerios y las flores amarillentas que nacen sobre las humildes tumbas que no tienen siquiera una mezquina lápida y que ellas acarician con cariñosa solicitud... El perfume de una flor, el murmullo del río, cuyas aguas pasan y pasan delante de nuestros ojos para no volver más, el canto de los pájaros y muchas veces un solo rayo de sol que hace brillar las arenas como hermosos diamantes, bastan para causar en mi alma una impresión extraña, una melancolía profunda, deseos desconocidos. ¿Comprendes tú lo que es esto? ¿Sabes lo que es poesía? Sí, lo sabes; la poesía es una cosa parecida a un bello e incesante delirio; es quizás un defecto de organización, un exceso de vida, una hermosa locura. Los poetas son hombres distintos de los demás, no sienten como todos sienten y por eso no los comprenden todos. He aquí por qué siempre oculté a miradas extrañas lo que pasaba en el fondo de mi corazón, por qué nunca dejé traslucir este defecto o esta virtud que debe provenir del cielo. Mas ahora que te he hallado a ti, a ti que me comprendes, te abro mi alma como se abre un capullo a la primera luz del alba para recibir en su cáliz virginal el rocío de la mañana. Sonriamos juntos, lloremos juntos y amémonos; el mundo, que me parecía un desierto, será entonces el paraíso y llegaremos a morir en paz".

Pero la joven había concluido por perder esta esperanza a fuerza de verla una y mil veces desvanecida, y todos sus alegres sueños se habían convertido en pensamientos sombríos.

Aquellos versos que rompía siempre, después de haberlos escrito, encerraban toda la amargura de un alma que no ve más que tinieblas en el porvenir, y si alguien pudiese llegar a leer aquellas misteriosas páginas, creería que la pobre poeta, que solo tenía por inspiración sus dolores, había pretendido atrevidamente imitar al sublime y desolador Byron.

Ella no conocía, sin embargo, a ese genio grandioso; pero así como hay poetas que nacen para cantar alegremente y sonreír a todo lo bello, los hay también que nacen para llorar eternamente, aunque no todas las lágrimas encierran un mismo sentimiento.

Las hay cariñosas y melancólicas, tristes y suaves, dolorosas, frías y amargas como la hiel. Estas últimas son, sin duda, las más estériles y las que nada fecundizan. El hombre que lleva en su seno el germen de estas lágrimas, si todo lo contempla teñido con el venenoso humor que circula por sus venas, si alguna vez le sonríe la esperanza, cree ver en aquella sonrisa algo de amargo y burlón, y solo tiene fe en la desgracia. Sus cantos encierran en su fondo la confusión del caos.

Él hace escuchar el ruido estridente de la cuerda que rompe, bajo la fuerza desigual de su convulsa mano, y entre el estampido de las tormentas que zumban en la cúspide de las montañas, coronadas de nieves eternas, os deja percibir los sonidos desgarradores de un arpa medio destrozada, que se balancea sobre los abismos, suspendida en la rama de alguna encina que ha sido herida por el rayo.

Cuando su voz lúgubre hiende el espacio, la alegría enmudece, y la misma felicidad parece lanzar un gemido. Sus cantos son de muerte y de desolación; él no cree, él no espera; su único placer es el sufrimiento y el dolor; y cuando sus ecos murmuran débilmente a nuestro oído, parece que el corazón quiere romperse a impulsos de la violenta sensación que le conmueve.

He ahí los frutos del poeta escéptico y sombrío; él culpa a la humanidad de sus dolores; brota de su propio corazón; no le culpéis, pues; él no halla reposo en la tierra, y maldice la tierra; él detesta a la humanidad porque no se le parece. Perdonadle; es un enfermo del alma, incurable... ¿Culparíais al leproso porque no puede hallar remedio a su mal?

A este género de poetas hubiera llegado a parecerse Mara, porque su alma era inclinada a la duda, aunque deseaba creer y era su espíritu melancólico, en el fondo, inquieto y descontentadizo, ambicioso de placeres desconocidos que no existían más que en sus sueños.

Al tropezar a Flavio en su camino, volvió, no obstante, a renacer la esperanza en su alma, y creyó que la felicidad no era ya un sueño; pero aquellos dos seres —poetas ambos—, sombríos por naturaleza, vehementes y de pensamientos errantes, tenían que sostener desesperadas luchas para que pudieran sus corazones guardar un completo equilibrio.

Esto, aunque difícil, quizás no fuese imposible; pero Ricardo, haciendo inclinar demasiado la balanza hacia un punto, tendría que hacerles vacilar siempre, en tanto aquel demonio de sus amores no se apartase de su camino.

La vieja criada, después de hablar algún tiempo, hizo recaer pronto la conversación sobre Flavio.

—¿También vos le queréis tanto? —le preguntó Ricardo—. Pues tened cuidado, porque ese joven semisalvaje tiene cara de cualquier cosa...

—¿Qué diremos entonces de la vuestra? —repuso Mara, tratando de dar a sus palabras un acento ligero y burlón, aunque hubiera preferido en aquellos instantes hacer caer sobre Ricardo todo el peso de su ira.

—Pues que —respondió este—, ¿creéis que yo me diferencie tanto como él de sus semejantes? Perdonad, Mara: dais prueba de muy mal gusto al decir que ese hombre pudiera agradaros.

—¿Queréis que os diga una verdad? —dijo Mara con aparente indiferencia, pero verdaderamente irritada.

—Hablad —contestó Ricardo.

—Flavio es el hombre más simpático que he visto en mi vida, ya que no el más hermoso; ya quisierais vos pareceros a él.

La vieja criada y la madre de Mara se rieron; pero Ricardo, verdaderamente herido en su propio amor, exclamó:

—¡Diablo... querida amiga mía! Nunca creí que pudierais favorecerme tanto.

Y luego, poniéndose en pie y echando una mirada hacia un espejo, añadió, dirigiéndose a las ancianas:

—¿Os parece que Mara es justa?

—Por lo menos —dijo la vieja criada con la ingenuidad y la franqueza propias de su sencillez—, podéis pasar a su lado por un hombre enfermizo y raquítico; no os enfadéis por lo que os digo, señorito Ricardo; pero aún no he visto ningún hombre tan afable y gallardo como aquel de quien hacéis burla, sin duda por hacer rabiar a mi pobre Mara... ¿No es verdad? —y la buena vieja se reía a más no poder, en tanto Mara le daba gracias en su interior y Ricardo la maldecía.

—Por lo que veo —dijo este—, sois afectas a las razas africanas y mogolas... Sobre gustos no hay nada escrito, suele decirse, y no me extrañaré, por tanto, del vuestro.

—Podéis añadir: de los de todos los que frecuentan nuestra casa.

—A muchos he oído lo mismo que acabo de repetiros; las mujeres, sobre todo, le detestan.

—¡Qué inocente parecéis!... —repuso Mara—. ¿Y creéis a las mujeres? Pues sabed que la que más aparenta odiarle es la que más aventuraría por una de sus miradas...

—Se diría que la pasión os hace delirar sobre este punto...

—Quizás podría asegurarse, amigo mío, que en vos la envidia produce el mismo efecto...

—¿Qué es esto? —repuso la madre de Mara— ¿Queréis reñir ahora, ya por ultrajar, ya por alabar a ese pobre joven que para nada se acordará de nosotros en este instante? Esto es murmurar, señorita —dijo a su hija—, y no debo yo permitirlo... Vamos, hablemos de otra cosa... Ricardo, ya sabéis que es un buen muchacho; a cada uno lo que se merece... ¿Y qué es de Rosa, aquella linda niña de la posada nueva? —añadió dirigiéndose a la sirvienta—. ¿Has parado allí a tu venida, María?

—¡Ah, señora! —murmuró la vieja María, algo indecisa—. Allí he parado... Pero ¡cuánto va de tiempos a tiempos! ¡Cuán cierto es que las mujeres somos como las rosas: el menor viento nos hace daño!

—Pues, ¿qué le ha pasado a aquella pobre niña? —preguntó Mara con interés.

—Por de pronto, su madre ha muerto...

—¡Dios mío! —exclamaron a un tiempo Mara y su madre—. Pues si parecía que sus frescas mejillas derramaban salud y vigor.

—¡Qué queréis! La muerte nada respeta...

—¿Y Rosa? —volvió a decir Mara—. ¡Pobrecita!... Quedar huérfana tan joven. ¿Cómo es capaz de gobernar sola la casa? ¿Quién la acompaña?

—Aquella tía suya mendiga... ¿No recordáis?

—Sí; ya me acuerdo: era una mujer muy honrada, que no dejaba de extrañarme no se hallase al lado de su hermana y prefiriese andar pidiendo de puerta en puerta...

—Ese es un misterio...

—Un misterio... Contadnos, si puede ser...

—¡Ello es al fin tan público!... —dijo la anciana después de vacilar—. Ella hizo retractación delante de testigos, y, en fin... entre nosotros todo puede decirse...

Y la anciana, que, aunque era de suyo muy reservada, nada le callaba a sus señoras, y creyendo además que en ello no había pecado, puesto que había sido todo público, les contó todo lo que había pasado a la muerte de la madre de Rosa.

—Y bien —repuso Mara, después de haber escuchado con cierta inquietud—: ¿Cómo Rosa vive en la misma casa si ya no le pertenece?

—Ese es otro misterio...

—¡Jesús!... —murmuró la joven—. Parece eso una novela, con tantos secretos y misterios...

—Dicen que el nuevo heredero se la ha alquilado por una módica cantidad, permitiéndole que siga habitando en ella, dando posada como hasta aquí.

—Pues en verdad que es una generosidad sorprendente la del joven heredero —dijo Ricardo con su acostumbrada malicia—. Renunciar por una mezquina retribución a esa hermosa casa, amueblada con toda la magnificencia, no deja de ser sospechoso cuando se trata de amparar la orfandad de una pobre y hermosa niña de quince años. Bien reflexionado, ya no extraño la liberalidad del heredero.

—¿También vos sois de los que murmuran de la gente honrada? —exclamó la vieja sin poder contener su indignación—. Pues yo apostaría mi cabeza a que todo es un embuste, y a que el señorito Flavio es incapaz de cometer semejante bajeza. Pues poco importaba que le cediese esa magnífica casa, si como dicen malas lenguas, que no pueden ver hacer una buena acción sin tratar de rebajarla a los ojos del mundo, hubiese antes manchado y corrompido la virtud de la inocente niña.

Mara, pálida como una muerta, ya no se atrevió a pronunciar una sola palabra después de oír esto, y Ricardo la contemplaba a hurtadillas con la alegría del triunfo.

La madre de Mara, mujer de costumbres sencillas e incapaz de pensar siquiera en el mal, permanecía atónita oyendo hablar a la vieja María, que sin adivinar siquiera que con su torpeza y buena fe acababa de comprometer a la pobre Rosa, prosiguió con acaloramiento su defensa haciéndola con esto un daño cada vez más cruel.

Ricardo, aprovechándose de su debilidad, no cesaba de incitarla, dando motivo para que concluyese de manifestar todo lo que las lenguas maldicientes murmuraban de la desgraciada Rosa.

—No os canséis —le decía—; por más que os empeñéis en negar, yo no confío en la generosidad de ese hombre.

—Vos no confiaréis, pero yo sí, señorito Ricardo; y respondería de él con mi cabeza.

—¡Diablo!... ¡Mucho es eso, mi vieja María! ¿Quién es capaz de responder de nadie ni qué podéis saber vos de lo que pueda haber en eso?

—Sí, señor; sí lo sé —respondió la anciana encolerizada—. Yo no he hablado a la pobrecita niña, he estado a su lado largo tiempo, he visto su tristeza y juraría que es inocente como una paloma... ¿Qué importa que la hayan visto con el señorito Flavio la mañana que este se ausentó de la quinta? ¿No era su bienhechor? ¿No es huérfana? ¿No ha quedado sin madre y sin apoyo en la tierra? ¿Qué mucho que fuese a despedir a su único protector en el mundo y le llorase luego?

Mara se levantó repentinamente, fingiendo habérsele caído al jardín uno de los ovillos del estambre con que bordaba, y la conversación quedó truncada.

Ricardo, satisfecho, ya no intentó reanudarla de nuevo, y con admirable táctica iba a alejarse para no importunarla con su presencia, cuando Mara le dijo:

—¿Ya os vais?

—Me espera un amigo —respondió Ricardo.

—Lo siento —dijo Mara con encantadora naturalidad—; quería que me ayudarais a plantar unas yedras y madreselvas; pero si ese amigo os espera, las plantaré sola.

—Vos sois entonces primero que mi amigo, y me quedo.

—De ningún modo —repuso Mara—; yo no quiero ser causa de que se falte a ninguna palabra.

—Podéis consentir en ello, pues la cuestión no era más que dar algunas vueltas por la pradera que se extiende al lado del río. Cuando no tengo que hacer otra cosa mejor, es cuando paseo yo con mis amigos; de lo contrario, juzgaría un crimen malgastar el tiempo de un modo tan inútil.

Mara aceptó, y hablaron largo rato antes de plantar las yedras y madreselvas. En el semblante de la joven trató, en vano, Ricardo de descubrir la más leve huella del dolor que debía haber sentido. Mara parecía estar alegre, sin afectación, y aunque él creyó que el despecho la obligaría a hacerle en aquel instante una promesa formal de amor, Ricardo la halló, a pesar suyo, tan burlona y tan indiferente como de costumbre.

Llegó la noche, y Mara esperó en vano ver aparecer a Flavio en el salón. El viajero no se presentó ante sus ojos... y la pobre orgullosa pasó la noche más cruel que puede destrozar el corazón de una mujer que ama.

Cuando todos se retiraron, ella no se acostó siquiera; tenía fiebre, y nunca había sufrido una inquietud más devoradora... Los celos mortificaban su alma y no por eso sentía menguar el amor que profesaba a Flavio... ¿Podía ser, pues, tan grande su amor hacia aquel hombre que había creído sin mancha y que, sin duda, no era más que un infame, cuando hasta los celos no le hacían despreciarle? Ella, que aborreciera siempre a todo el que había llegado a herir de ese modo su corazón y su orgullo, solo había de tener entonces valor para llorar.

Este pensamiento la torturaba de un modo tan cruel que nos sería imposible dar una descripción exacta de sus dolores.

"¡Es este —exclamaba— el castigo de mi felicidad de un instante! No hay felicidad en la tierra... El mundo es un infierno;

el amor, uno de sus tormentos; pero ¡ay!, ¿cuánto durará este tormento para mí?... ¡Dichosa yo si nunca hubiese creído...!".

XXX

Como hemos dicho, Flavio halló a Ricardo que entraba en casa de Mara, y desde aquel momento sintió que sus celos se aumentaban de un modo violento; sintió que se despertaba en su alma el sentimiento de su dignidad ofendida, y por lo mismo, no quiso volver aquel día a ver a aquella mujer tan locamente amada, por temor a matarla.

Comprendió entonces que se había juzgado demasiado fuerte al creer que podría resignarse tranquilo a morir de dolor, y no quiso acercarse demasiado a la hoguera ni renovar la herida que aún derramaba sangre.

"Huyamos —dijo—; la tempestad que ruge en mi alma amenaza estallar... Huyamos hoy, y quizás mañana pueda ya verla y permanecer a su lado sin herirla".

Y montando en un brioso caballo, se encaminó a galope hacia la hermosa posada, en donde Rosa le esperaba en vano un día tras otro día.

Pero él no pensaba siquiera en la pobre niña, ni había vuelto a acordarse ni de su orfandad ni de su dolor; embebido en sus propios pesares, y no teniendo sino a Mara en su pensamiento, el mundo entero nada era a sus ojos, nada existía para él, sino Mara y los tormentos que Mara le causaba.

Su objeto al dirigirse a la hermosa quinta no había sido otro que el de pasar en sus jardines aquel día y aquella noche de amargura que se había propuesto permanecer lejos de ella.

Allí podría llorar y gemir en presencia de la Naturaleza, y sería menos dolorosa su agonía.

Cuando se apeó, nadie había en la puerta de la linda casa; las ventanas se hallaban entornadas y reinaba el mayor silencio en su interior.

Flavio subió lentamente las escaleras sin que nadie saliese a recibirle, y se encaminó hacia su gabinete, cuya puerta medio entornada dejaba percibir en su interior.

Flavio se detuvo entonces y observó.

Rosa, sentada al lado de la chimenea sin fuego, con las manos cruzadas sobre sus rodillas y el enlutado pañuelo medio desprendido de sus hombros, inmóvil como una estatua, contemplaba una corbata azul que tenía en su regazo.

Al ruido que hizo Flavio la joven se estremeció y, escondiendo en su pecho la corbata, se levantó, adelantándose hacia la puerta.

—¿Quién es? —preguntó con voz nerviosa antes de ver al viajero.

Pero tan pronto aquel se presentó en el umbral, lanzó un grito de sorpresa y de alegría tan intenso que Flavio se estremeció, aproximándose luego a ella con inquietud al ver que, después de haberse puesto roja como la grana de su saya, palidecía y vacilaba como si fuera a caerse.

—¿Qué tenéis, Rosa? —le preguntó aquel con afectuoso interés—. Sin duda os he asustado. Perdonadme y tranquilizaos...

—¡Por fin!... —pudo apenas murmurar Rosa rompiendo en sollozos.

Flavio, al escuchar aquellas palabras, recordó la promesa que le había hecho de volver a verla presto, y no sé qué extraños pensamientos cruzaron por su alma...

—¿Por qué decís al fin? —le preguntó con voz cariñosa.

—Ya hace mucho tiempo que he dejado de veros —exclamó la joven—. Y como vos no os habéis acordado de escribirme...

Flavio se ruborizó de vergüenza...

"Cuán pronto se olvidan los desgraciados —murmuró para sí—; el egoísmo no nos deja acordarnos más que de nosotros mismos".

Y tratando de borrar la mancha de tan imperdonable olvido, hizo sentar a la joven, que le obedeció sin vacilar, y empezó a prodigarle las mayores atenciones, cual si hubiese sido su propio hermano.

Aquellos instantes fueron para la joven de los más dichosos de su vida. Hablaron largo tiempo con el abandono propio de la inocencia. Flavio jugó con las largas trenzas de los lindos cabellos de la huérfana, y apretó sus manos, cariñosamente, sin que ella pensase en esquivarle; la tía Andrea tomó luego parte en aquella familiar conversación, y así pasó la mañana con la rapidez con que suelen huir los instantes de felicidad y las horas de placer.

Flavio dejó luego su compañía y llena su imaginación de pensamientos extraños, se encaminó hacia la quinta de Mara. El viajero deseaba que el viento frío de la tarde hiriese su rostro para que se disipase el ardor que abrasaba su frente. Se diría haberse verificado una revolución extraña en sus ideas. Rosa y Mara parecían confundirse en una sola imagen; pero existía al mismo tiempo entre ellas una distancia tan inmensa como de la tierra al cielo. ¿Por qué el recuerdo de aquellas dos mujeres, amada la una con toda la fuerza de un amor delirante y apreciada la otra con el desinterés y el afecto que la desgracia inspira, venían a reunirse en su pensamiento?

Flavio no podía comprenderlo, pero sí sentía que la imagen de Mara aparecía más viva aún y más luminosa que al lado de la transparente figura de Rosa, y que al sentir el tibio calor de las manos de la pobre niña y la suavidad de sus cabellos, recordaba las manos y los cabellos de Mara, cual si acabase de tocarlos y percibir su perfume.

Al volver, el negro humor que le devoraba se había aumentado más y más con los recuerdos que se habían despertado en él al recorrer los alrededores de la quinta, y cuando llegó la noche, ya no tenía límites su impaciencia.

Le parecía haber transcurrido un siglo desde que no había visto a Mara, y pensó en volverse a la ciudad aquella misma noche; pero reflexionó que ya no llegaría a tiempo, y se contuvo, pensando en marchar a la siguiente mañana.

Rosa se esforzó en hacer desaparecer la arruga que surcaba la frente del viajero con una coquetería infantil, hija inocente del amor que abrigaba su corazón, cándido y bueno como el de una paloma; pero aquel se obstinó en parecer grave, y cuando la mano de Rosa se quedaba entre las del joven viajero, este no la estrechaba entre las suyas; diríase que todo le era indiferente en aquellos momentos.

—¿Qué es esto? —exclamaba ella—. ¿No queréis ser ya mi querido hermano?

Flavio la miraba y nada le respondía; pero en sus ojos brillaba como una especie de fiero relámpago que se diría inundaba su rostro.

Sin saberlo, esperaba adivinar que podía existir un crimen entre las inocentes caricias de un hombre y de una mujer, y las palabras que Mara le había dicho las recordaba entonces en su memoria: "No debe besarse la frente de las mujeres que se aman y se respetan... ¿Os agradaría que otros labios se hubiesen posado en mi rostro antes que los vuestros?".

—Rosa, habladme; pero no me toquéis —le dijo con brusco acento.

—¿Qué os he hecho, que tan irritado os mostráis conmigo? —le preguntó Rosa con timidez y tristeza.

—Nada —respondió Flavio, levantándose de su asiento—; no me hagáis caso, Rosa; yo os quiero como si fuerais hermana mía, pero soy un loco. La cabeza me arde y voy a retirarme, porque mañana tengo que ponerme en camino cuando amanezca.

Rosa, al oír aquellas palabras, se dejó caer sobre una silla derramando abundantes lágrimas. Flavio tuvo que acercarse a ella y acariciar de nuevo aquella hermosa cabeza, prometiéndole que volvería muy pronto a verla, y después se retiró a su gabinete.

En su sueño, las imágenes de Mara y de Rosa, confundidas, no cesaron de presentársele de un modo vago y aun doloroso, y estos sueños que brotaban de su enfermo espíritu le impacientaron y agriaron su carácter violento.

A la mañana, Flavio volvió a hallar a la pobre muchacha, que se había levantado con noche para despedirle, y experimentó al verla una sensación extraña que nunca había sentido hasta entonces. Cuando se despidió de ella cogió de nuevo sus pequeñas manos, y estrechándolas con fuerza, sin saber por qué, dijo:

—Adiós, Rosa. Vuestras manos tienen un calor suave que me agrada, y quisiera poder llevarlas conmigo.

La joven, a pesar de su tristeza, se sonrió; pero Flavio permaneció grave y serio y partió con velocidad.

Tan pronto llegó a la ciudad, lo primero que hizo fue presentarse en casa de Mara, y halló en ella a Ricardo, sentado amigablemente entre la joven y su madre.

Su primer impulso fue volver a salir; pero luego resolvió quedarse, hasta que Ricardo marchase el primero, y hablar a Mara. ¿Qué quería decirla? Él mismo no lo sabía, pero su corazón era un infierno.

Por su parte, Ricardo no dejó medio alguno de aumentar su desesperación, hablando a veces en voz baja a la joven contra todas las reglas de la educación; jugando con el ovillo de estambre de su labor y haciendo lo mismo con los de su madre, que le decía con la mayor sencillez:

—Ricardo, estáis revoltoso como un chiquillo... ¿No veis que nos priváis de trabajar? Mirad a Flavio, qué formal y qué modoso; pues así debías ser vos, pero tenéis la cabeza a pájaros.

Flavio, en tanto, meditaba si debería matar a Ricardo o a Mara, o a los dos a un tiempo. Sus celos se desahogaban en aquellos insensatos y criminales proyectos, no hallando un remedio al mal que le devoraba. Además, ¿no era aquello un insulto que le arrojaban a la cara sin pudor alguno? Él bien comprendía que el proyecto y la resolución más acertada que hubiera debido tomar era alejarse, despreciarlos y no volver a verlos jamás.

Pero esto no era compatible con su amor, que tenía todo el aspecto de una úlcera incurable, de un insensato frenesí. No le quedaba, pues, otro recurso que sufrir hasta que la suerte decidiera del porvenir; pero él tampoco se hallaba con fuerzas para sufrir, y cada vez que veía a Ricardo al lado de Mara, los terribles pensamientos se agitaban en su mente con una tenacidad inaudita.

Mara hubiera podido remediarlo todo quizá, pero la fatalidad vagaba en torno de ella y no la dejaba ver claro el abismo a cuya orilla caminaba, aunque a veces llegaba a espantarse del carácter y del amor de Flavio; como la incredulidad venía a interponerse de continuo ante sus ojos, ella concluía por repetirse siempre:

"Quién sabe... Tal vez todo no sea más que una mentira; tal vez, como una nube de verano, llegará a disiparse su amor en un instante. Yo no debo doblegarme ante sus extraños caprichos. Por el contrario, debo hacer que se acostumbre a los usos de la sociedad y que me permita obrar como hasta aquí, convencido de que a pesar de esto solo es suyo mi corazón".

Y de este modo la lucha seguía encarnizada, y Mara y Flavio caminaban más y más hacia los abismos de la fatalidad.

Después de haber oído la relación de la vieja María, su satisfacción no tuvo límites al pensar que al menos no había sido completamente engañada, que el mundo no había visto en ella ninguna mudanza que indicase el amor que profesaba al viajero y que de este modo podía ser ella sola sabedora de sus tormentos, sin que nadie tuviese derecho a señalarla ni reírse de su credulidad. Ricardo era el único que había percibido algo; pero, maestra en ocultar sus verdaderos sentimientos, confiaba en llegar a hacerle creer que entre Flavio y ella no había habido más que uno de esos entretenimientos pasajeros que duran solo un día y en los cuales ni el corazón toma parte ni el pensamiento los recuerda tan pronto llegan a desaparecer.

Sin embargo, ella no había renunciado a Flavio ni se atrevía a pensar siquiera que hubiese de alejarse para siempre de su camino. Él era ya la única ocupación de su pensamiento, y a pesar de lo que había oído acerca de él, no creía enteramente que hubiese sido capaz de cometer una acción tan baja y ruin.

Cuando el hombre es verdaderamente bueno y honrado, lleva en su frente un sello tan distinto del que no lo es que difícilmente puede llegar a confundírseles; se les distingue con solo mirarles al rostro.

Mara podía dudar del amor y de la constancia de Flavio, pero apenas se atrevía a pensar sin remordimiento que fuese cierto lo que de él se murmuraba.

Hay cosas que no pueden ni fingirse ni ocultarse, y la inocencia y la candidez de Flavio estaban tan profundamente marcadas en su mirada y en todo su ser, que no podía dar lugar a la duda.

No obstante, aquella verdad o aquella calumnia que ante ella se le había imputado fue como un grito de alerta, y más que nunca se propuso ocultar a los ojos del mundo y a los de Ricardo que Flavio era en realidad su amante.

"Él volverá siempre si en realidad me ama con el amor que aparenta —se decía—; y aunque espera morir de dolor, como yo sé que nadie se muere de amor hoy día, sin duda porque el traidor niño se ha familiarizado ya con el corazón de los mortales, él tampoco morirá y todo acabará bien. Si, por el contrario, llegase a olvidarme, su amor no sería verdadero, y ya nada habría perdido".

Trató, pues, a Flavio en esta entrevista delante de su madre y de Ricardo con la deferencia con que suele tratarse a un amigo que se ve raras veces; dejó a Ricardo jugar con sus ovillos de estambre, y se contentó con no escucharle cuando aquel quiso hablarla en voz baja.

En tanto, ya hemos tratado de describir lo que pasaba en el alma de Flavio. La joven estaba muy distante de comprender aquel corazón de fuego en aquellos momentos, pues el rostro del viajero no demostraba más que una frialdad rígida y reservada.

Las dos iban a dar muy pronto en el reloj de la ciudad, pero ninguno daba muestras de pensar en marcharse. Flavio comprendió que, por su parte, era una falta de consideración.

En las ciudades de provincias, la hora de comer es como un sagrado que nadie debe violar, y las puertas se cierran; pero él no podía resolverse a dejar al lado de Mara al maldecido Ricardo, y permanecía inmóvil. Dieron las tres.

—Señores —dijo entonces la madre de Mara con su acostumbrada ingenuidad—, si gustáis acompañarnos a comer, esta es la hora, poco más o menos, en que acostumbramos a hacerlo.

Flavio se levantó lentamente, pues Ricardo no se había movido aún de su asiento.

—Señora, dispensadme si he sido demasiado importuno —dijo Flavio—; el tiempo se pasa con rapidez cuando la imaginación se halla agradablemente entretenida.

—En verdad que sí —añadió Ricardo—; y ahora que recuerdo, en mi casa se come a las dos, y seguramente hoy no me habrán aguardado creyendo que no como en casa. Me admitiréis, pues, a vuestra mesa. La agradable conversación con que nos habéis halagado ha sido causa de este olvido mío, y no consentiréis que ayune sin estar en cuaresma.

—Ciertamente que debéis hoy comer con nosotros —dijo la madre de Mara—, y me alegro de ello, pues mucho tiempo hacía ya que no nos habíais acompañado.

Flavio fue invitado también por la anciana con grandes instancias; pero él rehusó obstinadamente. Cuando salió, una nube terrible nublaba sus ojos.

Salía decidido a esperar a que Ricardo saliese, provocarle luego y batirse a muerte con él. Con este objeto, permaneció paseando largo tiempo de un lado al otro de la calle por delante de la casa de Mara. Pero Ricardo no salía, y su rabia crecía cada vez más, llamando sus pasos la atención de los curiosos vecinos.

El ruido de una ventana que se abría vino a llamar su atención; alzó la cabeza y vio a Mara y a Ricardo que acababan de asomarse.

Avergonzado de que le hubiesen visto, se alejó entonces sin volver a mirarlos, encaminándose hacia las afueras de la ciudad.

"Si yo le matase —murmuraba con sordo acento—, quizás ella llegaría a aborrecerme y tendría que alejarme de su lado; además, habría cometido una acción que reprueba el Dios a quien adoro; mancharía mis manos en sangre. Moriré yo, y quizás Dios perdone más fácilmente el que me mate a mí mismo que no el que asesine a otro. ¡Oh, Dios mío!... ¡Dios mío!... Perdonadme. Bien veis que no puedo soportar un dolor tan cruel como el que devora mi corazón. Mara... Mara... ¿por qué te he conocido?".

Llegó a orillas del río, y entrando en una especie de mesón, sucio y sombrío, pidió tintero, papel y pluma, y tomando asiento al lado de una mesa coja y desvencijada se puso a escribir a Mara. Preguntó después de haber concluido si habría allí quien llevase una carta a la ciudad, y habiéndole contestado negativamente, dejó sobre la mesa la mayor parte del dinero que llevaba y salió apresuradamente.

No muy lejos de allí, y en una revuelta que formaba el río, había un bosquecito de pinos jóvenes aún, y tan espesos que apenas se podía atravesar por entre ellos. El terreno se inclinaba suavemente hacia las aguas, cubierto de florecillas moradas y blancas; un arroyo saltaba cercano sobre algunos peñascos negruzcos, yendo a perderse en el río, y los arbustos de la cercana orilla y los altos y torcidos álamos, lamiendo con sus ramas la superficie, formaban graciosos surcos y extendían en torno suyo una débil sombra que hacía más intensa la profundidad del río.

Flavio se tendió cercano a la orilla, sobre el húmedo musgo, pudiendo tocar casi con su mano el agua fría, sutil y murmuradora. Sus pies descansaban muellemente sobre una arena blanca y fina como la que se halla en las playas de la costa; zumbaban los insectos alrededor de su cabeza, tocando con sus alas sus cabellos desordenados; entreabríanse las flores silvestres al cabo del mediodía, lanzando sus agrestes perfumes, y un sol de invierno, claro pero tibio y de un color pálido, semejante al de la luna llena, inundaba la tierra de una dulce alegría y templaba la atmósfera suavemente.

Ningún día menos a propósito para morir.

Era aquella una de esas hermosas y poéticas mañanas de invierno en que la naturaleza parece alegrarse, presintiendo la cándida primavera, y respirar con amor, cual si sintiese rebullir ya en su serio los gérmenes a que ha de dar vida.

Era, en fin, una de esas mañanas en las que ni el calor fatiga, ni molesta ni entumece el frío con su soplo de nieve; en las que es grato el sol, bella la sombra y puro y transparente el cielo, del que se apresura a huir la ligera nube, avergonzada de aparecer tan abandonada y solitaria en medio del diáfano azul que la rechaza como un adorno inútil.

La imagen de la muerte aparece en esos días a la imaginación del hombre como un horrible sarcasmo, como un fantasma sangriento y burlón que espanta la mirada, fantasma que vemos vagar en torno nuestro, que hiere quizás a nuestro amigo, a nuestro hermano, y que juzgamos, sin embargo, como un sueño quimérico y creemos imposible llegue a herirnos también reduciéndonos a la nada, helando nuestros miembros, que ahora sienten, se mueven y palpitan, y cerrando para siempre nuestros ojos a la luz.

Flavio, lleno de vida y de vigor, meditaba que dentro de algunas horas su cuerpo no sería ya más que una masa inerte que la corriente del río arrastraría a su antojo y que arrojaría después de su seno, devolviéndola a la tierra como propiedad suya.

Y, sin embargo, la palabra muerte no le parecía en aquellos instantes más que un sueño, un cuento horrible que había circulado de boca en boca por toda la humanidad para causarle espanto...

Él contemplaba sus manos y palpaba su cuello y su hermosa cabeza; hablaba alto consigo mismo para oír el eco de su voz, y se preguntaba después si la vida, que lo era todo, podría ceder en un instante su paso a la muerte, que es la nada, y desaparecer para siempre bajo su brazo formidable pero invisible.

Su imaginación rechazaba esta idea, se horrorizaba luego al pensar que no era una vana quimera, y, sin embargo, se disponía para morir...

Recordó su palacio, sus ilusiones, sus sueños... su libertad... ¡Ay!, ¿en dónde estaba? Morir sin haber visto más que algunos palmos de tierra, sin haber recorrido ese mundo que tan hermoso había soñado su loco pensamiento...; morir sin decir adiós al viejo palacio abandonado... morir tan joven... ¿Por qué morir, pues?... Sí; era necesario morir... morir muy pronto; el sol no debía lucir un día más sobre aquel rostro tan bello, tan gracioso, ni sobre aquella frente espaciosa y lisa que los rizos de su cabellera, negra como la noche, acariciaban sin cesar.

¡Era necesario morir sin apelación, sin remedio salir al encuentro del mudo y aterrador fantasma y estrecharle contra su corazón lleno de amor y de vida, porque así lo quería una mujer!

Flavio se sonreía amargamente... Se burlaba de su sexo, del sexo fuerte e invencible... del sexo poderoso, y recordaba cierta historia de un gigante derribado por una hormiga.

La hormiga, sin embargo, no había pretendido ni intentado vencerle de aquel modo; tal vez no hiciera más que seguir imperturbable su camino, marchando impasible ante él sin detenerse en su carrera.

¿Existía, pues, el destino? ¿Era el destino la desgracia y la fatalidad? ¿No puede el hombre evitar la catástrofe que viene a destruir y aniquilar de un solo golpe su gloria y su porvenir? Y si no era esto así, ¿cómo él se veía precisado a morir cuando la alborada de su juventud empezaba a asomar con sus primeras sonrisas por el oriente? ¿Cómo evitar el mal que le conducía hacia el sepulcro con inexorable mano? Matar a Ricardo era un crimen, y aunque así no fuera, no por esto Mara, que le acogía cariñosa, que le miraba con dulces ojos, que no consentía en alejarle de su lado, le hubiera amado más después de su muerte. ¡Quizás fuese esto bastante para que llegase a aborrecerle, porque unas manos que han llegado a teñirse una vez en sangre exhalan siempre el olor del crimen, detestable y hediondo! ¿Matarla a ella? ¡Gran Dios!... ¡Cosa fácil fuera ascender hasta ese horrible escalón, permaneciendo a su lado y contemplándola perjura!... Pero ¿y después?... ¡Dios le hubiera dado en la otra vida por único castigo el espantoso dolor de haberla matado, y sería este el más terrible de todos los tormentos!

Respecto a este mundo, ya todo habría concluido. No le restaba, pues, más recurso que morir solo... Nada podía salvarle y era la única esperanza posible hundirse en el seno de la muerte para dejar de sentir. La existencia como hasta allí le era completamente insoportable. ¿Era verdad que ya nada podía alejarle del abismo?

Leyó la carta que había escrito a Mara, y rompiéndola luego se puso a escribir en un papel que encontró por casualidad en su bolsillo:

"La vida es un sueño... Menos que esto: una sombra de sueño... tampoco es esto... ¿Qué es la vida? Ella ha pasado por mí como si no pasase, como ráfaga de viento que azota el rostro sin ser visto y desaparece sin dejar huella alguna... ¿Qué quedará en mí después que haya dejado de ser? ¿Qué ha quedado de los días que fueron? ¿Qué existe en mí de aquellas horas que he sentido correr sobre mi vida como corren las horas presentes... los minutos... los instantes... los...? ¡Con cuánta velocidad vuelan uno, dos, cien, mil...! ¿Qué distancia nos separa de uno a otro momento? ¿Cómo se multiplican y huyen... y en tanto, avanzando siempre, y avanzando hacia la eternidad? ¿Y qué es la eternidad? Tal vez la única dicha... porque el tiempo no puede admitir dicha alguna en su seno; el tiempo no hace más que formar y destruir... Todo de paso... No puede haber en esto felicidad... El tiempo es la desgracia... Muramos... Este terror que sentimos hacia el descanso eterno no es más que el vértigo en que nos envuelve la agitada, la insulsa vida: muramos... Todo será un instante... y después... ¡oh Dios!... ¿Será verdad que no ha de perdonarme este crimen? ¡Dios mío..., Dios mío!...".

Flavio se tendió en el suelo con el rostro pegado a la tierra después de escribir tan desordenadas frases, permaneciendo así algunos instantes. Cuando se levantó había en su rostro algo de la dureza del pecador impenitente; no se burlaba del cielo, pero había caído en esa indiferencia amarga, en esa indolencia por la cual se va uno resbalando lentamente hasta el crimen, acompañado de los remordimientos que no evitan entonces el mal y mortifican el espíritu.

En medio de la dolorosa flojedad que revelaba su actitud, había algo de satírico y mordaz en su mirada, algo de cinismo en su sonrisa.

El mundo, tal cual se había presentado a sus ojos, pasaba entonces por su pensamiento y se burlaba de él en el fondo de su corazón: se burlaba de la vida, de la honra, de la vanidad y hasta del mismo amor que le daba la muerte. El poeta, sombrío, templando su lira antes de morir, quería rasgar el aire con sus sonidos desgarradores, y acompañándolos con el eco amargo de su voz, ahuyentar los pájaros que gorjeaban sobre las ramas de los pinos y estremecer las aguas... En aquellos instantes no amaba ya; aborrecía a Mara con la vida.

El ancho río que, desembocando en el mar a corta distancia, subía y bajaba con las mareas, empezaba a engrosarse entonces rápidamente, sin que Flavio lo hubiese notado. Poco faltaba, sin embargo, para que las aguas bañasen sus pies, tendidos con negligencia sobre la arena. Flavio, queriendo despedirse del cielo, se tendió de nuevo sobre el césped, contemplando el espacioso y dilatado azul del firmamento; allí, en donde nadie llegaba a interrumpir sus meditaciones, quería gozar por última vez de todo lo que tanto había amado en la tierra.

Pasado algún tiempo, el río, cubriendo de pronto sus pies y salpicándole de agua hasta el rostro, le hizo incorporarse rápidamente.

Entonces vio cómo, engrosando, la corriente iba a cubrirle bien pronto si no se alejaba de aquel lugar.

"¡Las mismas aguas vienen a decirme que ya no debo vivir más tiempo! —murmuró—. Pues bien: ¡yo esperaré inmóvil sus besos fríos y sus helados abrazos; dejaré que me acaricien primero dulcemente, y que jueguen después con mi cuerpo como con la hoja de una flor marchita, sepultándome, por último, en su lecho de arenas!...".

Y tendiose lo más cómodamente que le fue posible sobre el musgo, resuelto a dejarse arrebatar por las aguas, aunque no sin dirigir antes una intensa mirada en torno suyo que quería decir: "¡Adiós para siempre!".

¡Después cruzó los brazos sobre el pecho, cual si se hallase recostado en su féretro; cerró los ojos, y un frío estremecimiento recorrió todo su cuerpo!... ¡El agua tocaba ya sus rodillas... la muerte se acercaba!

"¡Cuán fría —murmuró—; pero no nos inquietemos; dentro de poco, ya todo habrá concluido!".

Y el agua crecía y crecía, y reinaba en torno suyo una quietud dulce, un silencio reposado y apacible, que convidaba al sueño y al descanso. Tan solo se sentía el canto de un mirlo, acompasado y triste, y el murmullo del río que, empezando a hallar un obstáculo en el cuerpo de Flavio, formaba contra él una pequeña rompiente.

Los alados insectos proseguían zumbando en son monótono alrededor de la cabeza del pobre viajero, llegando hasta posarse sobre sus labios pálidos y fríos como los de un cadáver; una brisa templada, resbalándose suave sobre su frente, agitaba dulcemente sus cabellos, que tocaban el verde musgo y los pajarillos revoloteaban sin temor alguno en torno suyo, cual si ya no viesen en él más que una masa inerte.

"Ya no me temen ni pájaros ni insectos —decía él—; en tanto, presienten, sin duda, que ya no he de levantarme más para ahuyentarlos a mi paso... Si algún águila cruzara en este momento el espacio, creyéndome cadáver, bajaría presurosa hacia mí para abrir mi pecho con sus garras y arrancarme las entrañas... ¡Cuán horrible!... Y, sin embargo, yo permanecería aún inmóvil y la dejaría cebarse a su placer... ¿No sería mejor morir sin corazón que sentir la agonía de sus últimos latidos?... ¡Mi corazón se resiste a morir a pesar de sus dolores!... ¡Se agita apresuradamente... tiembla... se diría que tiene miedo! La vida que va a abandonarme parece haberse encontrado toda en él para luchar contra la muerte... Mi cuerpo se conmueve a cada una de sus violentas pulsaciones, y trato, en vano, de contenerle apretando fuertemente mis brazos sobre él... Sus latidos son cada vez más convulsivos... Yo los siento resonar sobre la fría tierra que se estremece a su impulso... ¿Qué es esto? ¡Miedo, sí, miedo...! ¡Muy horrible debe ser la muerte cuando así la rechaza la naturaleza!... ¡Sí!... la muerte es un abismo. ¡Ah!...", exclamó de pronto alargando sus brazos. El agua acababa de inundar su pecho, haciéndole estremecerse a su frío contacto, no pudiendo reprimir aquel movimiento instintivo de horror; pero pronto volvió a cruzar sus brazos con resignación y valor.

Sin embargo, tal vez el haberse determinado a esperar la muerte lentamente era porque le faltaba resolución para terminar de un solo golpe la vida. ¿Quién comprende los horribles misterios de un corazón herido de muerte, pero lleno de vigor y de animación al mismo tiempo?...

El río seguía creciendo; los pies de Flavio parecían oscilar y marchar con la tranquila corriente, viéndoseles, a través de la transparencia de las aguas, como parte de un cuerpo inerte, medio sepultado entre la arena; el sol bañaba de lleno su hermoso semblante y oreaba el viento su frente y algunas plantas de tallo alto y ligero y de agreste perfume.

"¡Dios mío... Dios mío!... —murmuró—. Si esto es un crimen, perdonadme... ¡Dios mío!... ¿Habría nacido yo para morir así? Perdón... perdón...".

El sordo murmullo del río ahogó sus palabras; las aguas se precipitaron sobre él, bañando su rostro, y formando en torno suyo un oscuro remolino le envolvieron como un sudario...

Flavio se irguió entonces como impulsado por un resorte; lívido, aterrado, en sus ojos se hallaba pintado el espanto... Sus cabellos, empapados y aplastados sobre sus sienes, le hacían parecerse a un espectro; sus brazos, extendidos, se alzaron hacia el cielo con desesperación...

"¡Ay!... —exclamó en un acento tembloroso, reconcentrado, desgarrador— ¡No creí nunca que pudiese ser tan amargo el paso de la vida a la muerte! ¡Debe ser horrible el dolor de morir!... ¡Tengo miedo a ese dolor!".

Flavio, de pie, en medio del río, cuyas aguas llegaban a su cintura, bamboleándose a impulsos de la corriente, lanzaba angustiosas miradas en torno suyo...

"Aquí la muerte, y allí la vida —pensaba mirando el campo—; allí el aire, flores, perfumes, y aquí estas aguas que me rodean rugiendo... Estas aguas sombrías que me espantan porque el cáliz de hiel se encierra en ellas... ¡Oh!... Un solo paso y el fantasma de hielo huiría horrorizado y yo estaría en salvo...".

Y se adelantó hacia la orilla, como cediendo a la fuerza interior que le mandaba vivir... Pero retrocediendo luego de improviso, se arrojó como un loco a merced de la rápida corriente. Su cuerpo apareció momentos después en medio del ancho río, luchando por la muerte.

Flavio no debía morir aún, sin embargo... ¿Para qué, si no, esta humilde pero verdadera historia? Un suicidio por vanidad, por ambición, por amor, es desgraciadamente la cosa más tristemente vulgar del mundo, y ya nadie se extraña de que un hombre hastiado y cansado de vivir tenga el valor egoísta de concluir con su existencia.

Fácil es morir, bien considerado todo; y mucho más cuando se recuerda que, al fin y al cabo, ha de llegar el momento terrible, y cuando se cree que la tumba es el descanso... Pero el verdadero drama de la vida, lo es en realidad terrible, es esperar a que la Providencia le llame a uno al seno de la eternidad. Sufrir un día tras otro día, ver cómo las ilusiones se desvanecen, cómo el amor más intenso concluye y cómo el corazón se cambia; ver, en fin, cómo a los cabellos de azabache van sustituyéndolos las blancas canas;

cómo se desfigura nuestro rostro y cómo el ser que un día ha formado nuestra única felicidad en la tierra pasa a nuestro lado sin conmovernos, y le vemos alejarse, diciendo: "Ha sido irresistible ese hombre o esa mujer en otro tiempo... Me ha hecho delirar largos días... y recuerdo, si no me engaño, que hemos llegado a amarnos mucho. Entonces hubiera dado por ella la vida... ¡Cuántas locuras se halla uno dispuesto a cometer en nuestra juventud!".

He aquí el lado burlesco y terrible de la pobre humanidad... En esos dolores incesantes que cada hombre va tocando hora tras hora; en esos desengaños, en esas escenas y esas historias que se reproducen sin cesar en torno nuestro, hay más amargura, sin duda alguna, y existe un fondo más lúgubre y desgarrador que en las catástrofes violentas que a primera vista nos aterran. De ellas, como del tronco de un árbol cuyas ramas brotan, crecen y se multiplican extendiéndose cada una en direcciones distintas, surgen miles de lágrimas, episodios sangrientos y dramas que la pluma trata en vano de escribir.

Algunos de estos, no obstante, no pertenecen más que al amor, a ese sentimiento, poderoso como la tempestad y pasajero como ella; a ese sentimiento de que nos burlamos algunas veces, y que es, sin embargo, una de las causas más activas que contribuyen a formar la felicidad o la desgracia del hombre.

Nosotros hemos intentado describir una de estas historias en nuestro torpe y desaliñado lenguaje... Sigamos, pues, a Flavio.

Como hemos dicho, su cuerpo se vio vagar bien pronto en medio del ancho río, luchando con la muerte; pero, por su fortuna, mi joven desconocido, lanzándose entonces al río y nadando vigorosamente, logró alcanzarle cuando iba ya a sumergirse para siempre; le agarró por los cabellos, y sosteniendo, con peligro de su vida, aquel cuerpo inerte que las aguas trataban de disputarle, le puso en salvo.

El pobre viajero tenía ya todo el aspecto de un cadáver, pero respiraba aún, y los prontos y eficaces auxilios que se le prodigaron pudieron volver a la vida aquella naturaleza de hierro.

XXXI

¡Nadie supo que Flavio había atentado contra su vida!

El joven que le había salvado y que había visto desde la opuesta orilla cómo deliberadamente y después de una lucha visible se arrojara Flavio al río, ocultó cuidadosamente cuanto a este particular concernía.

Hombre de corazón noble, aunque algo misántropo, y que ocultaba en el fondo de su alma el germen de una tristeza hereditaria, se compadecía de todos los que sufrían, y Flavio le había inspirado una simpatía fraternal. Sin duda había adivinado a través de aquella frente helada su cándida inocencia y sus angustiosos dolores, proponiéndose desde el instante en que salvó su vida penetrar los misterios de su existencia y remediar sus sufrimientos en cuanto le fuera posible. Sin amigos, en medio de una multitud de jóvenes escolares que hallaban en él un hombre para todo indulgente, que por nada se apasionaba, solo en medio de la sociedad y del bullicio, sin duda había elegido a Flavio en el interior de su corazón como el único digno de llamarse su amigo verdadero.

El alma que vive aislada busca siempre con ansia otra alma que se le asemeje... ¿Por qué el joven adivinó que Flavio debía ser su hermano gemelo? Lo ignoramos; pero es lo cierto que el viajero había hallado al fin en su camino un ser que le comprendiese...

Cuando Flavio despertó del profundo marasmo en que permaneció sumido durante dos mortales días, creyó que cuanto le había acaecido no había sido más que un terrible sueño. Se esperezó con negligencia, frunciendo el ceño, y exclamó:

—¡Cuán quebrantado me ha dejado esta terrible ilusión!... ¡Guillermo! —gritó luego, llamando a su criado—, dadme mi ropa... Yo no sé si el día concluye o empieza... Esa luz vaga —estaba anocheciendo— me causa melancolía... ¡Oh!, voy a salir a ver si se despeja mi cabeza...; pero toca a la oración. ¿Cómo me he dormido hasta tan tarde? ¿Si estaré soñando todavía...? Guillermo, mi ropa... ¡Ni siquiera una campanilla en estas malditas posadas!... ¡Guillermo!...

—¿Qué queréis? —dijo el joven apareciendo en la puerta del gabinete.

—Mi ropa —dijo Flavio con enojo, sin reparar siquiera que no era Guillermo el que le hablaba.

—Tranquilizaos —le dijo el joven con la dulzura de un hermano—. No podéis vestiros; vuestra indisposición lo impide... Pasado mañana quizás...

Flavio volvió la cabeza y notó entonces la presencia de un desconocido.

—¿Qué decís, caballero? —le preguntó—. Estáis equivocado; no es esta, sin duda, la habitación que buscáis...

—No me equivoco, amigo mío...

—Pues entonces, ¿podré saber qué se os ofrece?

—Soy médico, y como estáis algo indispuesto... he venido a curaros como era mi deber...

—Indispuesto... Repito que os equivocáis, caballero; no es esta, sin duda, la habitación en donde se os espera.

El joven se adelantó entonces hacia Flavio, y sentándose a su cabecera, le dijo, tratando de ocultarle la verdadera causa de su mal, que parecía no recordar:

—Habéis sufrido un fuerte ataque nervioso esta mañana, pero como esta especie de dolencias atacan al cerebro, por eso no podéis recordarlo.

Flavio guardó silencio algunos instantes... Después añadió, con duro acento:

—Pues si eso ha sucedido, os advierto que en este instante me hallo completamente bueno, y que podéis retiraros. ¿Cuánto os debo?

—No me debéis nada —repuso el joven con finura y sin enojarse en lo más mínimo por el tono brusco con que Flavio le despedía—; yo soy el que os debo consideración por el estado en que os halláis...

—Gracias... —dijo Flavio secamente—; pero os aseguro que ninguna dolencia física me aqueja y os agradecería que me dejaseis solo... Enviadme a mi criado, si gustáis...

Entraba aquel en aquellos momentos con un calmante, en busca del cual había salido momentos antes.

—Tened la bondad de tomar algo de este calmante, que bien lo necesitáis —le dijo a Flavio—, y podré luego dejaros sin cuidado, confiado en que descansaréis tranquilo.

—Os prometo no tomar cosa alguna —repuso aquel casi con ira—. Si es verdad, como decís, que me hallo enfermo, dejaré obrar a la naturaleza por sí misma. Ya lo sabéis, caballero: esta es mi resolución invariable. ¿Qué hora es, Guillermo? —añadió después, dirigiéndose al criado.

—Las siete acaban de dar, señorito —repuso este, mirándole de un modo que revelaba un profundo afecto.

—Tráeme mi ropa...

—Vuestra ropa, señorito... —murmuró el fiel criado, lleno de espanto—, imposible...

—Dejadnos solos —dijo el joven, interrumpiéndole.

Las palabras del criado, despertando en Flavio el recuerdo de lo pasado, aunque débil y confuso, le habían herido profundamente, y al oírlas ocultó el rostro entre los almohadones de su lecho.

El joven, sentándose a su lado, guardó silencio.

—Caballero —dijo Flavio, alzando lentamente su cabeza—, haced el favor de dejarme a solas con mi criado...

—Nada podrá deciros vuestro criado de lo que deseáis saber —le dijo el joven.

Flavio se incorporó sobre la cama con una fuerza salvaje, y agarrando con violencia el brazo de su salvador, le dijo con terrible acento:

—¿Sabréis vos, por ventura?... ¿Habréis sido vos?... Contádmelo todo, si es así... Contádmelo prontamente... ¿Sabéis que ayer me he desmayado... a orillas del río?... ¡Que... en fin... hablad!

—Pues bien: yo os he salvado la vida... yo fui el que os quitó medio muerto del río —dijo el joven con dulzura.

Flavio volvió a dejarse caer sobre los almohadones de su lecho, como desfallecido...

—¡Conque no ha sido un sueño!... —murmuró—. Pues escuchad, caballero —añadió—: yo debía daros las gracias; pero ¡estoy por maldeciros!...

—Callad... —repuso el joven—, y pedid a Dios perdón por vuestro crimen... Habéis insultado al cielo y no es fácil que borre vuestra culpa si persistís en ella siquiera con el pensamiento.

Era la voz del joven tan dulce, tan grave y tan severa al decir estas palabras, que el hombre más cínico las hubiera oído de sus labios con respeto.

Flavio le escuchó inmóvil, y pasando luego su pálida mano por los desencadenados cabellos, exclamó:

—¡Dios y mi crimen era ya mi único pensamiento al sentir los helados dedos de la muerte anudados alrededor de mi garganta!... ¿A qué venís, pues, a hacer más crueles mis amargos remordimientos? Quizás Dios me hubiese perdonado, sin embargo... y entonces todo habría ya concluido... Pero ahora... ¿sabéis el daño que me habéis hecho con volverme a la vida?... Mis dolores volverán a renovarse con mayor intensidad... Volveré a verlos, y volveré a... ¿Y creéis que Dios me perdonará entonces?... No... quizás no... ¿Por qué no me habéis dejado morir?...

Y Flavio empezó a llorar como un niño, y volviéndose luego hacia la pared, permaneció en el más profundo silencio durante la noche, únicamente pidió agua, en la cual el joven supo mezclar un calmante que le hizo quedarse dormido.

Cuando despertó, a la mañana, dijo resueltamente que quería vestirse. El joven penetró entonces de nuevo en el aposento del enfermo, y con su dulzura y delicadeza naturales le hizo confesar, al fin, la causa de los pesares que aniquilaban su espíritu de un modo tan violento. Consiguió, además, que aquel día no se levantase, ni al siguiente, y el tercer día eran ya íntimos amigos: sus almas se comprendían.

—No me violentéis por más tiempo —le decía Flavio, al mismo tiempo que daban las doce de la mañana en el reloj de la ciudad—. Hoy he de verla. ¿Os parece que he esperado poco todavía?

—Bien; la veréis, pues... Pero ¿me prometéis presentarme mañana en su casa? Es necesario que yo la vea, que la hable... ¿Quién sabe si de esto puede redundaros algún bien?

—Os lo prometo —dijo Flavio—; pero dejadme marchar ahora mismo... Casi os agradezco ya que me hubieseis salvado... Volveré a verla otra vez... No podéis imaginaros el efecto que ese solo pensamiento produce en mi espíritu... Adiós; pronto volveré a vuestro lado...

—¿Y si Ricardo estuviese con ella?

—Saldré inmediatamente, como me lo habéis advertido, y vendré a buscaros.

Y salió.

Al atravesar el umbral de la casa de Mara, Flavio temblaba como un niño; y al subir las escaleras sintió desvanecérsele la vista.

Temía hallar a Ricardo, y hasta le pareció oír desde lejos el eco de su voz. Cuando penetró en la sala no veía, y sin saludar casi, y tomando asiento en la primera silla con que tropezó, no oyó más que el eco de la voz de Mara, que le dijo no sé qué palabras que él no acertó a comprender.

Pasados algunos instantes, pudo observar que se hallaban enteramente solos. No se movió, sin embargo, ni pronunció una sola palabra... Se hallaba como embargado de felicidad, de temor y de esperanza.

Mara también había enmudecido... y así permanecieron largo tiempo, mudos e inmóviles; en sus ojos, fijos con tenacidad en el suelo, brillaba, sin embargo, una lágrima que pugnaba por bañar sus mejillas...

Quizás hubieran permanecido así días y días si la anciana criada no hubiese entrado en la estancia...

—Mi querido enfermo —exclamó al ver a Flavio—. ¿Qué ha sido de vos estos días? Nos habéis causado gran inquietud... Y en efecto... qué pálido os encuentro. Mara, hija mía, ¿no es verdad que el semblante del señorito Flavio se halla muy demudado?

Mara alzó hasta él sus ojos, llenos de una expresión amarga y dulcísima a un tiempo...

—Ciertamente —dijo con temblorosa voz—. ¿Qué habéis tenido?

Flavio se levantó entonces, y aproximándose a la joven repuso sentándose a su lado y cogiendo sus manos, que besó con transporte:

—Nada, Mara...; nada absolutamente... ¿Me amáis?

—¡Si os amo!... —dijo Mara—. No debo contestar esa pregunta...

Y volvió su cabeza hacia otra parte.

—¡Cómo!... —murmuró Flavio—. ¿Iríais a desesperarme otra vez... os empeñaréis en matarme, Mara? ¡Ah!, no, no, ¡por Dios! Os lo ruego de rodillas, Mara... Si supierais... Me habéis destrozado el corazón.

Y volvió a llorar como un niño, sin poder contener los hondos suspiros que exhalaba su pecho.

La vieja criada se aproximó entonces a ellos con lágrimas en los ojos, y dijo:

—No la creáis, señorito Flavio; os ama como una loca, y ya hace largo tiempo que se lo he conocido... Solo que su orgullo, su maldito orgullo, y su desconfianza, son la causa de todo lo que os hace sufrir... Yo voy a decíroslo todo, voy a descubrirla.

Mara la miró de un modo significativo y severo.

—Nada, nada —repuso la vieja, mirándola a su vez—; no intentéis hacerme callar; yo, menos desconfiada que vos, comprendo al señorito Flavio y no puedo verle sufrir de este modo; sería un cargo de conciencia, y lo es para vos también... Sabed —añadió apresuradamente, para que alguna causa imprevista no le impidiese decir lo que deseaba— que ahí, en donde la veis tan seria y tan quisquillosa, ha llorado amargamente desde que vos faltáis; ha pasado sin dormir noches enteras; jamás la he visto de ese modo, os lo juro; sois el único hombre que ha llegado a conmover su corazón, el único verdaderamente amado... Su pobre madre ignora inocentemente cuanto su hija padece, y cree que su inapetencia depende de la desigualdad del tiempo... ¡Pobre señora!... Pero a mí, que aunque lo diga no se me engaña fácilmente, pues veo desde muy lejos... atreveos a negar cuanto acabo de decir, Mara; atreveos y os tendré desde ahora por la hipócrita más grande del universo...

—Sois una imprudente —exclamó la joven con impaciencia y encendida como la grana—. ¿Qué sabéis vos lo que decís respecto a esto, María? ¿Comprendéis cuántos sentimientos diversos pueden expresar las lágrimas? Pero, en fin, no debo hablar una palabra más sobre este punto... Flavio, podéis apropiaros de sus palabras, las que más halaguen vuestro amor propio... Sería inútil, quizás, que yo rebatiese con harta razón cuanto María acaba de decir... Porque la vanidad es muy ciega, y pretende hallar siempre rosas en donde no puede haber más que espinas...

—Mara —murmuró Flavio con desesperación, levantándose lleno de ira—, ¿por qué me tratáis con tanta crueldad? ¿Sois, por ventura, mi ángel malo y os habéis propuesto aniquilarme en esta vida y hundirme en el infierno?...

Y desgarrando su corbata y magullando su sombrero entre las manos empezó a dar grandes paseos por la habitación, marcando en su rostro una cólera violenta que daba cierto aire de ferocidad a sus miradas. Después, aproximándose de nuevo a la joven, que aunque no lo demostraba había cobrado algún terror al contemplar aquella explosión de terrible ira, le dijo:

—Os estáis burlando de mi inocencia, de mi amor, de mi inexperiencia de la vida... Sí, os burláis, Mara... y eso es infame... Como sabéis que no puedo huir de vos, como para siempre me habéis encadenado...

—¡Cosa extraña!... —murmuró la joven con burlón acento—. ¡Para siempre! Malditas cadenas... ¿Por qué no las cortáis con vuestra espada, como Alejandro el nudo gordiano?

—¡No añadáis el insulto a la burla! —repuso Flavio con una voz que la hizo estremecerse—. ¿Pensáis que Dios no ha de castigaros?

—¿Ya vos...? ¿Quedaréis salvo quizás? ¿Hallaréis fácilmente un lugar en el cielo en tanto yo bajaré a los profundos abismos? ¡Cuán pura... cuán sin mancha debe estar vuestra conciencia! ¿No es cierto? Reflexionad y respondedme después...

—¡Qué queréis que os responda! —contestó Flavio sorprendido y ruborizándose al recuerdo de la terrible y pasada escena—. Solo Dios es grande, y no puede pecar... Pero ¡el hombre!... Mi alma no está sin mancha, no; yo más que nadie soy débil, bien lo veis... Yo me dejo arrebatar por mis violentas pasiones... Soy tenaz en mis indignaciones, soy susceptible hasta la exageración, y en lucha eterna conmigo mismo, el sufrimiento me doblega presto... y desfallezco... Grandes son mis faltas... Pero ¿y las vuestras? Vos me habéis conducido al borde del abismo... Nunca he pecado más que desde que os conozco... Vos sois la causa de que yo ofenda al cielo... Vos...

—¿Y soy también la causa de que hayáis manchado la inocencia de una pobre niña?

Flavio la miró sorprendido, sin comprender enteramente el sentido de aquellas palabras que Mara había dicho con una calma cruel y que encerraba un mundo de sufrimientos.

Mara había sabido por un aldeano que Flavio había vuelto a casa de Rosa, y al oír a Flavio confesar que era criminal, no dudó un instante de la verdad de una cosa que no se había atrevido a creer enteramente. Imposible nos sería describir el horrible martirio que en estos instantes sufría... Su ausencia... su impensada desaparición, estaban ya explicadas... No había sido producida por la desesperación que hubiera debido causarle ver a Ricardo a su lado; era la causa el amor de otra mujer... Tan espantosa aparecía esta idea a los ojos de Mara, que creía ser presa de un horrible sueño. Sin embargo, aquella mirada que Flavio la dirigió al escuchar sus palabras, y que no expresaba más que la sorpresa y la ignorancia, fue interpretada por la joven del peor modo que podía serlo.

—No os asustéis —le dijo—; debierais saber que nada de cuanto se hace sobre la tierra queda oculto... Además del cielo, tenemos fijas siempre sobre nosotras las miradas del mundo, delator insolente que nada perdona; pero aunque así no fuera... ¡El lance ha sido tan público!... Desgraciadamente para la pobre niña, ya nadie lo ignora, y yo lo siento por ella, en verdad... Respecto a mí, bien habéis podido comprender, por mi modo de conducirme con vos, que no he dado entero crédito jamás a vuestras frases declamatorias... Mi corazón, gracias al cielo, es hecho a prueba de grandes ficciones y no se conmueve fácilmente. Sin embargo, por no dar lugar a que en adelante pudiera vuestra inocente vanidad haceros creer que me engañáis, y porque además no debo ser causa de que esa infeliz niña llegue a sufrir algún día por mi causa, haréis el favor de no frecuentar nuestra casa y de despediros de mí para siempre.

Flavio la escuchó inmóvil, sin comprender de cuanto había oído sino una cosa: que se le imputaba una culpa de que estaba inocente, y que Mara le despedía de su lado, prohibiéndole volver a presentarse nunca ante ella.

Fue tan terrible aquel golpe, que después de que la voz de la joven había cesado de resonar en sus oídos permaneció inmóvil en su silla, sin poder articular un solo sonido y mirándola con una mezcla de estupidez y de angustia indecibles.

Mara no podía, desgraciadamente, ver la expresión dolorosa y sombría del semblante de Flavio, que bastaría a explicarle el estado desgarrador de aquel corazón, porque no le miraba. Solo al ver que no recibía contestación ninguna a sus palabras se levantó con impaciencia, y dijo después de asomarse al balcón, aunque siempre sin volver hacia Flavio su cabeza:

—Me perdonaréis que os advierta que tengo que salir precisamente a las dos, y que darán muy pronto...

Y volvió a asomarse al balcón.

Flavio no se movió tampoco esta vez; parecía petrificado. La vieja criada, que sin saber ya qué partido tomar había contemplado muda esta escena, le miraba enternecida y con los ojos llenos de lágrimas; en aquellos instantes casi aborrecía a su querida e indomable hija y hubiera sido capaz de castigarla al ver su crueldad.

Esta, por su parte, sin mirar a ninguno de los dos y viendo que Flavio se había propuesto tal vez burlarse de ella con su silencio, se puso a recoger su labor con presteza, disponiéndose a salir de la habitación. Bien quisiera dirigir antes a Flavio una furtiva mirada para ver su actitud y adivinar el verdadero objeto de aquel silencio; pero su infernal orgullo y el temor de que notase en sus ojos las lágrimas que los inundaban la obligaron a dirigirse hacia la puerta, serena e impasible, al parecer, y sin mirar al pobre viajero... Este no se movió tampoco para detenerla, pero la vieja María interponiéndose entre la joven, le dijo con entrecortada voz:

—No saldrás, Mara...; no saldrás... Nunca creí que llegase a tanto la dureza de tu carácter... ¿No le ves, Mara? ¿O eres de hierro? ¡Como si todo eso de que le has acusado no fuera una indigna calumnia! ¡Válgame Dios, hija mía... qué propensa eres a creer todo lo malo y a dudar de lo bueno!... ¡Y qué empedernido hace el orgullo tu corazón!... No saldrás, no —añadió, cerrando la puerta al ver que Mara pugnaba por alejarse—. Háblale antes, consuélale; eres una orgullosa que no merece ser querida.

—Por fortuna, mamá no está en casa y no puede presenciar tan vergonzosa escena... Es espantoso el ridículo que haces caer sobre mí, María... Tú estás abusando del cariño y del respeto que te profeso... y no sé si podré perdonártelo...

Al decir esto, Mara se dirigió, con enojo, hacia una de las ventanas, aunque sin haber hecho esfuerzo alguno para salir de la habitación.

—Dime lo que quieras —dijo la anciana en el colmo de la exaltación, echando la llave a la puerta—; yo no puedo permitir que le trates con tanta dureza —y se acercó a Flavio, que se había cubierto el rostro con las manos—. Cuánto sufrís... ¡Dios mío!... —le dijo—. ¿Y por qué, Señor, por qué? Señorito, dejadme, ¡por Dios!, que vea vuestro semblante. Es inútil que os ocultéis, bien veo que estáis llorando... Las lágrimas se resbalan por vuestras mejillas.

—¡Lágrimas!... —murmuró Mara—. No comprendo esas lágrimas... Flavio, ya basta de farsa... Bien sabéis que para mí vuestro llanto es como una burla vergonzosa... ¿A dónde os arrastra, pues, vuestra tenacidad?

Flavio se levantó ligero como el relámpago, y con el rostro encendido y las manos crispadas se puso de un salto a su lado.

—Mara, Mara... —murmuró con ahogado y sombrío acento, en tanto movía como un loco su cabeza, pareciendo próximas a rasgarse las venas de su frente—. ¡Callad, callad... si no queréis que al fin concluya por mataros!...

La joven leyó en su turbia mirada algo sangriento y terrible; tembló de espanto y huyó al otro extremo de la sala, lanzando un grito de horror. Flavio la vio alejarse con amenazadora actitud, y la vieja María, aterrada, se puso, clamando al cielo, delante de Mara, creyendo que Flavio iba a herirla; pero la joven, arrepentida sin duda de haber tenido miedo, volvió a adelantarse hacia el viajero...

—Os he tenido siempre por un caballero —le dijo con energía—, y me he engañado; no sois más que un hombre brutal y en estado enteramente salvaje. Salid de aquí, y que yo no vuelva a veros jamás... Os he amado hasta este instante con locura... sabedlo. He delirado por vos... pero ya os desprecio. Sois indigno de ser amado por un ser que no se os parezca... ¡Salid!

—¡Otra vez!... —repuso Flavio con una expresión dolorosa—. Pues bien —añadió, recobrando su natural fiereza—: me echáis de vuestro lado como se echa a un enemigo, me despreciáis, cual si os hubiese ofendido, y después de haberme tenido por un juguete que manejasteis a vuestro antojo queréis romper mi corazón como una frágil caña... Pues bien, yo os juro que no me iré; yo os juro que os haré cumplir el juramento que me habéis hecho; y os juro que no seréis de otro jamás, que os mataré antes. ¡Sí, os mataré!

—Dios mío —dijo Mara ocultando su rostro entre las manos—, ¿cómo no he comprendido más antes que era un loco, un verdadero loco?... Pero, loco y todo, yo no debo permitir que me ultraje. Flavio... marchaos —volvió a decirle—; marchaos pronto, os lo ruego; no tratéis de sostener en vano tan terrible lucha... ¿Pensáis que podré amaros por fuerza? Amaros yo... Primero hubiera muerto mil veces... Marchaos, pues, antes que venga mi madre... y que nadie llegue a saber esta ridícula escena en que tanto he sido ultrajada... ¿No os vais? Pues bien, quedaos; saldré yo, y todo estará concluido.

Mara, cogiendo la llave de manos de la vieja criada, abrió la puerta e iba a salir cuando Flavio, deteniéndola por el vestido, se puso de rodillas ante ella pidiéndole perdón como un niño que tiembla e implora la compasión de su padre cuando aquel levanta el látigo para herirle.

Mara intentaba en vano alejarse de Flavio y huir de la tentación de perdonarle. Mara lloraba, y Flavio, humedeciendo el vestido de la joven con sus lágrimas, parecía próximo a la locura. Era aquella una escena que hubiera parecido ridícula a los extraños, pero desgarradora para los que la componían. Aquel hombre, encadenado a su pasión como Prometeo a su roca; aquella mujer, cuyo orgullo y cuya desconfianza la hacían ser desgraciada y causar la desesperación del hombre por quien hubiera dado su propia vida; y aquella anciana, que participando del dolor de ambos no podía impedir la fatalidad que pesaba sobre ellos, formaban un cuadro altamente dramático, altamente desgarrador, tanto más cuanto que pudiendo aparecer en cierto modo burlesco y risible tenía que lastimar la vanidad y el amor propio, además de herir el corazón.

En Mara, sobre todo, que a pesar de su intenso dolor no podía olvidar la parte que pudiera tener de ridícula aquella escena, en la que jugaba el principal papel un amante romántico y desesperado y cuya desesperación no tenía quizá otro objeto que burlar su incredulidad o su orgullo, era sobre quien caía con todo su peso el rubor y la vergüenza, unidos al dolor que agobiaba su alma.

Sin embargo, el pobre Flavio era entonces la verdadera víctima... el inocente mártir... Él sentía desgarrarse su alma a cada palabra de desdén que Mara dejaba escapar de sus labios, y aniquilarse todo su ser a cada paso que aquella avanzaba para salir de la estancia... Contrariado en sus sentimientos, ultrajado en su santo y profundo amor, y viéndose rechazado sin culpa por la mujer sin la cual le era entonces imposible vivir; exasperado, en fin, por la lucha, sufría una terrible crisis que su temperamento bilioso y su carácter violento hacían peligrosa y temible.

Rendido, por último, fatigado, convulso, se levantó del suelo en donde se había arrastrado a los pies de aquella mujer que parecía de hielo.

—¡Maldita seáis!... —exclamó, alejándose de ella y cayendo sobre el sofá.

Pero fue tal el eco de su voz al pronunciar estas palabras, que Mara no se atrevió a moverse, siguiéndole instintivamente con sus miradas.

Flavio, después de caer sobre el sofá, alargó sus brazos convulsivamente, suspiró con angustia, e inclinando hacia atrás su hermosa cabeza, pálido como un muerto, quedó completamente inmóvil... Mara esperó algunos instantes...; pero Flavio permaneció impasible... Tornose lívido. Entonces Mara se acercó trémula, agitada; tocó su frente, que estaba húmeda y fría como el granito en tiempo lluvioso, y prorrumpió en angustiosos gritos:

—Flavio... Flavio... —repitió en vano a su oído.

Flavio parecía un cadáver. Sus sienes no latían; sus heladas manos caían inertes a lo largo de su cuerpo; sus ojos, entreabiertos, dejaban ver una pupila empañada y sin brillo.

Inútiles fueron todos los cuidados que las dos mujeres le prodigaron; el agua fresca y la colonia con que rociaron su rostro cayó como sobre una estatua de helado mármol, y fue entonces Mara quien se arrastró a los pies de Flavio, que no podía verla; ella quien bañó sus manos insensibles con sus ardientes lágrimas... quien gimió y gimió en vano...

Pero su terror no tuvo límites al ver que el tiempo pasaba sin que se notase la menor señal de vida en el rostro del viajero. Corrían como locas de una a otra parte, y era tal su aturdimiento que Mara intentó salir, pedir socorro, huir como una loca, triste y llorosa como se encontraba. En medio de tanta confusión sonó la campanilla.

—¡Mamá...! —exclamó Mara medio muerta—. ¡Dios mío!, ¿qué va a decir de esto?... María, sálvame.

—Y bien... —dijo María—, un desmayo le da a cualquiera, y no es necesario que sepa lo demás...

—Pues abre, abre corriendo, y a ver si ella halla un remedio que lo vuelva a la vida.

La infeliz Mara se arrepentía entonces de su feroz orgullo, de su necia incredulidad, de su escepticismo árido y brutal...

"Cuanto han dicho de él —se repetía— ha sido una infame calumnia... ¡Oh! ¡Si vuelve a la vida y no me aborrece aún, todo, todo lo sacrificaré por su amor!".

La madre de Mara, atribulada por tan infausto suceso, ordenó que viniese un médico prontamente.

A los pocos momentos, el joven que había salvado a Flavio la vida se hallaba al lado de su amigo.

—Luis... —murmuró Mara al verle entrar.

—¡Mara!... —dijo aquel—. ¿Qué pasa?

—Ya lo veis —dijo señalando a Flavio.

Luis la miró severamente.

—Lo esperaba —repuso—, y por eso, al ver su tardanza, no he salido de vuestra puerta... Pero atendamos ahora al enfermo y os hablaré luego... Siempre la misma... ¿Cómo pude dudar un instante que fuerais vos?

Mara y Luis se conocían.

Enamorado este de Mara, habíala seguido incesantemente en el templo, en los paseos, en todas partes; allí en donde ella estaba, aparecía Luis. Por fin en un baile pudo hablarla; ella sonrió a sus palabras, como siempre, y Luis concibió esperanzas que no tardaron en desvanecerse.

Mara apareció entonces a sus ojos en toda su desnudez: voluble, inconstante y ligera; dejó de amarla, y sin conservarle por esto ni odio ni rencor, la hablaba siempre que la veía, y le daba buenos consejos, conceptuando infeliz a todo el que llegaba a amarla de corazón.

Juzgaba la coquetería de Mara como una enfermedad incurable.

XXXII

En su paroxismo, Flavio creía hallarse en su viejo palacio de Bredivan, y llamaba a los que le rodeaban con nombres extraños; pero siempre que oía la voz de Mara, siempre que esta se le acercaba, se estremecía dolorosamente y la rechazaba con fuerza.

En vano se esforzaba Mara por ocultar su inquietud. Atribulada, pálida como el mármol, no sabía ni lo que pasaba en su alma ni lo que pasaba en torno suyo; y el más grande de los dolores que laceraban su corazón era el tener que sostener las lágrimas que asomaban a sus ojos; era aparentar una seguridad y una firmeza que estaba muy lejos de poseer; pero se retrataba en su rostro, en el cual no se notaba más que una solícita compasión.

¡Cuánto se engañaban, sin embargo! El mismo Luis, que creía conocerla, murmuró:

"¡No tiene corazón!...".

Pero ¡ay!, cuán grande era el dolor de Mara. ¡Cuán poderoso, por lo mismo que estaba tan oculto que ninguna mirada podía llegar hasta él!

En tan terribles momentos, y cuando Flavio iba a ser trasladado a su casa, entró Ricardo, quien se sonrió leve y maliciosamente y, acercándose a Flavio, hizo como que deseaba prestar auxilios que el pobre enfermo rechazó vivamente gritando:

—¡Ese hombre, ese...! ¡Que le maten!

Por fin, Flavio vio entrar por la ventana de su aposento un rayo de sol, que le decía como Jesús al Lázaro: "¡Levántate y anda!".

Flavio se sentía con fuerzas y deseaba salir a respirar el aire del campo, que debía restaurar su quebrantada salud; así se lo decía a su nuevo amigo, pero muy poco se necesitaba para comprender que Flavio quería ver a Mara...

Luis le dijo entonces con la mayor dulzura:

—Hoy no saldréis, mi pobre convaleciente; os engañan las apariencias; no seríais capaz de andar veinte pasos sin que flaquearan vuestras fuerzas. Tened paciencia por hoy... Mañana os ofrezco que podréis salir.

El enfermo obedeció, pero su alma se llenó de la más grande tristeza.

"¡Un día más sin verla! —murmuró—. Quisiera estar solo en este instante...".

Y en vano el rayo de sol entraba por la abierta ventana y llenaba de alegría su aposento; en vano el viento frío de la mañana purificaba la atmósfera y hacía más intenso el hermoso azul del cielo; disgustado de cuanto le rodeaba, ponía el oído atento a las horas que pasaban, para él con una lentitud que le impacientaba, alegrándose solo cuando una voz misteriosa parecía llamar a su corazón, que palpitaba entonces con fuerza, y decirle: "¡Mañana!". Solo entonces su alma descansaba de su inquietud angustiosa, y se regocijaba alegremente.

¿Qué importaba, sin embargo, que Flavio viese a Mara, si esta había de clavar de nuevo en su corazón el puñal que el orgullo hacía vibrar en sus manos?

Luis lo comprendió así, y por lo mismo corrió a casa de la imprudente joven, y la habló de él.

Mara le escuchaba inquieta, triste y alegre a la vez; él vivía, él iba a venir; esto era demasiada felicidad para la pobre loca, que tan amargamente había pagado los impetuosos arranques que, por otra parte, no estaba muy segura de reprimir más tarde.

He aquí por qué a los consejos y reconvenciones de Luis contestaba:

—No me reconvengáis tan bruscamente... ¿Sabéis si yo sola soy la culpada? ¿No comprendéis que el carácter de Flavio es indomable, que no se aviene con los usos de la sociedad... que es necesario abandonarlo todo y ponerse en ridículo, si se quiere que esté contento? ¡Además... si amando como yo le amo, hubieseis oído una y otra vez cierta historia!... Cuando yo me había atrevido a creerle el único puro y sin mancha entre los hombres... hallarme de improviso con que era un infame... con que había deshonrado vilmente a una mujer, en tanto a mí me fingía un amor delirante, loco...; poneos en lugar mío.

—Bien; pero toda esa historia era una calumnia... Flavio es tal cual lo creéis, puro y sin mancha todavía, y él se ha portado con esa pobre muchacha como no lo hubiera hecho otro hombre, ninguno quizá.

—Yo lo creo así ahora...; pero decidme: ¿os parece razonable que, porque me haya engañado, porque él me ame, tenga que renunciar al mundo y a mis amigos?

—Me parece justo que hagáis todo eso... ¿No os habéis comprometido a amarle? ¿No se lo habéis jurado?

—¿Sabía yo, por ventura, la fuerza salvaje que encerraba ese corazón de hombre-niño?

—He aquí las consecuencias de vuestra eterna ligereza, de vuestra falta de reflexión.

—¿Puede reflexionar el amor?

—¿En verdad le amáis, Mara?

—No me lo preguntéis otra vez, cuando me he atrevido a confesároslo de este modo... ¿Os parezco poco humillada para quien soy?

—Pues bien: tenéis en ese caso que decidiros a sacrificarlo todo por ese hombre...; ya habéis visto a qué punto le llevaron vuestras imprudencias...; alejad, pues, a Ricardo. ¿Para qué queréis a vuestro lado a esa planta parásita que no puede exhalar más perfume que el de vil polvo que al pasar en alas del viento se detiene en sus hojas?... Ya sabéis, Mara, que aun después de convenido de que no debía amaros, que aun después de dejar de amaros, soy quizás uno de vuestros más leales amigos. Fiaos, pues, de mí; seguid mis consejos, y abandonad todas esas mezquindades que os rodean por un corazón que os ama verdaderamente...; dejadle huir, si no desechadle, y mañana, cuando encontréis un horrible vacío en medio de todo cuanto ahora os halaga, le buscaréis en vano. ¿Sabéis lo que es un corazón que ama como el de Flavio? Es una cosa sin precio, una felicidad tras la que corremos desalados, y que raras veces se aparece en nuestro camino...

—¿No lo sé yo por ventura? Vos no podéis imaginaros todo lo feliz que he sido cuando conocía que era la primera que poseía los afectos de aquel corazón virgen, el cariño de aquella alma inocente y llena de pasión...; desde el instante en que conocí que era amada, creí en la felicidad, Luis... ¡Esperé!...; pero luego empecé a temer por ambos al ver su carácter irascible, y traté de conducirle al buen camino; quise acostumbrarle a los usos de la sociedad y enseñarle a vivir con los hombres...; todo fue en vano... ¿Qué queríais, pues? ¿Que abandonase de un golpe mis antiguos hábitos, que me retirase del mundo... que fuese, en fin, una dama de novela? Creí más aceptable usar alguna severidad con él para corregirle que doblegarme a los caprichos de un hombre cuyo proceder para conmigo era ni más ni menos que el de un niño terco y caprichoso en demasía. ¿Soy tan culpable como me creéis?

—¿Y Ricardo?...

—Bien... ¡Ricardo...! —murmuró Mara, vacilando—. Su madre es íntima amiga de mamá. Las relaciones amistosas que nos ligan no se rompen así, tan fácilmente, por una niñería...; además... no sabéis lo que Ricardo se burlaría de mí; no sabéis lo que haría para que los demás lo hiciesen despiadadamente si después de haberle negado por Flavio hasta mi amistad, llegase este a abandonarme.

—¡Oh Mara!... ¿Conque esa es la causa? ¿Nada queréis arriesgar? Bien veo que la vanidad y el amor propio es en las mujeres el vicio que más domina en ellas y el más inútil para ellas...

—Amigo mío... ¿vuestro orgullo de hombre os induce a creer también que solo vosotros tenéis derecho a temer el ridículo? Pues os engañáis... Nosotras también lo tenemos, y como no podemos, como vosotros, lavar con sangre nuestros ultrajes; como solo nos concedéis unas lágrimas inútiles que nada borran, y que solo saben marchitar nuestras mejillas, necesario es que vivamos siempre prevenidas... alerta siempre, para evitar al mundo burlón el espectáculo de esas lágrimas... Más vale compadecer que ser compadecido; más vale llorar primero y huir a la tormenta que avanza sobre nuestras cabezas, que desafiar el cielo con un valor inútil y ser después derribado por el rayo.

—Tenéis un alma fuerte como una roca, y no se puede hablar de amor con los mármoles... ¿Por qué siendo como sois habéis engañado a Flavio, Mara?... Vuestras palabras me hacen daño... son ásperas como el ruido de la tempestad que azota las ruinas abandonadas...; debéis vivir sola entre los hombres, no debéis ser amada...; siempre he pensado lo mismo de vos... ¡Si supierais cuánta ternura, cuán dulce sentimiento inspira el rostro de una mujer bañado por las lágrimas!... ¡Cuánto es amada la que se resigna a sufrir cuando es olvidada!... ¡Cuando se la ve descender hasta la misma tumba amando los recuerdos que la hacen morir!... ¡He ahí la poesía de la mujer! Si os avergonzáis, pues, de amar, Mara, renegad de una vez para siempre de vuestro sexo...; si, por el contrario, queréis cumplir vuestro destino, olvidad el mundo y amad a Flavio...; es lo único que tengo que responder a vuestras palabras.

—No comprendo —dijo Mara, enojada— cómo podemos cometer jamás la debilidad de confesaros nuestros sentimientos... ¡Decid que queréis vernos esclavas y no compañeras vuestras; decid que de un ser que siente y piensa como vosotros queréis hacer unos juguetes vanos, unas máquinas, ya risueñas, ya plañideras y llorosas, que, a medida de vuestro deseo, estén alegres y canten al ruido de sus cadenas, o lloren y giman en vano al compás de vuestros cantos de olvido!...

—Si fuese cierto lo que decís, el hombre no sería más que un infame tirano; pero, afortunadamente, vuestro genio acre y malhumorado os hace exagerar todo, y el cuadro que acabáis de bosquejar no es una copia, es una creación vuestra... vosotras sois las reinas del mundo...

—Yo os daría de buena gana la parte de reinado que me pertenece.

—La corona de una virgen sentaría mal sobre las sienes de un hombre...; rehúso, pues, aunque aprecio vuestra liberalidad en lo que vale... Pero, en fin, Mara, dejémonos de cuestiones inútiles, en las que, con gran sentimiento, os veo profesar principios que están en oposición con la misma naturaleza, que os ha hecho débiles...

—¡Egoístas!... —dijo Mara, interrumpiéndole, sin poder contenerse—. ¿Pueden consistir la razón y el entendimiento en la fuerza? ¿No llamáis bárbara la costumbre de los antiguos griegos, que premiaban la belleza y la fuerza física? Si la fuerza moral y el talento son las únicas cosas por que el hombre debe ser alabado y respetado; si el hombre más raquítico y horrible debe ser acatado y venerado cuando su frente cobija pensamientos gigantes, nosotras podemos ser en esto tanto como vosotros.

—Os repito que nuestra cuestión no terminaría jamás si tratáramos de emprenderla formalmente... ¿Creéis que nada tendría que objetaros? Pues os engañáis...; tanto me queda que deciros, que no desespero de reconciliaros con el tratamiento indecoroso que pretendéis se os prodiga...; pero esto, más tarde...; hablemos otra vez de Flavio... Mañana vendrá a veros, y tiemblo que se reproduzcan las pasadas escenas... Cuidad, Mara, que seríais responsable de todo...

—Esto es terrible... —murmuró la joven—; conque es decir que no me queda más recurso que acceder a sus menores caprichos...

¿No comprendéis que eso es querer que cometa una tiranía salvaje? Creedme, le amo con todo mi corazón; pero sería capaz de abandonarle para siempre. Me espanta mirar hacia el porvenir y creo que este amor va a serme demasiado fatal...

—Pues recordad que ahora ya no es tiempo de retroceder.

—¡Dios mío!... —dijo la joven en voz baja—. ¡Qué fatalidad es esta! ¡Yo quisiera poder amarle sin que me obligase a ello ninguna consideración... pero por fuerza!...

—Si en verdad le amáis, eso mismo debe causaros placer.

—Y es así...; pero me espanta el porvenir... ¿Sabéis que lo que aquí pasa no es ya un misterio para nadie? ¡Y solo a mí me culpan!... Pero añaden que, al fin, concluirá por burlarse de mí; y que los amores violentos y ridículos son como los airecillos del estío; engañosos y pasajeros... ¡Si supierais cuánto daño me causan esas necias murmuraciones! Pero acabemos...; estad seguro que haré cuanto me sea posible por que Flavio no sufra; sufriré yo por él y por mí...

—No lo digáis con un humor tan sombrío...; se diría que se trata de que seáis desdichada para siempre... Si así vais a enmendaros, os pronostico mal fin...

—Peor me lo pronostico yo a mí misma...

—Adiós Mara...; ¡no olvidéis que puede pesar sobre vos una responsabilidad terrible!...

"¡Parece imposible!... —murmuraba, al mismo tiempo que Luis se alejaba—. ¡Tener que abandonarlo todo, que hacer un papel ridículo, en medio de la sociedad más murmuradora!... Si supiese que no había de olvidarme jamás... la misma vida daría por su amor...; pero ¿quién puede leer en el inmenso porvenir? ¡Oh!, es necesario que yo trate de conciliarlo todo, sin comprometerme tan abiertamente para con el mundo...".

Y quedó ensimismada largo tiempo, hasta que Ricardo vino a sacarla de sus meditaciones...

—¿En qué pensáis? —le preguntó, sentándose a su lado.

—¡En tantas cosas a la vez! —le respondió.

—Contadme algo... ¿Vuestro antiguo amante os recordó su pasada pasión? ¿Os ha hablado de Flavio? Os advierto, Mara que empiezo a sentir unos celos crueles, y tengo por esta razón que exigiros una promesa...; desde aquel día terrible no estoy tranquilo, y parece que me siento otro hombre; no duermo, he abandonado por completo mis estudios; no puedo, en fin, permanecer así por más tiempo.

—¡Qué susceptible os habéis vuelto!... —dijo Mara, burlándose; pero en realidad le pareció notar en las palabras de Ricardo un sello de verdad que nunca había visto en él, y no se engañaba.

Al comprender Ricardo que tenía un rival que era verdaderamente amado, había sentido despertarse de improviso en su alma una inquietud devoradora. Mara y Flavio no se apartaban de su memoria, y si le fuera posible no se hubiera alejado ni un instante del lado de la joven; hubiera velado a su puerta la noche entera, y hubiera querido convertirse en un rayo de sol para saludarla el primero en su aposento. Su amor no era, sin embargo, verdadero; era una especie de envidiosa fiebre que la contrariedad había producido.

—Hablemos formalmente, Mara; yo os amo más que nunca —le dijo con una gravedad sombría—. Es necesario, pues, que os decidáis o por él o por mí... Unámonos o separémonos de una vez para siempre...

Mara vaciló. ¿Qué hacer, pues, en tales momentos? La ocasión se mostraba propicia para complacer a Flavio; pero esto no podía suceder sin perder para siempre aquel adorador de todos los instantes, al que se había acostumbrado como la anciana a pasar sin cesar sus dedos por las cuentas de su rosario.

Ya no había medio de conciliarlo todo, puesto que tendría que confesar a Ricardo que amaba a Flavio, y aquel no tardaría en divulgar por la ciudad semejante nueva; ¡y ay si Flavio llegaba a abandonarla!: su derrota sería completa... ¡Cuánto iban a alegrarse sus numerosas y maldicientes amigas!

Ricardo volvió a insistir en su pregunta.

—Está decidido —respondió Mara, por fin, haciendo un gran esfuerzo sobre sí misma—. Ya sabéis que nunca os deseché de un modo enérgico, prueba de que vuestra presencia me es grata... Vuestra amistad me es grata todavía, y siento no poder hablaros a todas horas, como hasta aquí...; pero es necesario que no os acerquéis a mí nunca en presencia de Flavio... que frecuentéis nuestra casa todo lo menos posible... me causaríais, de lo contrario, perjuicios irreparables... Sin embargo, espero que no daréis a conocer al mundo con vuestras palabras nuestro rompimiento, y que aparentéis todo cuanto os sea posible que, si no nos amamos, es la misma nuestra amistad...

—¡Nuestra amistad!... —dijo Ricardo, mordiendo sus labios—. Conque es verdad que solo seremos ya amigos, fríos amigos... amigos que pueden verse solo dos o tres veces al mes...

—Eso mismo —repuso Mara con lentitud y como si le costara un esfuerzo—. Ricardo, si no hubierais sido tan voluble otro tiempo, no hubiéramos tenido que separarnos nunca; pero habéis dado lugar con vuestras necias e insípidas infidelidades a que mi corazón se abriese a otras impresiones, y todo ha concluido... Mañana ya no nos veremos; no volváis lo menos en quince días, y si cuando nos visitéis se hallase aquí Flavio, os suplico que no me habléis.

—¡Cuán necia sois!... —exclamó Ricardo, levantándose—. Creéis que porque yo no me desmayo ni lloro con vuestros desaires os amo menos por esto... Nunca os juzgué capaz de enamoraros de ficciones groseras...; pero puede que algún día os acordéis de Ricardo.

—Lo que acabáis de decir es una impertinencia de pésimo gusto —dijo Mara con altivez—. ¿A qué vienen ahora tan dolorosos recuerdos? ¿Creéis sorprenderme con una sutileza inoportuna? Nada podéis saber, en verdad, ni de esas lágrimas que habéis soñado, ni de esos desmayos, en los que nadie más que vos ha podido ver nada de lo que os imagináis... Pero sabed, de cualquier modo, que Flavio me merece doble fe y doble confianza que vos, y que para inspirármela le ha bastado presentarse ante mí y decirme: "Os amo".

—Bendigo tan inocente creencia... y quiera el cielo que no os salga fallida... Sin embargo, será bien no olvidéis que los leopardos no tienen fama ni de cariñosos ni de nobles... ¡Adiós! Y tened presente que aunque os viera próxima a resbalar hacia un abismo, no os tendería la mano, y que aunque murierais, no derramaría por vos ni una sola lágrima...

—Y haríais muy bien, porque vuestras lágrimas no harían más que manchar mi tumba.

—Cabeza de bronce —murmuró Ricardo, mirándola con un odio profundo, y añadió al mismo tiempo que se alejaba—: ¡Quién pudiera ser ardiente rayo para derribarte de un solo golpe!

Mara permaneció el resto de la noche pensativa y triste.

El amor acababa de vencer el orgullo, y todo su ser se resentía de tan extraña victoria.

XXXIII

Llegaron, al fin, para Flavio días tranquilos y serenos, si pueden llamarse así los que se pasan entre el amor y la esperanza. Ricardo no había vuelto a casa de Mara. Esta parecía doblegarse a los caprichos del viajero como una flor de débil tallo a impulsos del viento que la mece. El tiempo, en extremo lluvioso y aun borrascoso, alejaba a los amigos de la casa, y horas y horas se pasaban en que nadie venía a interrumpir sus cariñosas pláticas, nadie a turbar sus dulces éxtasis de amor...

Por vez primera pudieron comprender entonces aquellos dos seres la dicha inmensa que proporciona un amor verdadero y profundo que se desliza sin obstáculos por el camino limpio y apaciblemente bello de la pasión sentida en el silencio y la soledad.

Si alguna vez la sombra de un pensamiento que no comprendía todavía hacía enrojecer las mejillas de Flavio; si alguna vez los cabellos de Mara, rozándose con sus cabellos, hacían latir apresuradamente su corazón, Flavio se contentaba con decir a aquella mujer a quien tanto amaba con la candidez de un niño:

—Mara... ¿por qué me prohibís que os bese? Hay instantes en que me violento en vano por apartar de mi memoria este pensamiento; instantes en que el más leve impulso basta para que os desobedezca...; me contengo luego, sin embargo, arrepintiéndome de mi culpa...; pero ¡si supierais, Mara, cuánto cuesta a mi corazón este inmenso sacrificio!... Decidme: si un día cediese a la fuerza que me impele hacia vos en esos momentos... ¿no me perdonaríais?

—Quizás no, Flavio...

—Dios mío, Mara... ¡qué crueldad!... Decidme: luego, ¿qué debo hacer cuando estas tentaciones infernales me dominen?

—Alejaros de mi lado por aquel día.

Y Flavio obedecía, y Mara sonreía y se alegraba en el fondo de su corazón de hallarle tan inocente, tan puro, como no se hubiera atrevido a soñar que existiese ningún hombre sobre la tierra.

Pero, en tanto, la situación de ambos variaba, los papeles se cambiaban, si así podemos decirlo, y, sin embargo, ni el uno ni el otro se apercibían de este cambio, que tanto había de influir en su felicidad futura.

Naturalmente altivo, Flavio, aunque sin orgullo, exigente por pasión y violento por carácter, había llegado, sin intentarlo, a dominar de un modo absoluto casi el corazón de Mara. Él era, en fin, el que empezaba a mandar y ella a obedecer.

Decidida a condescender con los caprichos y las exigencias del viajero cual si tratase con un niño enfermizo y mimado, orgullosamente compadecida de aquella existencia que le pertenecía por completo, de aquella vida que podía quizá aniquilar con una palabra suya, de aquel corazón que manejaba a su antojo, ella se había acostumbrado ya a complacerle y a verle alegrarse como una joven que estrena un vestido nuevo cuando le concedía el favor que él imploraba con lágrimas en los ojos; se había acostumbrado a creer como un deber preciso no destrozar por más tiempo aquel corazón puro como el de un ángel, ni turbar con la más ligera sombra de pesar su alegría inocente, y creyendo hallar siempre en Flavio un ser que dependía de su ser, vino a convertirse en esclava suya, pronta siempre a satisfacer el menor de aquellos ruegos, que no eran, en realidad, más que mandatos.

Mara, en casa, en el paseo, en todas partes donde una mirada, una palabra indiscreta, podía levantar una tormenta en el corazón de Flavio, trataba de librar el loco espíritu del viajero de todos aquellos pensamientos que los celos despertaban a cada momento en su amante.

Vivía, en fin, intranquila y temerosa como la madre que vela incansable por la delicada salud de su único hijo, endeble y achacoso. La circunstancia más leve la inquietaba, y todo le causaba impaciencia y temor.

Desde entonces, ningún hombre podía decir que Mara le había hecho concebir la más pequeña esperanza; ya no sabía modular aquellas vacías palabras, que son lo mismo una repulsa que una muestra de simpatía; ya no quería ser tampoco la altiva reina de otros tiempos; había despedido graciosamente a todos sus admiradores; se había consagrado por entero a su amor, y se podía decir de ella que había abdicado su soberanía, y todo esto por Flavio.

Pero ¿valía algo acaso que, por no causar el más leve disgusto al amado de su alma, huyese de todo trato y afectase una gravedad y una modestia que aparecía ridícula en aquel rostro, que siempre había sonreído a las palabras galantes y amorosas? Nada.

El pobre viajero se tornaba cada vez más celoso, y hacía de este modo más insoportable su tiranía.

Creyendo siempre sorprender miradas o gestos significativos, sus celos imprudentes se despertaban y martirizaban incesantemente a aquella desdichada.

De este modo, llegó a conocer Mara cuán inútiles eran sus sacrificios, puesto que para Flavio todo era sospechoso, y desde este momento sintió que la tristeza la devoraba, que sus sufrimientos aumentaban, y vio que sus mejillas empezaban a palidecer...; pero ya era tarde... No amar a Flavio era imposible. Ella intentaba, pues, complacerle; pero esto era quizás más imposible todavía, supuesto que él no pensaba en otra cosa que en llevarla al viejo palacio y vivir después allí solos, aislados; los perros de casa por toda compañía, y la de sus sirvientes, casi tan viejos como el mismo palacio, en donde quizás habían nacido.

Mara espantada ante su espantoso porvenir, temblaba a que llegase la hora de unir su suerte a la del viajero, y por lo mismo hallaba siempre ingeniosos medios para dilatar el casamiento con que Flavio soñaba eternamente.

—Somos muy jóvenes —le decía—; esperad siquiera a que yo cumpla dieciséis años.

Cuando resonaban todavía en sus oídos estas y otras reflexiones con que ella le entretenía, ya sonriendo unas veces, ya hablando otras con gravedad, Flavio consentía en esperar; pero al día siguiente volvía a formar proyectos nuevos sobre su próximo enlace.

—Hablaré a vuestra madre —le decía—, y ella decidirá.

—Sois un niño —le respondía la joven—. ¿No reflexionáis que si yo no quiero, mi madre me ama lo bastante para permitirme que haga en esto lo que me parezca?

Flavio se irritaba al oír esto, y añadía:

—No; vos no me amáis; en vuestra alma existe algún antiguo recuerdo que os hace vacilar entre el nuevo amor y lo que habéis amado en otro tiempo... ¡Ah, Mara, el amor que no es bastante fuerte para olvidar un pasado ajeno a él, no es amor!

Y estas quejas salían a cada momento de sus labios, y a la menor sombra que oscureciese el semblante de Mara, exclamaba irónicamente:

—¿De qué os acordáis? —y repetía esta eterna pregunta siempre que Mara quedaba algún instante pensativa o meditabunda...

Mara le decía a veces con terrible enojo:

—Sois insoportable, y creo que no dejaréis de serlo nunca... ¿Os parece esto un bello porvenir para una mujer que pretendéis unir a vuestra suerte?

—Te comprendo, mujer —respondía entonces Flavio con un acento amargo y penetrante que le era peculiar cuando sufría—, y harto sé que solo me complaces por compasión... ¿Cómo es posible que quieras casarte conmigo? Yo te amo por inclinación, te amo con toda la fuerza de mi alma, en tanto que tú, solo por convencimiento y condescendencia consientes en decir que me quieres. Yo aborrezco el mundo, y deseo vivir solo contigo, porque me bastas para mi felicidad; pero tú amas al mundo y rehúsas alejarte de él, porque sola conmigo sentirías consumirse tu alma de fastidio... ¿Qué hay de común entre tú y yo? Nada más que el amor inextinguible que yo te profeso... Y esto... es mucho para mí, pero para vos, humo vano...

—¡Dios mío!... Flavio... os habéis vuelto injusto y cruel... me hacéis muy desgraciada...

—Sí —murmuraba Flavio con desesperación—; tengo la fatalidad de haceros desgraciada porque os amo como un loco, porque para mí no es nada sin vos la vida, porque deseo poseeros solo, sin que ninguna mirada pueda posarse en vos, ningún pensamiento codiciaros... porque tengo celos hasta de los pensamientos... sí... celos de vuestros recuerdos que me asesinan... celos de todo... compadecedme, Mara... ¡os amo tanto... tanto!... Mara, amada mía, no os irritéis por esto... no tengo yo la culpa de que sufráis noche y día: la tiene mi corazón, que ama hasta el leve rumor de vuestros vestidos.

Y como Flavio decía esto llorando y apretando, con su ira y adoración a un tiempo, las manos de Mara entre las suyas, hacía que ella se lo perdonara todo... Encerraba al mismo tiempo para su alma tales encantos aquel loco amor... aquella poción de fuego, no manchada todavía por ningún pensamiento impuro...

Los carnavales se aproximaban en tanto y la tertulia de la casa de Mara volvía a estar animada y concurrida. Pero no fue ya un placer para ella, como en pasados días. Aunque trataba de ocultar su disgusto, era extremada su impaciencia cuando, al hablar con los que la rodeaban, veía brillar entre la sombra del estrecho corredor unos ojos de fuego que la miraban sin cesar.

Un día, un nuevo presentado, sentándose al lado de la joven, empezó a hablarla con amabilidad y galantería. Flavio, acercándose a la prima de Mara, a quien hacía confidenta de sus pesares, le dijo:

—Avelina... Llamad a Mara con cualquier pretexto, decidla que no hable más con ese hombre. De lo contrario, me acercaré a ellos y le haré ver a todo el mundo que Mara solo puede ser mía...

—¡Flavio! —le respondió la joven—. ¿Os habéis vuelto petulante y fanfarrón?... ¿Sabéis, por ventura, si ese hombre le habla de amor? ¿Si ha soñado siquiera en semejante cosa?

—¿No le veis?

—Veo que la habla como pudiera hablar a otra; por ejemplo, como pudiera hablar a mi buena y anciana tía, nada más...

—¿También vos queréis encubrir sus veleidades?

—¡Eh... callad, por Dios y no deliréis!... Escuchad...; tomad asiento a mi lado, que quiero haceros una pregunta...

—Ahora no, luego... ya que no queréis avisar a Mara iré yo mismo...

—Deteneos, os lo ruego —murmuró la joven, viéndole decidido a cometer la mayor locura—; yo iré...

Y, levantándose de su asiento, dijo en voz baja algunas palabras a Mara, la que, levantándose a su vez como avergonzada, se alejó, dejando a su prima en su lugar...

Esta muda escena no pasó desapercibida para nadie, y mucho más cuando vieron al lado de la joven a Flavio con aire adusto y ceñudo. Pero ya no culpaba nadie al viajero, sino a Mara; su fama de coqueta le hacía parecerlo siempre a los ojos de los demás, aun cuando, en realidad, ya no lo fuera.

—La ama como un loco —decían los más—, y nada tiene de extraño que se desespere al ver su eterna volubilidad. Ella no puede ver a ningún hombre que la diga palabras de amor sin mentirle esperanza con sus ojos... ¿Y quién tiene paciencia para sufrir tanto?

—Pues yo creo que os engañáis en cierto modo —decía alguna rancia y envidiosa dama, con aire de adivina—. Mara se ha tragado que va a casarse con ese hombre, que dicen ser huérfano y muy rico, y se desvive por complacerle... Reflexionad que Ricardo no frecuenta ya su casa, y es que ella le ha desechado decididamente, cosa que quiere decir mucho; observadla detenidamente y notaréis que ya no se muestra ni tan coqueta ni tan alegre... y es que quiere fingir gravedad y romanticismo como su novio...; pero creo que no va a ser pequeño el desengaño.

—En verdad —añadió otra— que no sé cómo puede haber necias que se fían de esos amantes que no saben más que aparentar melancolía, mirar al cielo y presentarse ante los demás como seres originales...

—Habéis dicho una gran verdad, y solo por eso me hubiera alegrado que Flavio se burlase de ella, y no creáis que esto sea porque yo desee el mal del prójimo, no, por cierto; no puede haber nadie que, más que yo, se alegre del bien ajeno; pero como podía ser una buena lección para otras tontas que, como Mara, se fían inocentemente de apariencias engañosas, he aquí por qué el tal lance no sería del todo desagradable.

—Lo que a mí me parece —repuso un imberbe jovencillo— es que el tal Leopardo sabe fingir a las mil maravillas, y que no se dejará coger en la red... Pero si llega a abandonarla, como toda persona sensata debe suponer, bien empleado le está a la coquetilla...; ella le ha hecho pagar bien caro su fingimiento... ¡Oh, son muy divertidas esas luchas! Que prosigan, que prosigan, y nos reiremos del vencido.

Y se frotaba las manos el diminuto joven, mirando al soslayo a los dos amantes, que estaban lejos de acordarse de aquella caterva murmuradora.

Pero Mara, con su mirada penetrante y certera, abarcaba, no obstante, de un solo golpe, cuanto de malicioso y de envidioso se alzaba en torno suyo. Su orgullo se rebelaba entonces; pero como el ave moribunda que pretende en vano remontar el vuelo con sus débiles alas, volvía a caer fatigada y llena de cansancio.

Para ella, Flavio estaba ya sobre todas las consideraciones; él solo lo abarcaba todo, lo llenaba todo, y nada existía para ella sobre la tierra que no fuese él.

Había, sin embargo, cierto fondo de temor y de amarga tristeza en aquella osada arrogancia con que se atrevía a despreciar todo lo que tanto había respetado en otro tiempo. Velado el porvenir por una densa niebla, no podía adivinar en él más que sombras y sombras, caos profundo... incertidumbre. Pero todo esto, tan vagamente y tan en confuso, que el sentimiento de su pasión y la necesidad de creer en el hombre que adoraba aparecían delante de su porvenir como el telón que, cubriendo el escenario, oculta a los ojos del público la nueva decoración que ha de presentarse a su vista.

El viajero, por su parte, nada veía tampoco más que sus celos y su desconfianza eterna, su cercana boda y su pasión loca, egoísta y avasalladora.

Y así proseguían amando y sufriendo, y así se pasaban los días sin esperanzas de mejorar de suerte, ni de que su posición llegase a tomar más favorable aspecto. Pero Luis velaba por ellos, y descontento de aquellos amores que comprendía llegarían a formar la desgracia de ambos, pues uno al otro se arrastrarían de precipicio en precipicio, había pensado en separarlos y trabajaba con este objeto con un afán incansable.

Luis ignoraba todo el mal que podía causar con esto en el corazón de aquella mujer, que juzgaba incapaz de hacer la felicidad de ningún hombre.

Ella empezaba a ser ahora la verdadera víctima; ella empezaba a pagar bien caros sus pecados de orgullo y sus coqueterías; coqueterías y pecados, si bien en cierto modo imperdonables, inocentes también, y nada más que inocentes.

Al menos, en medio de tantos combates y de tantas luchas, en que otras mil hubieran sucumbido, ella había salido siempre victoriosa, pura y sin mancha, como si cuantas palabras de amor resonaban una y otra vez a su oído no fueran más que humo vano o viento frío de invierno, que pasa y hiela...

Pero ¿qué importaba?

El mundo la había juzgado ya con su fallo irrevocable, y en vano la infeliz clamaría y clamaría, diciendo que el mundo era injusto:

Nadie, a pesar de no notar en sus labios aquellas sonrisas juguetonas con que en otro tiempo halagaba a los que la rodeaban, podía olvidar su pasado, que algunos juzgaron culpable e impuro, y nadie creía en su arrepentimiento, que tachaban de hipócrita y fingido.

La maledicencia y la envidia, ensañándose en ella, habían llegado a velar día y noche sobre su reputación, manchada incesantemente por unos y otros labios asquerosos e impuros. El mismo Luis, prescindiendo de su talento claro y razonable, la creía siempre culpable y la única causa de que Flavio no pudiese ser más feliz y más razonable con ella...

Pero la pobre Mara no había llegado a comprender todavía todos los tormentos que amenazaban estallar sobre su zozobrante felicidad.

Se acercaban en tanto los carnavales, ese tiempo de locura y de desórdenes, ese tiempo en que la obscenidad y el adulterio corre y circula alegremente y sin pudor bajo una impasible careta; ese tiempo, en fin, que los más locos, después de una noche de ruido y de torpezas sin fin, despiden con gritos y silbidos, en tanto los fuegos de bengalas hacen aparecer lívidos sus ya ajados y asquerosos rostros, y al compás de un galope infernal, verdadero final de un baile y de una fiesta de demonios, aúllan y se retuercen como verdaderos poseídos.

Lo primero que hizo, pues, tan pronto llegó a comprenderlo, fue prohibir a Mara que se disfrazase, pues esto le parecía una locura peligrosa y de mal gusto.

Pero pronto llegó él a familiarizarse también con aquellos diablillos de rostro de terciopelo, que ya dejaban adivinar elegantes y airosas formas, o ya murmuraban a su oído historias misteriosas que le dejaban entrever un mundo desconocido.

Mara creyó hallarle más malicioso y desconfiado desde que los bailes de carnaval animaban los salones, y sin saber por qué empezó a disgustarse viendo que Flavio oía con demasiada complacencia a ciertas máscaras que nunca le abandonaban. Sin embargo, temiendo despertar en él ideas que no conocía aún, y quizás también por un resto de noble orgullo, no hizo a Flavio la más leve indicación, contentándose con observar y sufrir en silencio.

Pero ella se estremecía siempre que veía entrar a dos misteriosos personajes que, dirigiéndose a Flavio, y como si fuese él su único objeto, le hablaban de continuo y de una manera extraña.

En vano aquellos se presentaban siempre con trajes distintos; allí en donde aparecían, el corazón de Mara le decía al instante: "Ellos son".

Una noche, en vez de dos, aparecieron tres, y Mara tembló al percibir bajo uno de los largos dominós un pie un poco largo, pero delgado y elegante. Aquella máscara pasó, sin embargo, a su lado y pareció no mirarla siquiera; pero la joven estaba segura de que no se había engañado. Esperó, pues, con impaciencia a saber el objeto de semejante aparición, pensando con temor si, como una nube tempestuosa de verano, vendría a agitar en torno suyo alguna tormenta.

La máscara se acercó a ella, por fin, y le dirigió la palabra con voz baja. Mara fingió no conocerla.

—Es inútil tu disimulo —le contestó entonces la máscara—. Es imposible que no me conozcas, y yo no lo intento tampoco... Si te hablo en voz baja, es porque los demás —y acentuó esta palabra— no sepan que soy yo.

—Más acertado hubiera sido que no te expusieras a que pudieran conocerte, no viniendo aquí ni sentándote a mi lado... Creí que ya habías cesado de hacerme la guerra... ¿Me habré engañado?

—¿He pretendido yo alguna vez hacerte guerra? No, en verdad; solo he querido ser amado, aunque fueron vanos mis deseos... Ahora bien: se me prohíbe la entrada aquí, se me dice: "No me habléis cuando puedan verme". Y yo, a pesar de todo, no puedo olvidarte... Aprovecho el carnaval para cubrir mi rostro y entrar como un desconocido en donde he entrado en otro tiempo como un amigo... Busco otra ocasión de poder hablarte, siquiera algunos instantes, ahora que nadie puede conocerme; vengo a pedirte algunas palabra de amistad... como un mendigo que pide pan, devorado por el hambre... ¿También me lo negarás ahora?...

—Mal pudiera negarte estas palabras de amistad por voluntad mía, cuando aún no te he negado la amistad misma... Ahora bien: recordarás que te he pedido por favor que no me hicieras daño. Si quieres cumplir petición tan justa debes comprender que así como yo te he conocido, pudieran los demás conocerte... Idos, pues, Ricardo, o creeré que vuestra intención no es buena... Esas máscaras que hablan ahora con Flavio y que nos miran han venido con vos y me parecen de mal agüero... Idos, y dejadme en paz...

—Os hallo muy grave y muy mudada —dijo Ricardo, sin levantarse—. ¿Será cierto que una especie de monstruo horrible ha podido encontraros?

—No es cierto, cuando el monstruo sois vos y os he desechado... Dejadme, Ricardo... no me martiricéis más.

Las dos máscaras se acercaron entonces a ellos, y una dijo en voz alta, de modo que Flavio pudiese oír:

—Me agrada veros juntos como en mejores días. ¿A qué, como las mariposas, voláis de una en otra flor, si solo servís el uno para el otro?... Mara, por más que aparentes, nunca podrás amar a otro hombre más que aquel que primero te hizo conocer el amor, y tú, mascarita... nunca, a pesar de tu fingida veleidad, podrás amar a otra mujer más que a Mara... ¿Os acordáis de aquellos hermosos días de verano que pasasteis alegres en el seno de la virgen naturaleza?... La huerta, llena de árboles frutales reverdeciendo a orillas del ancho río; vosotros contemplabais sus aguas tras el follaje de las higueras y hablabais de vuestros amores, viendo esconderse el sol tras de la lejana montaña... ¿Puede todo eso olvidarse? Jamás, Mara; recuerda aquellos días, aquellas escenas... Ningún otro hombre podrá ocupar en tu corazón el lugar que aquel ha llenado un día...

—Declamas muy bien, máscara —le respondió Mara con su reprimido enojo y frialdad—; pero el asunto que has elegido es malo y no encierra ninguna de la poesía ni de la belleza con que tú pretendes rodearlo.

—¡Oh, amable Mara!... No finjas enojarte porque te hable de una cosa que, en el fondo de tu corazón, te halaga; cesa, al fin, de ser coqueta, cesa de engañar a aquellos que te aman y no amas y reconcíliate con el único amante que desde tu niñez tiene elegido tu corazón.

Las máscaras desaparecieron, y Mara, previendo el efecto que aquella broma, dada con toda intención, causaría en Flavio, permaneció inmóvil y como anonadada. En otro tiempo se hubiera burlado de aquellas palabras insulsas, pero maliciosas; se hubiera reído en vez de irritarse, y cansado y aburrido con sus chanzas picantes a los que pretendían cansarla y aburrirla; pero entonces, pensativa e inmóvil, apenas se había atrevido a contestar la más trivial vulgaridad, no pensando sino en ver cómo había de conjurar la horrible tormenta que la amenazaba. Ricardo se atrevió a hablarla, y ella le contestó con un marcado desprecio. Empezaba a odiarle mortalmente.

—Adiós, Mara... —le dijo entonces—. Veo que volvéis contra mí todo el enojo que los demás os han causado... Os irrita que os echen en cara vuestra ingratitud, y por eso queréis vengaros en mí... Arrepentíos, Mara, de un proceder que todos condenan...

Mara, por la única respuesta, se levantó, y volviéndole la espalda se acercó a un grupo de amigos y no volvió a ver a Ricardo en toda la noche; pero Flavio tampoco apareció en el salón.

La joven sufría tanto que todos le preguntaban si estaba enferma.

—Un poco —respondía sonriendo—. No es más que un dolor nervioso a la cabeza. Incomodan estos dolores, aunque nada valen... pero no creáis por eso que ya estoy rendida; pienso bailar todo el resto de la noche, y con esto todo pasará pronto.

Y bailó, en efecto... Estaba desesperada y coqueteó de nuevo. Su alegre sonrisa podía juzgarse histérica, y sus ojos, un poco hinchados, estaban rodeados por un círculo azul y sombrío. En aquellos momentos era digna de compasión la pobre Mara.

A la siguiente mañana apareció Flavio, pálido; también demacrado... Podría asegurarse que había pasado largas horas de insomnio;

pero en vano esperó Mara que la recordase la terrible escena, y esto la causaba una inquietud más terrible que todas las inquietudes de la tierra juntas.

Cansada de sostener conversaciones indiferentes, que él parecía buscar con predilección, trató de cortarlas, permaneciendo en silencio; pero Flavio, pasado algún rato, cogió fríamente su sombrero para marcharse... la joven palideció de tal modo que Flavio no se atrevió a atravesar el umbral de la puerta.

—¡Flavio! —murmuró entonces Mara con una voz que indicaba extrañeza y amargo dolor—. ¿Ya habéis dejado de amarme?

—¿A qué me hacéis una pregunta inútil? ¿Por humillarme quizás? Dejar de amaros... ¿No sabéis que eso es imposible?

—¡Imposible! —murmuró Mara con una amargura intensa, pero se contuvo temiendo ver estallar de improviso la cólera de Flavio.

Este seguía, en tanto, impasible y próximo a la puerta.

—Flavio —le dijo Mara sin poder contenerse—. ¿Qué tenéis hoy? Jamás os he visto tan frío... tan...

—¿Os pesa de ello? —le preguntó el viajero con cierto sarcasmo.

—¿Cómo no? —repuso Mara con gravedad—. ¿Por ventura sois para mí un extraño?

—En verdad que no... Soy para vos un ser muy querido, ¿no es cierto? Como que me habéis aceptado quizás como un entretenimiento constante, que sabíais no había de faltaros nunca.

—Flavio —dijo Mara, dejando caer la labor que tenía sobre su regazo y cruzando sus manos—, ¿qué palabras son las vuestras? ¿Qué pretendéis? Hablad de una vez y concluyamos... Hoy no sois el Flavio de ayer... Nuestro lenguaje debe ser, pues, distinto... Hablad...

—El Flavio de ayer es el Flavio de hoy, será el de mañana... Si acaso el destino o la fatalidad hiciesen dirigir mi rumbo hacia otro camino, Flavio no sería por esto culpable... La honra de un hombre es sagrada, y él mismo no tiene derecho a echar sobre ella una mancha eterna... Ni tampoco yo os culparía por lo pasado; no ha dependido de vos ni de mí el que yo llegase tarde.

Mara se levantó rápidamente de su asiento, y cogiendo a Flavio por una mano, le atrajo violentamente hacia el sofá.

—Decidme lo que significan esas palabras que acabáis de pronunciar —murmuró con voz reconcentrada—. ¡Oh! —añadió—. Lo presentía mi corazón... Las grandes felicidades no pueden ser duraderas... Hablad, Flavio... yo os lo ruego. Hablad.

—Nada tengo que deciros, puesto que lo adivináis...

—Flavio... Flavio... Hablad.

—Ni una palabra... ¡Básteos saber que ya nada ignoro!...

—¿Qué es lo que no ignoráis...? Hablad, que me volvéis loca... ¡Ah!... ¿Qué me ocultáis? ¿Va a hacer que dejéis de amarme...? Sí, lo comprendo... ¡y no queréis decírmelo!... ¡Dios mío! ¡Dios mío!... ¡Qué desgraciada soy!

Mara rompió en un mar de llanto... Su dolor la ahogaba; acababa de ver a la fatalidad asomar su pálida cabeza por el rosado horizonte de su esperanza y de su amor.

Flavio, duro como una roca en un principio, se postró de rodillas ante ella, exclamando:

—Mara... Mara... Amada mía... ¡Júrame que no es verdad; júramelo... y habrás arrancado el puñal clavado en mi corazón!...

—Juro... juro... —dijo Mara con entereza—, juro que todo es una calumnia infame. ¿Qué pudieran deciros de mí, siendo cierto, que os hiciese dejar de amarme? Pero, y vos, ¿por qué escucháis al primero que se os acerca para ultrajar a la mujer que amáis? Si en este instante no juráis, Flavio, os hubiera despreciado como indigno de arrastraros siquiera a mis pies...

Flavio permaneció algunos instantes como humillado, pero luego dijo:

—Mara, no me insultéis... Cuando debierais compadecerme... ¡Si supierais!... Me han ofrecido pruebas...: "Lo veréis —me han dicho— con vuestros propios ojos". ¿Y qué queríais que yo hiciera? Acepté porque deseaba ver esas pruebas... ¡Y las veré Mara! La duda es un infierno... ¡Yo no puedo vivir en esta horrible incertidumbre!

¿Por qué me habrán sacado de mi ignorancia? Yo hubiera vivido entonces feliz con vos, como si fuerais pura y sin mancha...

—¿Qué? —dijo Mara, levantándose pálida como un cadáver—. ¿Se habrán atrevido...?

Flavio la miró algunos instantes con extraña expresión; después, aproximándose a ella, exclamó:

—¡Cuán pálida os habéis vuelto... y cuán asustada os mostráis! ¿Sabéis lo que quiere decir esto?

—¿Qué? —preguntó Mara más inmutada al escuchar el acento iracundo que Flavio dio a la frase.

—Esto quiere decir... ¡que es verdad!... "Habladle de ello —me dijeron— y la veréis temblar... y por su emoción podréis adivinarlo todo". Y he aquí que cada vez os mostráis más espantada, más sobrecogida... más temerosa y... avergonzada quizá.

—¡Silencio!... —dijo Mara con ahogado acento—. ¡Salvaje... mil veces salvaje!... ¡No digáis una palabra más...!

—¡Oh! Después que me habéis engañado infamemente queréis que calle... Después que todos los que os rodean se han burlado del pobre ignorante, después que intentabais echar sobre mi frente el borrón más ignominioso, queréis que enmudezca y no os recuerde vuestra infamia y el horrible daño que me habéis hecho... Sí, os lo repito; sois infame, mil veces infame y sin conciencia y sin fe... No beséis mi frente —me repetíais—, no se besa a las mujeres a quienes se respeta... Y en tanto, otro hombre que ni os amaba ni respetaba gozaba a manos llenas de vuestras caricias más impuras...

—¡Dios mío! —murmuró Mara aterrada—. ¿Quién será capaz de decir que no hay infierno? ¿Estas calumnias que yo no puedo vengar quedarán sin un eterno castigo?

—No tratéis de enternecerme con vuestra hipocresía; no, Mara... a pesar de esto, yo os amo y seguiré a vuestro lado hasta que pueda al fin huir para amaros menos, ya que no pueda olvidaros. Confesádmelo, pues; esto será menos humillante para mí y más honroso para vos... ¿Quién sabe si os perdonaría? Me han dicho que esas debilidades humanas, que no conozco aún, son tan fáciles como frecuentes, para desgracia vuestra. Hablad... hablad...

—Idos... idos... —repetía Mara incesantemente y sin valor para defenderse ni pronunciar una sola palabra más.

Aquella espantosa calumnia, que en un corazón tan crédulo como el de Flavio era ya peor quizás que un hecho consumado, la había dejado completamente anonadada, y Flavio, con sus palabras de desprecio, contribuía a aumentar su angustiosa posición, y si no le amara con toda la intensidad de su alma se hubiera alejado de él para siempre; pero, aun a pesar de tanta dureza, de tantos insultos, Mara no se atrevía más que a pronunciar débilmente, y entre las angustias de su inmenso dolor, aquella palabra: —Idos—, que él no escuchaba siquiera. El orgullo de Mara se había disipado como humo vano, y ya no sabía más que sufrimiento y amargas lágrimas...

—¡Ni siquiera tenéis valor para confesar o para seguir mintiendo!... Mara... Mara... —añadió en el colmo de la desesperación—. ¡Responded, Mara; hablad —prosiguió—, defendeos! ¿No veis que me estáis matando?

Entonces Mara, la orgullosa Mara, comprendiendo que Flavio aún podía llegar a creer en su inocencia, se arrodilló ante él y juró por cuanto existía de sagrado en el universo que era pura e inocente... Flavio llegó casi a creerla; pero era ya imposible que la duda desapareciese por completo de su corazón.

Así prosiguieron, entre lágrimas, entre dudas y desesperación, por espacio de muchos días, sin que su mal se mitigase...

Por el contrario, aumentaba cada vez más, y la madre de Mara empezaba ya a inquietarse por la salud de su hija. La vieja María, por su parte, después de intentar en vano calmar tan desesperadas luchas, se contentaba con llorar en silencio con su querida hija, a quien, sin embargo, como todos, culpaba.

Llegó el martes de carnaval, y Flavio vino a rogarle a Mara que no asistiera al baile.

—Estoy ya comprometida con mis amigas —le respondió.

—¿Qué importa? —dijo Flavio—. ¿Os interesa algo el mundo?

—Flavio, no me exijáis tal cosa: os lo ruego... Ya sabéis que no bailaré, y es más, me retiraré pronto... Pero no ir... ¿qué dirán? Es necesario recordéis que aún no tenemos derecho para desafiar las murmuraciones de los hombres...

—Mara... os lo pido por lo que decís que me amáis... ¡No vayas al baile, amada mía!... Hoy va Ricardo; lo sé. Volverá a hablarte, y yo sería capaz de cometer una imprudente locura... Además... te lo agradeceré tanto... ¡Tú no puedes comprenderlo todavía!...

—¡Bien! —dijo Mara con la resignación de una mártir—. Pero vos iréis; es necesario que os vean allí la noche entera, que no os alejéis del salón un solo instante.

—¿Por qué tal exigencia? —repuso Flavio frunciendo el ceño.

—¡No penséis ya mal! —dijo Mara—. Mamá tiene hoy que ir precisamente al baile acompañando a mi prima, que tiene a su madre ausente. Yo tengo que fingir un fuerte dolor de cabeza y quedarme en cama, y si no os viesen en el baile creerían que esto no había sido más que un pretexto para ocultar una falta... Creerían que vos me acompañabais...

—Os comprendo, Mara... Tenéis razón; yo iré al baile.

—¡Y os divertiréis...!

—¡Divertirme sin vos... ¡Qué injusta sois! Ya sabéis lo que haré.

—Yo...

—Sí; lo sabéis como yo mismo... Entrar y sentarme y no hablar con nadie; ver cómo aquel hormiguero de locos bulle y se revuelve en torno mío; salir a respirar un aire más puro y volver a sentarme para reírme de nuevo de los hombres que se dicen civilizados, y pensar en vos, cuyo recuerdo será lo único que pueda hacerme soportable noche tan infernal y temible.

Llegó la noche, y Mara, pretextando una ligera indisposición, rogó a su madre que la dejase quedar en casa, y que no por esto dejase ella de acompañar a su prima. La pobre madre, tan ignorante como siempre de todo, consintió, aunque con el pesar de dejarla enferma; Mara pudo cumplir así el capricho de su exigente e inconsiderado amante.

XXXIV

Era aquella noche una noche cruda y fría, y Mara y la vieja María la pasaron sentadas al fuego de la chimenea hablando de Flavio.

—Debes acostarte ya, Mara —le decía esta última a la joven, que, inmóvil, contemplaba con aire triste y distraído el rojo fulgor de las llamas—. Si viniesen y te hallasen a pie no creerían en tu mal.

—Mamá nada sospecha; ya lo sabes.

—Mi señora nada sospecha, es verdad; pero ¿puedes adivinar las personas que vendrán acompañándolas? En verdad, Mara, que ya no debes retardar más tu enlace con Flavio... Habéis hecho comprender demasiado al mundo los secretos de vuestro amor, y este mal no tiene ya otro remedio que el casamiento, que haga enmudecer las bocas de los maldicientes...

—Demasiado lo sé, María... ¿A qué me atormentas más? Pero tú no puedes comprender nunca ni mis temores ni mis dudas... Casarse... Y bien, esto es muy fácil de hacer; pero ¿y quién desata después esos lazos indisolubles?...

—Aunque no comprenda los misterios que oculta tu pobre corazón, hija mía, no ignoro la intensidad de tus pesares, y yo, tal vez, tanto como tú, temo y deploro el porvenir... Flavio es celoso y desconfiado, y él me ha asegurado un día que no admitirá un solo hombre a su servicio, y que si su propio padre viviera, él no podría confiar aun en su padre... ¿Quieres más locura, más fanatismo? Tendrías que vivir, pues, sola en compañía de sus galgos y demás perros de caza; te llevará a contemplar las estrellas a medianoche y te hará tocar el piano cuando el primer rayo del alba asome en el cielo... Todos estos proyectos me los ha comunicado él, con gran espanto mío, y yo traté en vano de disuadirle de estas locuras, convenciéndome al fin de que todo era inútil, hija mía. Pero ¿qué hacer? Está ya comprometido tu porvenir y no se puede desafiar al mundo impunemente. Tú debes casarte ya, antes hoy que mañana, y resignarte a sufrir tu suerte... ¿Quién sabe? Todo muda en este mundo, y puede que llegue un día en que, convencido de que hace así tu desdicha, varíe en su modo de pensar y sea razonable, como la mayor parte de los hombres...

Mara movió lentamente su cabeza, en tanto seguía con su mirada la pálida llama que empezaba a apoderarse de un grueso y seco tronco de roble, que parecía resistirse a sus caricias abrasadoras.

—No desconfíes, Mara; cuando de un modo tan extraño ha llegado a encadenarse tu suerte con la de ese hombre, es prueba de que otra cosa no te conviene. Espera y no te desesperes en vano...

En aquel instante la campanilla de la puerta sonó tan fuerte que las dos mujeres no pudieron menos de estremecerse...

—¡Jesús!... ¡Santa Madre de Dios!... —murmuró la anciana—. ¿Quién puede llamar de este modo? Veamos...

Y saliendo a abrir, Mara vio entrar pocos instantes después a Flavio en la estancia.

—¡Flavio! —exclamó poniéndose en pie y palideciendo—. ¿Qué es esto? ¿No sabéis que acaban de dar las doce?

—¡Mara... querida santa mía!... —exclamó Flavio arrojándose a sus pies y besando sus rodillas—. ¡Cuán feliz me has hecho hoy!... No has ido al baile al fin, y me dijeron... Se habían atrevido a asegurarme que irías...; pero he aquí que tú les has desmentido porque estabas inocente, ¿no es verdad? ¡Tú has complacido al hombre que te ama y has dado así un mentís a los que te infamaron! ¡Malditos sean y bendita tú mil veces!... Bendita... Bendita.

Mara pudo comprender entonces todo el amor que la profesaba Flavio y cuánta angustia causaban a su pobre corazón las calumnias con que pretendían apartarle de ella, extinguir el ardiente amor que la profesaba. Entonces, como él le decía muchas veces, le tuvo lástima, le perdonó tanto como la hacía sufrir por sus caprichos, y casi nos atrevemos a asegurar que estaba por agradecérselos. En efecto: ningún otro hombre que la amara menos sería capaz de sentir los terribles celos ni de mortificar tan incesantemente a la mujer que amase; él solo podía hacerlo, porque ninguno podía sentir como él, ninguno; tener por única dicha, por única felicidad en la tierra una mujer y nada más que una mujer...

—Flavio —le fijo al fin, después que se hubieron hecho, como de costumbre, mil protestas de amor—, volved inmediatamente al lado de vuestros compañeros... Estoy segura que, a pesar de que pretendisteis engañarlos diciéndoles que ibais a otro sitio, ellos no lo han creído, y no sabéis aún lo terrible que pueda ser esto para mí...

—No, Mara; nada sabrán; pero, en fin, me voy, no quiero que digáis que no soy obediente y que no me sacrifico también por vos... ¡Ah, Mara, amada mía!, ¿por qué no consentís en nuestro enlace, y que de una vez para siempre se acaben estas luchas?

—Bien Flavio...; pero ¿y vuestras locuras? ¿Creéis que puedo yo sufrir tranquila que me ofendáis con pensar que os ofendo?...

—¡Oh, no! No sería eso lo peor... Lo pasado, Mara... Vamos, no pensemos en esto...

—Sí, Flavio, pensemos; el día que nos uniésemos para siempre tendríais que jurarme, por el Dios de los cielos, que vuestra fe en mí era ilimitada y que ya no podríais dudar ni de lo pasado ni de lo presente; sería necesario, en fin, que yo comprendiese que sentíais todo esto; de lo contrario, ¿cómo sería posible que pudiese cobijarnos un mismo techo?... ¿No comprendéis que esto sería peor que la muerte? Ni vos ni yo podríamos estar contentos... ¿Y quién sabe, Flavio, si concluiríais por cometer un crimen?...

—Tenéis razón —dijo Flavio con acento sombrío—. La duda es el infierno...; pero yo llegaré a creer en vos. Sí; ya creo, Mara. La prueba que esta noche me habéis dado, ¡oh Mara!, vale un mundo; es la felicidad... Seguid siempre así; dadme de continuo pruebas como esta y habrán desaparecido nuestros pesares.

—¡Cuán niño sois! ¿Causan siempre en vos las grandes pruebas un mismo efecto?

—Tal vez, no —repuso—; pero ¿a qué, si estoy contento con la presente felicidad, venís a levantar el velo para descubrir que nada vale quizás?... Nada, no hablemos ya de otra cosa que de amarnos... Prometedme que me dejaréis hablar mañana a vuestra madre...

—Sí, Mara; dejadle que le hable —dijo la vieja María—. ¿A qué aguardar más tiempo?

—Deliráis —dijo Mara, estremeciéndose—. ¡Mañana!...

—Sí; mañana, mañana —repuso Flavio—. Sí, consentid... ¡Cuán felices, Mara!... ¿Para qué queréis esperar más tiempo? Vivir siempre entre zozobras, entre sobresaltos, y todo inútilmente... Adiós, Mara; mañana hablaré a vuestra madre...

—Tienen que pasar aún algunas horas antes que hagáis semejante cosa; yo os conozco y sé que pasan por vuestro pensamiento ráfagas de viva lumbre y de ardiente fe que desaparecen pronto... Si así no fuera, ¿hubiera yo rechazado lo que tanto como vos deseo?... Pero idos, por piedad... ¡Dios mío, si supieran que habéis estado aquí a estas horas!... ¡Idos, Flavio, y ya hablaremos más despacio mañana!...

—¿Qué os importa ya el qué dirán? Mara, estoy por quedarme al lado vuestro para comprometeros formalmente y hacer de modo que no podáis ya decir que no por más tiempo...

—¡Flavio!... —murmuró la joven palideciendo ante tan terrible idea, pero tratando de disimular su temor—. ¿No comprendéis que, ni aun así, sería eso ni para vos ni para mí honroso? ¿Queréis que puedan echaros en cara que vuestra esposa ha faltado a sus deberes, aunque esto hubiese sido con el mismo que le ha dado su nombre? ¡Adiós! —le dijo cogiendo su mano y llevándole hacia la puerta—.

Mañana hablaremos con mucha formalidad y decidiremos esa difícil cuestión favorablemente, según espero... ¿Dudáis?... ¡Vamos!... No seáis tan niño como de costumbre y bajad presto... ¡Bien! Os lo agradezco, Flavio... Os amo más así, cuando sois dócil... Escuchad: tomad un camino opuesto para que nadie pueda conocer a dónde habéis ido... ¡Adiós!...

Flavio salió por fin de la casa y dispuesto a hacer cuanto Mara le había mandado. Sin embargo, pocos pasos habría andado, cuando vio a un embozado que parecía querer ocultarse a sus miradas y que despertó de nuevo en su espíritu terribles sospechas. Detúvose algunos instantes indeciso, dudando si debía seguirle o si volver al lado de Mara y conocer el misterio que, digámoslo así, encerraba en aquel sitio y a aquella hora aquel hombre, que parecía recatarse a todas las miradas y, más especialmente, a las de Flavio; pero viéndole desaparecer por una calle opuesta, él siguió, por fin, su camino, aunque con la duda en el corazón.

"¿Quién sabe? —se dijo al fin—. ¿No hay en esta calle más mujeres jóvenes que Mara? Hay muchas veces apariencias engañosas que atraen sobre las imaginaciones crédulas desgracias inevitables... Desechemos, pues, sospechas importunas... ¿Por qué dudar de Mara, cuando no ha ido hoy al baile, cuando he visto claramente que ellos la habían calumniado, cuando casi me ha ofrecido que hable a su madre? ¡Oh, no, pobre santa mía! ¿Por qué dudar de ti, hoy que me has hecho tan feliz?... ¡Si yo pudiera saber que no existen en tu memoria recuerdos eternos e indelebles!... ¡Dios mío!... ¡Dios mío! Apartad de mi imaginación pensamientos tan crueles... ¡Que yo pueda creer al fin... creer siempre!".

Pensando de este modo entró en el baile, en donde lo esperaba Luis en compañía de otros amigos.

Juzgando todos estos a Flavio víctima de una pasión loca e inspirándoles un verdadero interés, había cada cual conspirado por su parte para arrancarle del precipicio, y tenían reservado para esta noche el golpe más certero y decisivo.

Creyendo firmemente que Mara era culpable y Flavio inocente, ninguno había dudado en ponerle de manifiesto sus dudas respecto al pasado de la joven ni en acumular todas las pruebas posibles o todas las peligrosas apariencias que pudieran probar sus culpas de que la pobre Mara se hallaba inocente.

La mayor parte de los amigos son, en verdad, muy oficiosos en casos semejantes; sobre todo, cuando nada particularmente les atañe. La conciencia anda por ellos muy alta en ocasiones semejantes, y creen cumplir con un deber rompiendo las cadenas en las cuales se hallan alegremente presos aquellos a quienes tienen lástima, y que si alguna vez derraman lágrimas, que el mundo está siempre dispuesto a perdonarles, no hacen más que añadir con esto un episodio más en la lista de su aventuras y una ilusión menos en el libro rosado de sus esperanzas.

—Eres incorregible... —le dijo uno de ellos al verle—. ¡Y bien! Creerás que has ganado... ¿no es cierto?

—¿Cómo no?... ¿La veis aquí, por ventura?

—¿Lo creéis así en verdad?...

—¿Qué si lo creo?... Es inútil que os esforcéis en calumniarla; ella no ha venido hoy al baile...; pero ¡por lo más sagrado que existe en la tierra...!

—Basta, basta. Cuando así lo afirmas, ya no dudamos que debe constarte de una manera innegable... No ignoramos de dónde vienes en este instante...

—¡Mentís!

—¡Bah!, no te pongas tan encendido... Es necesario que te acostumbremos a no ruborizarte de esas cosas; no puedes vivir así entre nosotros... ¿Qué importa que vengas de su lado?

—Y bien. ¿Qué importa? —repuso Flavio exasperado—. ¿Quién puede tomarme satisfacción por ello?

—¡Oh! Nadie en verdad, al menos de los presentes...; pero ¡quién sabe si entre los ausentes...! ¿No has hallado a nadie cuando saliste de su casa? Ricardo te siguió tan pronto te ausentaste del salón; el porqué, pregúntaselo...; pero él nos ha asegurado varias veces que, si quisiera, no le hubiera sido difícil que la puerta de la casa de Mara se hubiese abierto para él, así como se ha abierto para ti...

—¿En dónde está ahora Ricardo? —exclamó Flavio—. Es necesario, al fin, que él y yo tengamos una explicación.

—¡Qué necio eres! —le dijo Luis—. ¿No te he advertido mil veces que esa sería una insigne torpeza? ¿Temes tanto al ridículo, te zahiere tanto el que te digamos que te engañan y luego quieres ir a batirte con un hombre como Ricardo?... ¡Vergüenza!

—¡Nunca debe ser vergüenza el vengar una ofensa!...

—Véngala, pues, en Mara... Los hombres nos hallamos siempre dispuestos a recibir... Ellas son las que no deben ni aun prometer.

—¡Vengarme de ella!... Pero si la amo... Si no es cierto que me haya ofendido... ¡Si me ha jurado que todo era un falso engaño!... ¡Oh!, dejadme o seré capaz de vengarme en vosotros mismos... ¿Por qué os habéis empeñado en destrozarme el corazón?

—¡Eres un loco que no tienes vergüenza ni mereces compasión! —le dijo Luis con enojo—. Reniega, pues, de nosotros y de tu honor y síguela. ¡Nosotros te abandonaremos! Una chiquilla que cuenta treinta y cinco amantes por lo menos; una mujer que Ricardo se alaba... en fin... llegará... ¿Quién sabe de lo que es capaz una niña aturdida y sin corazón?

—¡Dios mío... Dios mío!... —murmuró Flavio, dejándose caer con desesperación, en tanto el ruido de las máscaras y de la orquesta resonaba con estrépito en torno suyo—. ¡Y bien, dejadme, pues! —les dijo—. ¡Desgraciado o no, yo no necesito a nadie para reír o llorar!

Sus amigos se ausentaron y Flavio quedó solo con su desesperación.

Pero bien pronto dos máscaras, cuyo escotado y elegante traje dejaba percibir un cuello torneado y alabastrino, vinieron a importunarle con su conversación seductora. En vano él trató de despedirlas con ásperas palabras y modales bruscos y llenos de un salvaje desprecio; ellas, tomando asiento a su lado, le asediaron, haciendo resonar en sus oídos su armoniosa voz. Cuando Flavio se levantó, se cogieron de su brazo, asegurándole que no le abandonarían, y él hubo de creerlo y ceder ante tan dulce y encantadora terquedad. ¿No eran mujeres, al fin, las que así se empeñaban en consolar su tristeza?

Sus labios finos y del color de las rosas se dejaban ver bajo el delicado tul que los cubría; sus hermosos ojos negros parecían despedir rayos brillantes a través de la careta del blanco raso, harto indiscreta, en verdad, y sus brazos torneados, que se apoyaban con suave fuerza sobre los de Flavio, le mostraban provocativos su blancura mate y su perfecto y bello contorno. Flavio no pudo mostrarse insensible a tantas gracias.

Dejose arrastrar, al fin, por la fuerza de sus pasiones; Mara desapareció por un instante de su memoria, y llegó un momento en que vio con sentimiento cómo la noche terminaba, y con la noche sus placeres; ya no faltaban más que dos horas para concluirse el baile y estaba inquieto.

Sus amigos, que desde lejos le miraban, se complacían ya en verle preso en las redes que le habían tendido, y se decidieron a consumar la obra.

—Vamos —dijo Luis rápidamente, al pasar cerca de una de las elegantes máscaras, quien respondió con un signo afirmativo.

—Te dejamos —le dijo entonces a Flavio, que hablaba con la otra máscara, hermosa y llena de provocadores encantos—, es ya muy tarde...

—¡Tarde! —repuso Flavio, apretando suavemente los brazos de la joven—. ¡Tarde!... No lo creáis... Mi reloj anda adelantado, y mirad: son las dos y minutos...

—Te engañas —contestó la máscara mostrándole a su vez un pequeño y lindo reloj; son las tres y minutos... Tu reloj, por esta vez, es un loco de atar que camina, sin embargo, muy lentamente. Tenemos, pues que dejarte...

—Pues lo siento —contestó Flavio, sin dejarlas marchar—. ¿No habría nada —añadió— que os hiciese permanecer en el baile siquiera una hora más?

—No; pero sí habría medio de que no nos separáramos si no estuvieras enamorado...

—¿Cuál?

—El que nos siguieras, prometiéndonos permanecer en nuestra compañía hasta que el toque del alba sonase en las campanas de la catedral...

—¿Nada más que eso?

—Y que no nos rehusaras nada de cuanto te pidiéramos...

—Eso es ya demasiado...

—No será nada que pueda hacerte daño; al contrario, tú te alegrarás, por último, de habernos seguido... ¿Consientes?

—¿Y para eso —repuso Flavio— era menester que no estuviese enamorado?

—¿No comprendes, pues, que tu amada te reprocharía una infidelidad?

—Infidelidad... —murmuró Flavio, pensativo—; no lo comprendo... Yo no dejaré de amarla aun cuando os siga.

—Más valiera que no fuese así... ¿No desearías curarte de tu pasión?

—Quizás... sí...

—Pues anda, que, como suelen decir, todo pasa. Has sido un necio hasta hoy, y te prometemos iniciarte en los misterios de la vida y enseñarte a olvidar un amor ingratamente correspondido.

Flavio se dejó arrastrar por aquellas dos mujeres, cuyo lenguaje le había ido pareciendo cada vez más libre e incomprensible al mismo tiempo, y sus amigos le siguieron triunfantes a alguna distancia.

Habían conseguido arrastrarle hasta el lodazal de la lascivia para despojarle de su santa pureza, creyendo que solo así podría curarse de su pasión y ser al fin un verdadero hombre...

Y, en efecto, después de aquella noche, Flavio apareció regenerado; cuando la luz del nuevo día vino a iluminar su frente, la mujer apareció a sus ojos como un ser degradado, débil e imperfecto, y la virtud no fue para él más que un problema.

Cuando se presentó ante Mara, la joven se estremeció, creyendo notar algo de repugnante en su rostro.

—Vengo a deciros —exclamó en tono áspero, después de tomar asiento al lado de la joven— que ya no puedo creer en vuestra virtud.

Y añadió ciertas palabras con las cuales no queremos manchar estas páginas.

Mara se levantó temblando de su asiento y mirándole con los ojos espantados.

—Nada —añadió Flavio—, no os molestéis... Como esto sería perjudicial así para vos como para mí, como es lo cierto que yo os mataría si llegase a saber que, en realidad, me habíais engañado, nada os exigiré...

—Idos, idos para siempre Flavio... —repuso la joven aterrada—. Ni una palabra más... ni una sola... ¡Como todos, al fin!... Yo juraría que ya no ignoráis lo que es el vicio...; alejaros y no manchéis mi nombre con vuestros labios impuros...

—Y bien... —dijo Flavio, imperturbable—, ¡los niños llegan a ser hombres! Si os pesa de que ya no sea un necio, ignorante de todo, razón de más para que yo me alegre de ello; así no podré ser más vuestro juguete.

—Salid, Flavio —repitió Mara, convulsa—. Salid para no volver más... Ahora que sois tan sabio, id a prosperar en la virtud lejos de los criminales...

—Pues bien —dijo Flavio con duro acento—; me voy, y no volveré a veros sino cuando os ame menos... porque aún os amo y no dejaré nunca de amaros... ¡Rogad a Dios que os perdone todo el mal que me habéis hecho... y adiós!...

Se acercó a ella en este instante, y sin que pudiera impedírselo la besó frenéticamente, apretándola contra su pecho...

—Mara —le dijo al fin, con la desesperación pintada en su rostro—, me voy lejos de vos... Si sigo amándoos como hasta aquí, Flavio dejará de existir. Si puedo amaros menos, volveré...

Y se alejó.

Mara le esperó en vano un día tras otro día; le parecía imposible que le hubiese perdido para siempre, y aunque con el corazón destrozado, ella no cesaba por esto de amarle y de soñar con su vuelta.

Pasados algunos años, un antiguo conocido de Mara, que hacía algún tiempo se hallaba viajando, apareció de improviso en su casa. Mara le recibió con glacial frialdad.

—¿Cómo tan pronto habéis vuelto de vuestros viajes? —le preguntó la madre de Mara

—Asuntos de familia —le respondió—. Pronto volveré a marcharme, porque me caso.

—Me alegro —dijo Mara con la misma frialdad que hacía tiempo se notaba en todo su ser.

—¿Sabéis quién acaba de venir también conmigo en compañía de su esposa?

—¿Quién?

—Un antiguo conocido vuestro... Ella es vieja y horrible, pero tiene ocho millones de capital y él no ha vacilado en vender por ella su libertad. Una pobre niña víctima suya, que le esperaba creyendo casarse con él, se ha suicidado con su pequeño hijo al saber la infausta nueva. ¿Qué queréis? Cosas del mundo...

—Pero escuchad, Ricardo —repuso la madre de Mara, viendo que aquel se disponía a marcharse—: no nos habéis dicho el nombre de ese antiguo conocido nuestro... ni el de la infeliz víctima...

—¡Ah!, ¿no os lo he dicho? La víctima ha sido Rosa, la de la posada nueva y el seductor, Flavio...

Mara rogó a su madre desde aquel día que se retiraran a vivir a la pequeña quinta, y allí pasó parte de su juventud complaciéndose en recordar como un hermoso sueño cierta imagen que algún día había pasado ante ella sonriendo para no volver más.

Flavio, por su parte, quedó muy pronto dueño del inmenso capital de su mujer y habitando su viejo palacio de Bredivan, en donde se cuenta que hacía una vida verdaderamente oriental.

Por lo demás, cuando sus amigos hablaban de lo pasado se reía a más no poder y aseguraba que en sus primeros años había sido el muchacho más inocente y más necio del mundo.

—Dios tenga en descanso a la pobre Rosa, que tan aprisa se empeñó en morirse, y haya convertido a la coquetilla y sutilísima Mara, que hubo de volverme loco con sus gracias... Pero, amigos míos, no creáis que miento; aquí en donde me veis, esas pequeñas historias me han causado sus disgustillos en otro tiempo... No me arrepiento, sin embargo, y nunca está de más una historia para contar en la vejez...

NOTAS PARA LA EDICIÓN DE 2023

1) Contexto histórico

El siglo XIX es una época turbulenta para España. Comienza con la invasión francesa en 1808 y su consiguiente guerra de independencia, y termina con el conflicto hispano-estadounidense, también conocido como el Desastre del 98, estocada final al corazón del Imperio Español.

2) Contexto literario

En lo político y social, el país sufre grandes cambios, al compás de enroques dinásticos, ensayos republicanos y una restauración monárquica. En sintonía con los principales países del continente, España ve nacer, prosperar y coexistir diversos movimientos artísticos, a menudo contrapuestos.

En este contexto, Castro es una exponente fundamental del romanticismo tardío, aunque escribe en pleno auge del realismo. Alejada de la pomposidad y los lugares comunes con los que se suele asociar al romanticismo, tanto en su prosa como en su poesía, ensaya una nueva encarnación del movimiento, distanciada de la retórica y procurando alcanzar un intimismo lírico, ornado en su justa medida.

Tanto su obra en castellano como en gallego están imbuidas de un sentimiento nacionalista (de corte regional), que no olvida viejas afrentas ni termina de aceptar una modernidad que pone en jaque a los modos de vida ancestrales y amenaza a la propia geografía galaica. A este se suma la emigración, que la autora vive como drama y fuente inagotable de melancolía.

Con Gustavo Adolfo Bécquer, Rosalía de Castro es una pionera de la lírica moderna, al tiempo que sirve de puente con corrientes del romanticismo más ortodoxo, integrando con éxito la poesía popular (sin caer en el costumbrismo realista) y la "estética del sentimiento".

3) Biografía

Hija natural del sacerdote José Martínez Viojo y de la hidalga María Teresa de la Cruz Castro y Abadía, María Rosalía Rita de Castro nace en Santiago de Compostela el 23 de febrero de 1837.

Los primeros años de la pequeña Rosalía trascurren en casa de una tía paterna en la aldea de Castro de Ortoño (La Coruña), hasta que en torno al año 1850 pasa a vivir con su madre en Santiago de Compostela. En 1856 se muda a la casa de su pariente María Josefa Carmen García-Lugín y Castro, en Madrid, donde inicia su carrera literaria al publicar *La flor* (1857).

En 1858, Rosalía de Castro se casa con el escritor Manuel Murguía con quien tendrá siete hijos y que la animará a avanzar en la profesión literaria. Juntos, cambiarán de domicilio con frecuencia en los trece años que siguen, alternando sobre todo entre Madrid y diversos lugares de Galicia.

La salud de la escritora, de por sí delicada, se va deteriorando progresivamente. A partir de 1871, Rosalía no sale de Galicia; en 1875 se instala en Padrón, lugar en el que pasará sus últimos años, y desde donde escribirá *Follas novas* (1880) y *En las orillas del Sar* (1884).

Rosalía de Castro muere el 15 de julio de 1885, a los 48 años, a consecuencia de un cáncer de útero.

4) Legado literario

Escasamente valorada en vida, la obra de Rosalía de Castro comenzó a gozar de creciente reconocimiento tras la muerte de la autora. Con la llegada de la generación del 98, comenzó el proceso de valorización de la producción literaria de Castro, que pasó a ocupar un lugar destacado como precursora del modernismo.

Como tal, se reconoce su influencia en la obra de Azorín, Juan Ramón Jiménez y Miguel de Unamuno. En América, donde goza de gran reconocimiento, su influencia alcanza a Rubén Darío y Delmira Agustini.

5) Principales citas de esta obra

I:

Y es que no hay nada tan triste y melancólico como el silencio que se sucede al armonioso murmullo de voces queridas, que fueron a apagarse para siempre en los abismos de la eternidad; pues no existe nada más lúgubre que el eco que responde a nuestra voz, bajo las bóvedas desiertas, cuando pronunciamos un nombre querido, que ya está borrado del número de los vivos.

II:

La vida del hombre sin libertad no es vida.

El día en que me abandones, ¡oh libertad!, permita el cielo que el soplo de la última caricia resbale sobre mi sepulcro.

III:

El silencio, ese dios que habita las grutas y las selvas, ha dejado su retiro para ir a extender sus dominios en el palacio solitario, y los desiertos salones, los parques umbrosos, los floridos jardines yacerán, de hoy más, bajo su influjo poderoso y sombrío.

El tiempo pasa así sobre las cosas, como sobre los hombres, y los marca tristemente con su mano de hielo; mano terrible aquella, que nos señala la senda que conduce al sepulcro.

IV:

Pero ¡esto es solo un instante, porque las alegrías de la juventud son como nubes blancas que aparecen con la aurora y que disipa el viento de la tarde!

V:

Concentrados hasta entonces todos sus pensamientos en la idea de poder abandonar el sombrío palacio para correr como un loco por aquel mundo que su viejo maestro le describiera, con la benevolencia propia de un anciano para los recuerdos de su juventud, no le habían dejado adivinar ni la pasión, ni el amor, y aún mucho menos ese abismo profundo y resbaladizo que se llama sociedad, y en la que dicen necesita vivir el hombre para purificarse de su sencilla ignorancia.

"Yo soy fuerte en mi voluntad —dijo—. Ninguna cosa habrá que me seduzca hasta el punto de arrebatarme mi querida independencia, suspirada y apetecida en tan larga cautividad".

VI:

La luna se presentaba tan clara y brillante que su luz hubiera podido confundirse con los primeros resplandores del alba, y sus rayos pálidos iluminando de lleno el río prestaban tal transpa-

304

rencia y encanto al paisaje, que Flavio pensó no era tan difícil creer que las sílfides y ondinas moraban en el fondo de las aguas o vagaban en la apacible sombra que reinaba en la espesura.

VII:

Mujeres hermosas pasaban y repasaban como un ejército de fantásticas hadas, pálido el semblante y armoniosa y fresca la voz. Crujían débilmente sus leves vestidos, temblaban a su paso las ramas de los pequeños árboles, el viento venía cargado de sus perfumes y lo llenaban todo con su presencia. Frescas rosas que abrían sus hojas al primer beso del sol, así eran ellas; verlas y no amarlas era imposible.

VIII:

El semblante de Flavio se cubrió de una palidez mortal al escuchar aquellas palabras, que le hicieron despertar de su éxtasis con un estremecimiento convulsivo. Lanzó en torno suyo una mirada dolorosa y llena de ira, y, al fin, con voz entrecortada por la emoción y la cólera, pronunció un juramento y una provocación a quien tan sin piedad le había herido en lo más alto y puro de su alma.

Si el hombre de corazón enérgico y valiente no desahogaba jamás con llanto sus dolores, ¿cómo él, que se creía con fuerzas para aniquilar el mundo, sentía resbalar por sus mejillas esas compañeras inseparables de los seres débiles que doblegan la cabeza al primer sufrimiento?

IX:

Se dice que el camino que conduce al bien, el camino que lleva a la salvación, es una senda estrecha y monótona por su rectitud, que no concluye hasta el término del viaje, áspera y llena de piedrecillas que lastiman los pies, sin atractivo alguno que distraiga la inspiración del hombre, ocupada en los altos destinos a que está consagrada, y en los pensamientos justos y sin mancilla que le llevan hasta Dios.

En cambio, el que conduce al mal es, por el contrario, llano, espacioso y sembrado de flores cuyo perfume turba nuestros sentidos y cuyos colores se bañan en la claridad deslumbradora que Lucifer lanza desde infierno.

X:

De repente, igual que un rayo de sol que atraviesa las plomizas nubes y baña con su débil claridad la tierra ansiosa de luz, así una nueva mujer apareció ante sus ojos.

Flavio la conoce, la vio pasar dos veces a su lado como una sombría visión que se le presentó de nuevo en los momentos en que él se dirigía a lo más oculto de las retiradas alamedas para derramar allí, en silencio, las primeras lágrimas amargas que habían corrido por sus mejillas.

XI:

Y lanzó en torno suyo una mirada de temor. Pero nadie reparaba todavía en aquella escena que la causaba vergüenza, dolor y miedo. "Al menos —dijo para sí— aún nadie sabe que este hombre me está insultando, que me ha escogido para blanco de sus iras".

Flavio oyó entonces resonar a su alrededor voces amenazadoras que pronunciaban palabras cuyo sentido no podía comprender su turbada imaginación. Como si se hallase presa de un loco delirio, veía a la multitud acercarse cada vez más y rodearle, formando en torno suyo una muralla compacta. Pero él, inmóvil, estrechaba cada vez más entre sus brazos aquel hermoso cuerpo; besaba sus manos heladas y la llamaba con los nombres más cariñosos de su alma, esperando el momento de verla volver a la vida.

XIII:

Dulce es el nombre de los seres que hemos amado, de los objetos que han formado nuestros placeres; dulce, suavísimo, el nombre de patria; ¡pero mi patria es el mundo!

"Menos que un soplo, parecido a la flor del viento, el hombre aparece en la tierra, el aire helado de la muerte pasa, le deshoja, el tiempo esparce sus restos y ya no queda ni el más leve rastro de su existencia. ¿Por qué entonces esta agitación incesante, esta ansia de libertad y de espacio que me devora, estos proyectos y esta fe en el porvenir?".

XVI:

Incesantemente volvía la cabeza para mirar al camino que dejaba en pos de sí; el viento que hería entonces su rostro le parecía más puro, más benéfico; él respiraba con fuerza, fijaba sus miradas allá en el fondo del camino, y una lágrima se desprendía de sus ojos.

El pobre Flavio sufría amargamente.

El porvenir lo veía presente; lo presente, como un delicioso sueño; lo pasado, como un eco prolongado de dulce armonía que susurrase aún en sus oídos después de haberse extinguido.

XVII:

Las aldeíllas, diseminadas en grupos a lo largo de la montaña, embellecían más y más el paisaje; el cielo tenía una transparencia melancólica, y el río, lamiendo las raíces de los añosos álamos con sus aguas murmuradoras, hacía cadencia con su rumor confuso al canto de los campesinos y al trinar de los pájaros, inocentes y vagabundos como la inspiración de los poetas.

Flavio no era ya dueño de refrenar su voluntad imperiosa, la velocidad de su carrera le impedía detenerse; si Mara fuese un abismo, él hubiera corrido del mismo modo hacia ella, ciego, con los brazos abiertos, empujado por la fuerza del destino. Sus pasiones no eran como las de los demás hombres; eran un volcán inextinguible, que cuando no hubiese tenido qué devorar había de devorarse a sí mismo.

Los ladridos lejanos de los perros, el ruido acompasado de los telares y el chirrido de carros que subían pausadamente por los terrenos pendientes y resbaladizos, formaban una extraña armonía, un ruido apacible que solo puede sentirse en aquella parte del valle, ruido que no se asemeja a ningún otro ruido y que se graba en la memoria, como la canción que ha hecho resonar en nuestro oído el primer objeto de nuestro amor, como el recuerdo de una voz querida que ha vibrado en nuestro corazón en épocas remotas de pasada y dulce felicidad.

XIX:

Un joven poeta y que empieza a amar es siempre voluble como los revoltosos vientos que se agitan en la atmósfera antes de que estalle una tormenta.

XX:

Veces hubo en que las ventanas se abrieron para que el fresco de la noche entrase a purificar el sofocador ambiente que se respiraba en el reducido aposento, y Flavio pudo ver entonces todo a su sabor. Mara no hablaba solo con aquel hombre odioso; otros muchos la rodeaban; otros la asediaban con atenciones que laceraban el corazón de Flavio.

Menos ingenua que el inexperto viajero, ella ocultaba cuidadosamente su locura; pero no por esto empezaba a ser su pasión menos intensa que la violenta y tempestuosa de su salvaje amante.

XXI:

En aquellos momentos de placentera calma, el espíritu incrédulo parece entrever la esperanza a través de las rosadas nubes que van sembrando el azul del firmamento; el sol, que asomó su ojo brillante por entre las cimas desiguales de las colinas, se nos presenta como la idea de la eternidad, y en tales momentos creemos eterno el mundo, eterna la vida, eterno cuanto entonces existe en torno nuestro.

XXIV:

Y Flavio se sentaba entonces en donde ella se había sentado, besaba a hurtadillas los almohadones del sofá, que aún conservaban el aroma de sus cabellos, y, aparentando tener frío, hacía que la pobre vieja encendiese el fuego de la chimenea para colocar sus pies en donde Mara había colocado los suyos.

XXVI:

Cuando el pobre viajero pasó ante la vieja y poética catedral, las grandes campanas doblaban tristemente, y sus sonidos lastimeros parecían gemir a través de las nieblas que envolvían torres, cimborrios, balaustradas atrevidas y de graciosas labores.

Pero un mundano pensamiento vino a arrebatarle de su delicioso éxtasis: la hermosa figura de Mara pasó como una sombra tentadora por su conturbada imaginación, y en aquel momento las dormidas pasiones se levantaron en tropel de su seno. Nada eran entonces para él las macizas columnas levantándose en medio de la desierta nave; nada las lámparas sagradas, ni las sombras misteriosas que parecían llenar el recinto consagrado al Padre. La oración se apagó en sus labios, y levantándose de improviso, abandonó el majestuoso templo y se perdió de nuevo en las tristes y oscuras calles de la población.

XXVII:

La música encierra en sí misma una fuerza incomparable a otra alguna, y cuando nos hallamos bajo su impresión, somos entonces capaces de amar lo mismo que aborrecemos.

Al ver a la multitud caminar con paso acelerado, como es costumbre en las grandes poblaciones, y cuyo movimiento y agitación tanto contrastaba en aquellos instantes con su desesperada calma, creía a todas aquellas gentes en un estado de inquietud enfermiza y recelosa, y pensaba que aquellas altas casas, las unas tan cerca de las otras, y aquellas revueltas y estrechas calles, que apenas dejaban paso al aire corrompido que se infiltraba por ellas, debían hacer precisamente a los hijos de aquella capital cobardes, pusilánimes, y su vida, corta y trabajosa.

—¡Pobre mujer! —exclamó Flavio—. ¡Ni siquiera pueden ya crecer flores alrededor de tu sepulcro! ¡Me causan miedo esas anchas paredes atestadas de cadáveres que duermen en fila su sueño eterno!

XXVIII:

Dos seres pueden llegar a amarse; pero no siempre la suerte les señala un mismo camino ni la misma fuerza los atrae. Muchas veces sucede que se alejan a medida que se buscan; que el uno retrocede cuando el otro avanza, o que, chocándose al fin con ímpetu violento, se rechazan y siguen cada uno opuesto camino.

XXIX:

¿Sabes lo que es poesía? Sí, lo sabes; la poesía es una cosa parecida a un bello e incesante delirio; es quizás un defecto de organización, un exceso de vida, una hermosa locura. Los

poetas son hombres distintos de los demás, no sienten como todos sienten y por eso no los comprenden todos.

La desgracia es como los astros fijos: brilla siempre en un punto y nada la conmueve.

XXX:

Flavio, en tanto, meditaba si debería matar a Ricardo o a Mara, o a los dos a un tiempo. Sus celos se desahogaban en aquellos insensatos y criminales proyectos, no hallando un remedio al mal que le devoraba.

XXXIII:

El mundo la había juzgado ya con su fallo irrevocable, y en vano la infeliz clamaría y clamaría, diciendo que el mundo era injusto:

Nadie, a pesar de no notar en sus labios aquellas sonrisas juguetonas con que en otro tiempo halagaba a los que la rodeaban, podía olvidar su pasado, que algunos juzgaron culpable e impuro, y nadie creía en su arrepentimiento, que tachaban de hipócrita y fingido.

Pero ¿valía algo acaso que, por no causar el más leve disgusto al amado de su alma, huyese de todo trato y afectase una gravedad y una modestia que aparecía ridícula en aquel rostro, que siempre había sonreído a las palabras galantes y amorosas? Nada.

El pobre viajero se tornaba cada vez más celoso, y hacía de este modo más insoportable su tiranía.

Se acercaban en tanto los carnavales, ese tiempo de locura y de desórdenes, ese tiempo en que la obscenidad y el adulterio corre y circula alegremente y sin pudor bajo una impasible careta; ese tiempo, en fin, que los más locos, después de una noche de ruido y de torpezas sin fin, despiden con gritos y silbidos, en tanto los fuegos de bengalas hacen aparecer lívidos sus ya ajados y asquerosos rostros, y al compás de un galope infernal, verdadero final de un baile y de una fiesta de demonios, aúllan y se retuercen como verdaderos poseídos.

XXXIV:

Flavio es celoso y desconfiado, y él me ha asegurado un día que no admitirá un solo hombre a su servicio, y que si su propio padre viviera, él no podría confiar aun en su padre... ¿Quieres más locura, más fanatismo? Tendrías que vivir, pues, sola en compañía de sus galgos y demás perros de caza; te llevará a contemplar las estrellas a medianoche y te hará tocar el piano cuando el primer rayo del alba asome en el cielo... Todos estos proyectos me los ha comunicado él, con gran espanto mío, y yo traté en vano de disuadirle de estas locuras, convenciéndome al fin de que todo era inútil, hija mía. Pero ¿qué hacer? Está ya comprometido tu porvenir y no se puede desafiar al mundo impunemente. Tú debes casarte ya, antes hoy que mañana, y resignarte a sufrir tu suerte... ¿Quién sabe? Todo muda en este mundo, y puede que llegue un día en que, convencido de que hace así tu desdicha, varíe en su modo de pensar y sea razonable, como la mayor parte de los hombres...

Habían conseguido arrastrarle hasta el lodazal de la lascivia para despojarle de su santa pureza, creyendo que *solo así podría curarse de su pasión y ser al fin un verdadero hombre...*

Y, en efecto, después de aquella noche, Flavio apareció regenerado; cuando la luz del nuevo día vino a iluminar su frente, la mujer apareció a sus ojos como un ser degradado, débil e imperfecto, y la virtud no fue para él más que un problema.

Cuando se presentó ante Mara, la joven se estremeció, creyendo notar algo de repugnante en su rostro.

Índice